SUTTON KRIMI

Gerlinde Friewald

SCHULDFREI

Ein Wien-Krimi

SUTTON KRIMI

Über die Autorin

Gerlinde Friewald erblickte 1969 in Mödling bei Wien das Licht der Welt. Sie war viele Jahre im PR- und Werbebereich tätig. Seit 2009 konzentriert sie sich ganz aufs Schreiben und präsentierte 2013 mit »Faltenfrei« den ersten Fall ihres charmanten Wiener Ermittlers Nick Stein.

Sutton Verlag GmbH
Hochheimer Straße 59
99094 Erfurt
www.suttonverlag.de
www.sutton-belletristik.de

Lektorat, Gestaltung und Satz: Sutton Verlag
Umschlaggestaltung: der uhlig, Augsburg, www.deruhlig.com
Titelbild: fotolia/Gina Sanders
Druck: CPI books GmbH, Leck

ISBN: 978-3-95400-531-4
Dieses Buch wurde vermittelt von Anna Mechler, Literaturagentur Lesen & Hören, Berlin.

1

Langsam erwachte sie aus ihrem ohnmachtsähnlichen Zustand. Es dauerte eine Weile, bis ihr Gehirn alle Schmerzreize empfangen hatte und die Realität in ihr Bewusstsein vordrang. Sie vernahm rhythmisch röchelnde Geräusche. Zu ihrem Erstaunen entstammten diese ihrer eigenen Kehle. *Es wird nicht mehr lange dauern, bald ist es zu Ende,* dachte sie voller Sehnsucht und wunderte sich beim nächsten qualvollen Atemzug über die Klarheit ihres Wunsches. Wie einfach es geworden war, seine Zielvorstellungen zu definieren. Kein Gedanke drehte sich mehr um Einkaufsbummel, Kaffeetratsch und Luxusgegenstände. Stattdessen hatte sich ein einziges, an sich absurdes Bedürfnis geformt: sterben. Sie erhoffte sich nichts mehr, als zu sterben.

Unter Aufbietung all ihrer Kraft öffnete sie die Augen. Aus ihrer erhöhten Position musste sie den Kopf senken, um die auf dem Boden kniende Gruppe beobachten zu können. *Hört auf mit eurem verfluchten Gemurmel!* Eigentlich war es mehr eine Art monotoner Singsang, irgendwelche Lieder mit unzähligen Strophen, aber durch die OP-Masken drang nur dieses undefinierbare Murmeln. Würden ihre Speicheldrüsen noch normal funktionieren, sie hätte auf die Köpfe der Knienden gespuckt.

Einen Moment lang trug ihre Fantasie sie fort: Mit einem Ruck löste sich ihr Kreuz aus den Verankerungen und donnerte auf die Gruppe hinab. Der Hauptbalken zerdrückte die Schädel der beiden direkt vor ihr Sitzenden, das Querholz traf die anderen. Sie sah das Blut förmlich spritzen, Gehirnmasse über den Boden rinnen und hörte Knochen knacken.

Ihre Pupillen wanderten zur Seite. Sie hing in der Mitte und hatte den besten Ausblick. Anna zu ihrer Linken zeigte seit Längerem keinerlei Regungen mehr. Sie würde es bald hinter sich gebracht haben. *Die Glückliche!* Maria, rechts neben ihr, starrte seit einer gefühlten Ewigkeit geradeaus, sie schien nicht einmal mehr zu zwinkern. *Hat den Verstand verloren! Na ja, sie war schon immer zu zart besaitet, unser Seelchen.* Trotz ihrer Schwäche spürte sie, wie Zorn in ihr aufloderte. Reue war ein undankbarer Begleiter; späte Reue ohnehin unnötig. Wie hatte Maria nur annehmen können, es handelte sich um ein einfaches Gespräch. War sie davon überzeugt gewesen, die Kleine von damals hätte eine Art Stockholm-Syndrom entwickelt? *Maria, dieses dumme Weib, muss sich in Sicherheit gewiegt haben. Maria: »Ich möchte mich dafür entschuldigen, was wir euch damals angetan haben!« Die Kleine: »Oh, kein Problem, das ist alles längst vergessen und verziehen.« Maria: »Das freut mich. Und wenn wir schon so gemütlich beieinander sitzen, sag mir doch, was meine Zukunft bringt.« Die Kleine: »Aber gerne, nichts lieber als das.« Was für ein Schwachsinn!* So abrupt der Ärger in ihr aufgekeimt war, erlosch er schlagartig.

Ihre Augen kreisten weiter, zu den Männern. Die drei hingen auf der anderen Seite des Raums, Franz ihr genau vis-à-vis. *Die Ironie des Schicksals,* überlegte sie. Vor Jahrzehnten hatte er sie durchaus beeindruckt. Für ihre Verhältnisse war sie richtiggehend verliebt in ihn gewesen. *Er sieht elendig aus. Was er wohl über mich denkt? Egal.* Er war es nicht wert, sich eingehender mit ihm zu beschäftigen, damals nicht und heute ebenso wenig. Maria hatte er ein Kind gemacht. Damit war sie doppelt versorgt. Bestimmt hatte er ihr eine Menge Geld gegeben, damit sie den Mund hielt und seine heile Welt beließ, wie sie war. *Was habe ich bekommen? Nichts.* Dabei war sie seine Vertraute, seine Geliebte gewesen. *Seine Geliebte! Oh ja, verrückt habe ich ihn gemacht. Kein Wunder, so etwas hat er vorher wahrscheinlich noch nie erlebt.* Am liebsten hätte sie ob der Erinnerung losgekichert, doch ihre Kehle war trocken und geschwollen, ihre Lippen aufgerissen. Sie war kein Kind von Traurigkeit gewesen und hatte ihm Dinge geboten, die er vorher noch nicht gekannt hatte.

Sie spürte, wie sich ihre Blase ohne ihr Zutun entleerte. *Ja, das hat er auch gemocht, der feine Herr Doktor!* Der Urin rann über ihre Schenkel, es brannte höllisch. Ein kleiner Schmerz im Gegensatz zu den Qualen, die sie außerdem ertragen musste.

Seine Geliebte, seine Vertraute – und seine Geschäftspartnerin!, nahm sie den Gedanken wieder auf. Gemeinsam hatten sie viel Geld verdient. Natürlich waren die anderen auch nicht schlecht ausgestiegen, aber ihnen hatte der Löwenanteil zugestanden, immerhin war es ihre Idee gewesen. *Meine und die vom Herrn Doktor.* Keiner durfte sich beschweren, denn alle waren sie damit reich geworden und hatten ein Leben im Luxus geführt.

Der Singsang zu ihren Füßen verstummte, in die Runde der Knienden kam Bewegung. *Wasser, gebt mir doch bitte etwas Wasser!* Zuerst in diesem Keller und später in dem Zimmer hier im Haus hatte sie gedacht, es könnte nicht mehr schlimmer kommen. *Welch ein Irrtum!* Dort waren sie wenigstens einmal täglich von den Handschellen befreit worden, hatten den Kübel benutzen dürfen, Wasser und Brot bekommen. Nicht, dass sie es gestört hätte, zu pinkeln, wenn ihr danach war, auch angekettet, an ihrem Platz. Aber das Fehlen von Wasser und Nahrung brachte sie zeitweise schier um den Verstand.

Ein heiserer Ton drang über ihre Lippen. Sie vermochte nicht einmal mehr zu krächzen, normal sprechen konnte sie schon länger nicht mehr. Obwohl sie nicht wusste, worum es sich handelte, spürte sie deutlich, wie ihr Körper etwas ausschüttete. Anspannung und Angst krochen in ihr hoch. Ihre schlaffen Muskeln spannten sich so gut es ging an. *Welche Schmerzen erwarten mich? Was werden sie heute tun?*

Doch die Knienden taten nichts. Sie standen auf, hielten sich kurz an den Händen und verließen schweigsam nacheinander den Raum.

Sie kamen nicht wieder.

2

Mit einem Ruck zog Nick die Schiebetür auf und trat hinaus auf den Balkon seiner Suite. Wärme schlug ihm entgegen. Er setzte sich. Auf dem Tisch lagen seine Zigaretten. Für einen Moment konnte er sich beherrschen, doch dann zog er das Päckchen zu sich heran und fischte sich einen Glimmstängel heraus. Das Feuerzeug flammte auf und er machte einen tiefen Zug.

Sein Zimmer lag in nördlicher Richtung, sodass er in den Genuss des Anblicks der Skyline von Dubai kam. Wenn man das fantastische Burj al Arab, greifbar nahe auf der linken Seite, und den kleinen Jachthafen vor ihm dazurechnete, war das Panorama unbezahlbar. Er lehnte sich zurück. Erstaunlicherweise fühlte er sich wohl. Eigentlich sollte Luisa neben ihm sitzen. Gemeinsam hatten sie diesen Urlaub geplant. Für ihn sollte es eine kurze Unterbrechung seines nervenaufreibenden Jobs sein. Für sie: Er wusste es nicht. Wollte sie die vermeintlich verlorenen Gefühle zurückholen? »Nutzen wir die Zeit, um über unsere Zweisamkeit zu reflektieren. Du hast dich von mir entfernt. Ich spüre es«, waren ihre Worte gewesen. *Was für ein Quatsch!*, dachte er. Er musste über gar nichts nachdenken, seine Gefühle waren ungebrochen. *Warum müssen Frauen immer etwas sehen, was es nicht gibt?*

Man hätte meinen können, der durchaus schwierige Anfang ihrer Beziehung, bedingt durch einen Unfall im Zuge einer Ermittlung, wäre die eigentliche Hürde gewesen. Diese Zeit hatten sie jedoch ohne Probleme überstanden. Luisa war seine Rekonvaleszenzphase hindurch uneingeschränkt verständnisvoll gewesen und hatte sein langsames Vorantasten in die Normalität und den Wiedereinstieg in seinen Beruf, ohne mit der Wimper zu zucken, begleitet. Erst als er wieder der Alte war, hatten die Schwierigkeiten begonnen.

Der Alte, überlegte er. *Bin ich in Wahrheit unfähig, eine Beziehung zu führen? Habe ich es verlernt, auf eine zweite Person Rücksicht zu nehmen? Verlernt? Ich habe es nie gelernt!*

Kurz schloss er die Augen und meinte, Luisas Haar auf seiner Wange zu spüren, dieses leise Kitzeln, wenn sie sich über ihn gebeugt und geküsst hatte. Sogar der Geruch ihres Parfums war noch fest in seinen Gedanken verankert.

Nun lag in seinem Bett eine junge Schweizerin, die er vor nicht einmal fünf Stunden zusammen mit ihrer Mutter und Großmutter kennengelernt hatte. Der Shuttleservice zwischen den Hotels hatte ihn und das lustige Dreiergespann aus Luzern in einem Golfwagen zusammengebracht. Gemeinsam hatten sie den Souk des Nachbarhotels besucht, hervorragende Steaks gespeist und waren alsdann bei einer Flasche Champagner gelandet. Mutter und Großmutter hatten sich schließlich nacheinander verabschiedet, zuerst die Großmutter, eine halbe Stunde später die Mutter. Der Rest war genau genommen Zufall gewesen. Seine Suite und das Zimmer des Trios lagen auf derselben Seite im gleichen Stockwerk des Hotels. Dieser Umstand und der Alkohol hatten ausgereicht, um zu zweit in seinen Räumlichkeiten zu landen.

Nach einem weiteren tiefen Zug drückte er die Zigarette aus und erhob sich. Er gähnte und machte einen Schritt nach vorn zum Glasgeländer. In diesem Augenblick ertönte aus dem Zimmer Falcos »Amadeus«. Er fuhr zusammen und jäh schoss eine kleine Portion Adrenalin durch seinen Körper. Seit er ins Flugzeug gestiegen war, hatte er den Klingelton seines Handys nicht mehr gehört. Es gab nur zwei Möglichkeiten: das Bundeskriminalamt oder Luisa. Mit weiten Schritten lief er zurück ins Zimmer zu dem runden Esstisch, auf dem sein Telefon lag. Ein Blick auf das Display genügte. Er nahm das Handy von der Glasplatte und drückte auf den Annahme-Button. »Sam!«

»Oh Fuck! Endlich erreiche ich dich! Ich versuche es seit einer Stunde. Hast du dich schon wieder irgendwo mit einer Frau herumgewälzt?« Sie holte geräuschvoll Luft, offenbar, um zum zweiten Teil ihrer Schimpftirade anzusetzen.

Er ergriff die Chance und unterbrach sie. »Hier graut bald der Morgen und bei dir in Wien ist es mitten in der Nacht. Was willst du?« Wortwechsel dieser Art standen bei den beiden auf der Tagesordnung. Seit vielen Jahren fungierte Samantha Smith als seine

Assistentin und Vertraute, seinen privaten Bereich eingeschlossen. Manchmal schien es, als erfüllten die Verbalfehden einen geheimnisvollen therapeutischen Zweck, sowohl bei ihm als auch bei Samantha.

»Pack deine Koffer. Du fliegst mit der ersten Maschine nach Hause. Es gibt Arbeit für den Profiler Number one. Home sweet home, Babe.«

»Was ist passiert?« Automatisch wechselte er die Stimmlage. Auf einmal klang er sachlich und eindringlich, selbst seine Körperhaltung veränderte sich. Er streckte die Wirbelsäule durch und stand kerzengerade. Aufmerksam folgte er ihrem Bericht.

Auch mit ihr war eine Wandlung vonstattengegangen. Sie erzählte knapp, strukturiert und ohne einen Anflug ihrer sonst so berühmt-berüchtigten Ironie. Allein ihr britischer Akzent trat stärker hervor als sonst, da sie sich auf den Inhalt und nicht auf die Aussprache konzentrierte.

Sogleich heftete sich die Quintessenz ihrer Informationen in seinem Kopf an die erste Stelle: Leichenfund. Er räusperte sich und fragte dazwischen: »Ist die Identität des Opfers bekannt?«

»Nicht ein Opfer, Nick, sechs Opfer! So etwas hast selbst du noch nicht gesehen. It is horrible.«

Er spürte ihr blankes Entsetzen; ein unüblicher Zustand für die toughe Sam.

Unzufrieden blickte Nick an sich hinab. Er hatte nie verstanden, wie Menschen es schafften, nach einem mehrstündigen Flug frisch auszusehen. Seine Jeans hatten einen Kaffeefleck, das kurzärmelige Hemd und das Sakko stritten sich darum, wer zerknitterter aussah, und seine Haare standen im wahrsten Sinne des Wortes zu Berge. Er hasste diesen Zustand.

Während er zügig an den Gepäckbändern vorbeimarschierte, versuchte er, zumindest seine Frisur mit den Fingern wieder instand zu setzen. Bis zum Ankunftsbereich für Fluggäste hatte er es halbwegs geschafft. Hinter der Absperrung erblickte er in der Menge der Wartenden seinen Mitarbeiter Peter Westernschmidt, der bereits eifrig winkte. Obwohl der Mann noch nicht lang in seinem Dienst stand, war er für ihn zum männlichen Pendant von Samantha geworden, jedenfalls im beruflichen Bereich. Der grundlegende Unterschied zwischen den beiden lag darin, dass Samantha hauptsächlich vom Schreibtisch aus agierte und Peter ihn bei seinen Außeneinsätzen begleitete.

Peter ergriff Nicks ausgestreckte Hand und drückte sie. »Ich bin ja so froh, dass du da bist.« Er sah sich um. »Wo ist dein Koffer?«

»Ich will so rasch wie möglich zum Tatort. Mein Gepäck wird aufgehoben. Irgendeinen Vorteil muss mein Beruf doch haben, oder?« Nick lachte trocken.

Peter stimmte ein, wurde aber sogleich wieder ernst. »Ich hoffe, du hast nichts gegessen im Flugzeug. Was dich erwartet, ist …« Er suchte nach dem richtigen Wort. Schließlich gab er es auf. »Du weißt, ich bin nicht zimperlich, aber ich musste einige Male an die frische Luft laufen, weil es mir gehörig den Magen umgedreht hat.«

Geflissentlich ignorierte Nick Peters Fingerzeig und fragte: »Habt ihr auch alles so belassen, wie ihr es vorgefunden habt?«

»Selbstverständlich. Genau deinen Anweisungen entsprechend, die einer bestimmten Person übrigens ganz und gar nicht gefallen haben.«

Nick seufzte. »Mein alter Freund Robert Hofer?«

Peter nickte. »Er meinte, die Dokumentation würde für dich völlig ausreichen.«

»So und nicht anders ist es üblich. Wo kämen wir denn hin, wenn jeder dahergelaufene Polizist bestimmen könnte, wie lange ein Tatort aufrechterhalten bleibt«, äffte Nick den Rechtsmediziner Doktor Robert Hofer nach.

Peter wiegte den Kopf. »Die Wortwahl hast du nicht ganz getroffen, aber die Aussage dahinter deckt sich zu hundert Prozent.«

»Wenn er nicht der beste Rechtsmediziner weit und breit wäre, würde ich ihn von meinen Tatorten vertreiben, das schwöre ich.«

»Das könntest du überhaupt nicht, jetzt, wo er quasi zur Familie gehört.«

»Erinnere mich bloß nicht daran!«

Peter zwinkerte. »Du bist schuld.«

»Nur weil er mir einmal das Leben gerettet hat, hätte sich Samantha nicht gleich Hals über Kopf in ihn verlieben müssen.« Demonstrativ schüttelte sich Nick. »Wo steht dein Wagen?«, wechselte er das Thema, als sie den Fahrstuhl erreichten.

»Im vierer.«

Sie betraten den Lift. Die Fahrt legten sie schweigend zurück. Im vierten Parkdeck angekommen, zeigte Peter auf sein silberfarbenes, bereits in die Jahre gekommenes dreier BMW-Cabrio. »Hier, beinahe Poleposition.« Er fischte den Autoschlüssel aus seiner Hosentasche und drückte auf die Fernsteuerung.

Nick öffnete die Beifahrertür und ließ sich mit einem Ächzen auf den Sitz fallen. »Ich bin die ganze Nacht nicht zum Schlafen gekommen und im Flugzeug habe ich auch kein Auge zugetan. Stört es dich, wenn wir das Radio ausgeschaltet lassen?«

Peter bedachte ihn mit einem vielsagenden Blick, dann nickte er. »Nicht nur das. Ich werde auch die ganze Fahrtzeit über den Mund halten. Bis nach Baden brauchen wir eine dreiviertel Stunde. Oder möchtest du einen Zwischenstopp bei dir zu Hause einlegen?« Prüfend wanderten Peters Augen über Nicks Körper.

»Sehe ich so schlimm aus?«

»Als nobler Mensch möchte ich mich der Worte meiner seligen Großmutter bedienen: Du wirkst ein wenig derangiert.«

Nick lehnte den Kopf gegen die Kopfstütze und schloss die Augen. Eine Antwort blieb er schuldig. Während Peter auf die Autobahn zusteuerte, führten ihn seine Gedanken zurück nach Dubai. Eilig hatte er seinen Koffer gepackt, ausgiebig geduscht und bis zur Abfahrt die Informationen am iPad studiert, die ihm Samantha zugesandt hatte. Die Schweizerin war trotz aller Geräusche nicht aufgewacht. Bevor er ging, hatte er noch einmal nach ihr gesehen. Sie lag ausgestreckt auf dem Bett, hatte kurz aufgeseufzt und selig weitergeschlafen. Ihm war es recht gewesen. Er hatte ihr eine Nachricht hinterlassen, die wahrscheinlich mehr Fragen aufwarf, als sie beantwortete. *Hätte ich sie wecken sollen und ihr die Situation erklären?*, ging es ihm durch den Kopf. *Bin ich wirklich so ein Arsch? Luisa zumindest ist dieser Ansicht,* davon war er überzeugt. »Du bist ein Charly«, hatte sie ihm während eines Streits entgegengeschleudert.

Als ob ich herumhuren, bis zur Besinnungslosigkeit trinken und zocken würde. Ich habe sie kein einziges Mal betrogen, kein einziges, verdammtes Mal!

Peters Stimme durchbrach seine Träume. »Wir sind da.«

Nick ruckte hoch und fuhr sich mit den flachen Händen über das Gesicht. Dann warf er einen ersten Blick auf den Tatort. Es handelte sich um eine imposante, zweistöckige Villa, wie man sie vor hundert und mehr Jahren zuhauf in den besseren Gegenden rund um Wien gebaut hatte. Er selbst war in einem solchen Kasten aufgewachsen. Im Gegensatz zu seinem Elternhaus zeigte dieses Anwesen drastische Spuren des Verfalls.

»Gehen wir.« Er öffnete die Autotür und stieg mit einem neuerlichen Ächzen aus dem Wagen. Der Sex mit der Schweizerin und der mehrstündige Flug hatten seiner Wirbelsäule nicht gutgetan.

Sie gingen einen ungepflegten Kiesweg entlang, der durch den verwilderten Vorgarten bis zur Eingangstür führte. Am Rand wucherten Buchsbäume. Die Fassade des Gebäudes war in einem blassen Gelbton gestrichen und blätterte an vielen Stellen ab. Darunter trat das feuchte Mauerwerk in schmutzigem Grau hervor. Neben der Tür zeugten kleine kreisförmige Verfärbungen auf der Mauer von Efeuranken, die entfernt worden waren. Sämtliche Fenster waren geschlossen, auch sie hätten einen neuen Anstrich nötig gehabt.

Es war seltsam still. Allein die Männer in ihren weißen Überzügen, die den Garten durchstreiften, die Polizei-Absperrbänder und einige Uniformierte störten die vermeintliche Dornröschenschloss-Idylle.

»Ist ein Polizist anwesend, der bei der Entdeckung dabei war?«, fragte Nick.

»Wie du es gewünscht hast.« Peter hob die Hand.

Ein Mann reagierte. Er löste sich von seinem Platz und kam auf die beiden zu.

»Er?«

Ein schalkhafter Ausdruck huschte über Peters Gesicht. »Hast du Vorurteile?«

»Nein, natürlich nicht. Das solltest du am besten wissen. Aber musste es ausgerechnet so einer sein?«, zischte Nick.

»Wenn dich ein Homosexueller nicht stört, sollte es ein Kampfroboter ebenso wenig.«

Inzwischen war die hünenhafte Bodybuildergestalt mit dem zwei Millimeter Haarschnitt näher gekommen. Der Kies knirschte unter seinen festen Schritten und als er vor ihnen zum Stehen kam, streckte er seinen Arm nach vorne.

Zögerlich ergriff Nick die Hand des Beamten. »Nick Stein.«

Der Mann straffte seine Schultern und schaffte es dabei, den Kopf weit zu senken, ohne es unbequem wirken zu lassen. Adern und Sehnen am Hals traten hervor, unter seiner Jacke hoben sich die Trapezmuskeln. »Arno Hammer. Ich freue mich aufrichtig, Sie kennenzulernen, Herr Doktor Stein. Es ist mir eine große Ehre.«

Nick stoppte den Mann, indem er sofort zur Sache kam. »Sie haben den Tatort entdeckt?«

»Ja, gemeinsam mit meinem Team.«

Wider Willen gefiel Nick die Antwort. Er wusste selbst nicht, warum er diesem Typ generell skeptisch gegenüberstand.

Weil ich genauso voreingenommen bin, wie jeder andere auch. Menschen haben nun einmal Vorurteile, gab er sich in Gedanken die Antwort. »Erzählen Sie«, sagte er und bemühte sich um ein Lächeln.

Arno Hammer reagierte ohne Umschweife. »Seit einiger Zeit verfolgen wir eine Verbrecherbande, die in der Gegend Einbrüche in private Gebäude verübt. Sie haben sich genau auf diese Art von Villa spezialisiert: alt, ungesichert, mit großen Gärten und somit viel Abstand zum nächsten Haus. Die betreffenden Objekte werden solange beobachtet, bis sich eine gute Gelegenheit bietet, zuzuschlagen.« Mit seinem Kinn deutete er auf das Haus. »Genauso haben sie es auch hier gemacht. Allerdings mit dem feinen Unterschied, dass sie selbst beobachtet wurden, nämlich von uns. Wir wollten sie auf frischer Tat ertappen, mit dem Diebesgut in der Hand, und staunten nicht schlecht, als die Verbrecher schon wieder davonrannten, kaum dass sie in das Haus eingestiegen waren; ohne Beute, dafür voller Panik. In ihrem Schock waren sie richtiggehend froh, uns zu sehen und haben sich ohne Widerstand festnehmen lassen.« Er stockte. »Ich bin als Erster in das Haus gegangen und habe den

Raum betreten, in dem … in dem …« Bei der Erinnerung an das Gesehene verzog er das Gesicht.

Nick kam ihm zu Hilfe. »Was sagen die Einbrecher zu dem Ganzen?«

»Die Verhöre laufen, aber die Männer haben nichts damit zu tun.« Arno Hammer zeigte wieder in Richtung der Villa. »Wie gesagt, wir sind ihnen seit Monaten auf den Fersen. Die Bande verfügt über ein geniales System. Ihnen steht eine ganze Reihe vornehmlich Jugendlicher und Arbeitsloser zur Verfügung, die nichts anderes tun, als die möglichen Häuser zu observieren. Wir vermuten, dass sie immer mehrere Villen auf ihrer Liste stehen haben.«

»Haben sie sich auf bestimmte Güter spezialisiert?«, fragte Nick einerseits, um den Redefluss des Mannes zu erhalten, und andererseits, um sich selbst Nachdenkzeit zu verschaffen.

»Nein. Sie nehmen alles mit, was sie verhökern können: vom kaputten Handy in der Lade bis zur alten Nähmaschine, vom Silberbesteck bis zum Diamantring.«

Nick ließ die Worte sacken. »Moment, noch einmal zurück!« Er hob die Hand. »Sie sind ihnen seit Monaten auf der Spur und beobachten sie?«

Arno Hammer nickte.

»Das heißt, Sie haben das Haus ebenfalls die ganze Zeit über beobachtet?« Gespannt fixierte er den Mann. *Kann es wahr sein, dass ein Polizeitrupp wochenlang vor der Villa gehockt und nichts bemerkt hat?*

Entschieden schüttelte der Beamte den Kopf. »Nein. Wir kannten die Identität zweier Einbrecher. Kundschafter und Ziele waren uns nicht geläufig.«

»Schade«, erwiderte Nick knapp, ein Teil in ihm atmete jedoch auf, aus einem ganz bestimmten Grund: Schlagzeilen à la »Polizei beobachtet seelenruhig Haus, während dort Menschen gefoltert werden« oder »Dein Freund und Helfer ist blind« hätten, wieder einmal, ein schlechtes Image für die Polizei mit sich gebracht und eine Ermittlung empfindlich stören können. Letzteres war stets seine Hauptsorge.

»Wieso schade?«, fragte Arno Hammer.

»Zumindest diese Beobachter hätten uns wichtige Hinweise liefern können«, entgegnete Nick und offenbarte damit die Kehrseite der Medaille.

»Aber ... die haben wir ja!« Der Beamte machte große Augen und erklärte: »Wir wissen noch nicht alles über den Ablauf, zum Beispiel nicht, wie der Kontakt zwischen der Bande und den Spähern während der Beobachtungsphase passierte; wahrscheinlich mittels Prepaid-Handys. Aber klar ist, dass die Einbrecher erst auf den Plan traten, wenn die Kundschafter grünes Licht gaben. Dann schlugen sie jedoch nicht sofort zu, sondern überzeugten sich erst einmal selbst vom Istzustand. Kurz belauerten sie gemeinsam das betreffende Objekt. – Beobachtest du den einen, findest du automatisch den anderen«, setzte er nach.

»Sie haben das Haus also doch observiert? Wenigstens eine Zeit lang?«

Er verzog den Mund. »Ich weiß, worauf Sie hinauswollen, Herr Doktor Stein. Fakt ist, wir haben nicht das Haus beobachtet, sondern die Täter.« Er sprach ruhig und bestimmt, ohne einen Anflug von Unsicherheit.

»Wie lange haben Sie die Einbrecher und diese Kundschafter beobachtet?«, variierte Nick seine Frage. Das Auftreten des Mannes gefiel ihm. Seine Antipathie schwand.

»Vier Tage. Niemand ging in das Haus, niemand kam heraus. Es wirkte verlassen. Wie hätten wir –«

Nick hob die Hand und unterbrach den nun doch aufkeimenden Rechtfertigungsversuch. Er verstand das Vorhaben Arno Hammers, sich zu verteidigen, erachtete die Ausführung jedoch als unnötig. Die Beamten hatten korrekt gehandelt und nichts falsch gemacht. »Ich mache Ihnen keinen Vorwurf.« Seine Worte unterstrich er mit einer offenen Geste. »Jetzt sehe ich mir erst einmal den Tatort an. Dann reden wir weiter. Sie können gern hier im Freien bleiben, Herr Hammer, ich brauche Sie nicht dabei.«

Arno Hammer widersprach nicht und Nick meinte, Erleichterung in den Augen des Mannes zu erblicken. Er wandte sich an Peter. »Na dann, los.«

Sie setzten sich in Bewegung und marschierten auf den Eingang zu. Peter öffnete die Tür und ließ ihm den Vortritt.

Bereits im Flur schlug Nick der unverkennbare Gestank des Todes entgegen. Erstaunlicherweise halfen die zusätzlich vorhandenen Gerüche nach Schimmel und Feuchtigkeit dabei, ihn eine Spur erträglicher zu machen. Er schloss den Mund und atmete so flach wie möglich durch die Nase. Nach und nach legte sich der Würgereiz. Es dauerte immer eine Weile, bis sich der Körper daran gewöhnt hatte.

Nick sah sich um. Der Boden des Vorraums bestand aus mausgrauem Stein, der seit langem, vielleicht seit dem Bau des Hauses hier lag, so abgetreten wie er war. Auf der linken Wand waren einige schmiedeeiserne Haken angebracht, darunter eine Schuhablage, ebenfalls aus Schmiedeeisen. Ein massiver Eichenkasten und ein mannshoher Spiegel mit einem verschnörkelten Rahmen vervollständigten die Garderobe. An den Haken hingen eine dunkelbraune Weste auf einem Kleiderbügel, eine Lodenjacke und ein schwarzer Umhang. Im Eck stand eine etwa eineinhalb Meter hohe Bodenvase mit getrocknetem Schilfgras. Die Vase wirkte alt und wertvoll.

Peter zeigte auf eine Tür. »Da. Im Salon.«

Sie gingen weiter. Vor der hohen, weißen Doppeltür verharrte Nick kurz, dann drückte er die Klinke hinunter und öffnete den rechten Flügel mit einem Ruck. Er hatte Fotos gesehen, doch die Realität traf ihn wie der Hieb mit einem Holzstock. Instinktiv machte er einen Schritt zurück. Er wartete, bis er sich gefasst und innerlich distanziert hatte. Dann erst passierte er die Schwelle und ließ die Einzelheiten der Szenerie in sein Gehirn vordringen.

Das Zimmer maß seiner Schätzung nach mindestens fünfzig Quadratmeter und war gut dreieinhalb Meter hoch. Es wirkte riesig. Die Vorhänge der beiden Fenster an der gegenüberliegenden Wand waren zugezogen. Durch den dunkelgrünen, verblichenen Stoff, der offenbar viele Jahre der Sonne hatte standhalten müssen, drang ausreichend Licht, um alles sehen zu können. Zum Glück war niemand auf die Idee gekommen, die Vorhänge zur Seite zu schieben. Er wünschte keine veränderten Tatorte, sofern es nicht zwingend notwendig war, einzugreifen.

Sämtliche Möbel des Raums standen zusammengepfercht zwischen den Fenstern und seitlich davon: ein Holztisch mit kunstvoll gedrechselten Beinen, dazu passende Sessel, drei samtene Fauteuils und ein Sekretär. Auf dem Boden waren einige Bücher übereinander gestapelt, daneben stand eine Stehlampe mit Fransen am unteren Ende des Schirms und davor lag ein aufgerollter Teppich.

Sein Blick glitt weiter. Vor den Wänden zu seiner Linken und seiner Rechten waren je drei dicke, vierkantige Holzpfosten mit massiven Winkeleisen auf dem Fischgrätparkett montiert. Das Parkett rund um diese Stellen war fleckig verfärbt. Er löste seine Augen von den Flecken und folgte dem Verlauf der Pfosten in Richtung der Decke, bis er bei den Querbalken im oberen Drittel angelangt war. Jäh flammten in seinem Kopf jene Fotos auf, die während der Erstbegehung gemachten worden waren und die ihm Samantha nach Dubai geschickt hatte. Die Leichen waren natürlich mittlerweile bereits abgenommen worden, doch er sah sie förmlich vor sich: sechs gekreuzigte Menschen, abgemagert, geschunden, tot. Er schloss die Augen und visualisierte die Details: Aus den übereinandergelegten Füßen ragten dicke Nägel. Das getrocknete Blut rund um die Wunden sah schwarz aus. Die im rechten Winkel an den Querbalken aufgespannten Arme waren an den Handgelenken durch lederne Schlaufen fixiert. Zusätzlich hatte man die Arme fest mit Seilen umwickelt, die sich tief in das schlaffe Fleisch gruben. Während Kopf und Rumpf bis auf die ersten Anzeichen des Verfalls den Umständen entsprechend beinahe normal schienen, waren die Gliedmaßen verfärbt, vor allem die Waden hatten ein dunkles Violett angenommen.

Nick hob wieder die Lider und zog die Stirn kraus. Ein weiteres Bild schob sich in seine Gedanken. Der Vergleich hatte kommen müssen, auch wenn es ihm nicht gefiel.

»Erinnert es dich auch an die Kreuzigung Christi?« Peters Stimme klang brüchig. Er hatte den Nagel auf den Kopf getroffen.

»Genau das versuche ich gerade zu verdrängen. Ich bin katholisch erzogen und hatte viele Jahre lang Religionsunterricht. Wenn ich das sehe, kann ich offensichtlich an gar nichts anderes denken.« Unzufrieden schüttelte Nick den Kopf. »Es wäre falsch, wenn wir jetzt schon die Idee zuließen, dieser Fall hätte etwas mit Religion zu tun. Viele Varianten sind möglich.«

»Du meinst, dass das hier nicht zwangsläufig das Werk eines geisteskranken, völlig verrückten Katholiken gewesen ist?« Peter wirkte skeptisch, die Ironie in seiner Stimme war unverkennbar.

»Ganz genau. Es fängt schon beim Katholiken an! Überleg mal, wie viele Religionen dir auf Anhieb einfallen, die das Kreuz und Jesus impliziert haben.« Nick bedeutete Peter näherzukommen. »Im Übrigen, geisteskrank ja, aber verrückt mit Sicherheit nicht. Sieh dich um. Das alles hier bedarf einer ausgereiften Planung und guten Organisation. Die riesigen Pfosten für die Kreuze und viele andere Dinge müssen hierher transportiert worden sein. Es braucht Handwerkskenntnisse, um die schweren Kreuze zu befestigen. Sowohl die Winkeleisen als auch die Abstandhalter, mit denen die Kreuze an der Wand fixiert wurden, sehen für mich fachgerecht montiert aus. Und dann die Logistik während der Gefangenschaft …« Er stockte. »Zeig mir jetzt die Kammern, Peter.«

»Hier entlang.«

Sie verließen den Raum und Nick zog die Tür hinter sich zu. Schweigend stiegen sie die Treppe in den ersten Stock hinauf.

Peter zeigte auf zwei nebeneinanderliegende Türen, die mit Vorhängeschlössern und Schieberiegeln versehen waren. »Hier drinnen waren sie untergebracht, je drei Personen.« Er öffnete eine der beiden Türen und trat zur Seite.

Nick blieb im Türrahmen stehen und blickte in das verschmutzte Zimmer. Das Fenster war mit Brettern vernagelt, in einer Ecke lag ein Haufen eingetrockneter Fäkalien. An der Wand waren drei Metallringe montiert, daran hingen Handschellen.

»Wie lange diese armen Menschen hier wohl dahinsiechen mussten?«, murmelte Peter. Ihn schien dieser kahle Raum noch mehr zu bedrücken, als das Zimmer im Erdgeschoss. Mit einem Schulterzucken erklärte er: »Dort unten sind sie gestorben, aber in diesem Loch waren sie wer weiß wie lange gefangen.«

»Sie haben ja keine Ahnung, wovon Sie sprechen. Denken Sie, gekreuzigt zu werden sei ein Honiglecken? Es kann mehrere Tage dauern, bis man stirbt!« Die Stimme des Rechtsmediziners wehte wie eine eisige Windböe von der Treppe zu ihnen herüber.

Mit einer schnellen Bewegung schaffte Nick es gerade noch, Peter zu stoppen, der durch die Nase schnaubte und zu einer sicherlich feindseligen Antwort ansetzte. Doktor Robert Hofer war nicht nur ein unsympathischer, sondern auch ein gleichermaßen eingebildeter Mann. Bei Personen, die er nicht zu Seinesgleichen zählte – und dazu gehörte Peter –, war er darüber hinaus herablassend und gnadenlos snobistisch.

Sein typisch süffisantes Grinsen im Gesicht musterte der Rechtsmediziner Nick. Nichts an seinem Verhalten ließ darauf schließen, ob er den kritischen Moment mitbekommen hatte. »So wie du aussiehst, bist du vom Flughafen direkt hierher gefahren. Dermaßen zerfleddert habe ich dich noch nie gesehen. Nun, wenigstens bist du braun geworden; hervorragend für die Haut, sich wie ein Hähnchen braten zu lassen.« Er vollführte eine finale Handbewegung und bedeutete damit, dass das Thema Urlaub für ihn abgehakt war.

Nick war es nur recht. Weder Situation noch Person passten, um über seinen Dubai-Aufenthalt zu plaudern. »Was kannst du mir sagen?«, fragte er den Rechtsmediziner.

Robert Hofer fuhr sich über das glatt rasierte Kinn. »Als die Opfer gefunden wurden, hingen sie bereits seit einigen Tagen tot an den Kreuzen. Wie sie starben, muss ich wohl nicht extra erörtern. Was letzten Endes die genaue Todesursache war, kann ich dir erst sagen, wenn ich sie mir angesehen habe; ich möchte es aber als Geschenk bezeichnen. Auch das Drumherum muss zunächst weggeschafft und untersucht werden.« Mit verkniffenen Lippen setzte er nach: »Man könnte längst daran arbeiten, wenn dir Videoaufnahmen und Fotos gereicht hätten.«

Der Seitenhieb hatte kommen müssen. Nick unterließ es, darauf zu antworten und verzichtete auf die Frage, ob der Rechtsmediziner irgendetwas vermutete. Ohnehin hätte er nur eine Abfuhr erhalten. Doktor Robert Hofer hielt nichts von Gedankenaustausch. Hypothesen waren »Schall und Rauch«, wie der Arzt es nannte. Er setzte auf hieb- und stichfeste Ergebnisse.

»Die Opfer sahen extrem ausgezehrt aus. Als hätte man sie verhungern lassen?« Peter hatte sich wieder gefangen und stellte seine Frage in ruhigem Ton.

Zum Glück fand sie bei dem Rechtsmediziner Anklang. »Alle sechs Körper weisen eine gravierende – ich betone: gravierende – Unterernährung auf. Da muss ich nicht einmal reinschneiden, um das zu wissen.« Der letzte Satz galt Nick.

»Man kann nur hoffen, dass ihre Leiden am Kreuz dadurch verkürzt wurden«, antwortete Nick. Auf die Reinschneide-Bemerkung ging er nicht weiter ein. Bei dem Rechtsmediziner war es klug, manches zu überhören.

Robert Hofer hob seinen Zeigefinger. »Davon darfst du nicht ausgehen. Wenn Herz, Lunge und die anderen Organe gesund gewesen sind und sie ausreichend Flüssigkeit erhalten haben, konnte sich das Sterben hinziehen.«

»Durch das Festbinden der Arme waren sie stabilisiert«, gab Peter zu bedenken.

»Ganz genau. So hat man Müdigkeitserschlaffungen verhindert. Das Atmen war zwar sicherlich mühsam, wurde aber nicht unterbunden.« Der Rechtsmediziner grinste. »Unterbunden im wahrsten Sinn des Wortes.« Triumphierend blickte er in die Runde, als erwartete er Beifall für seinen makabren Wortwitz.

Peter wandte sich mit zusammengekniffenen Augen ab und schnaubte verhalten. Nick schenkte ihm einen bedeutungsvollen Blick und schüttelte kaum merklich den Kopf. »Müdigkeit ist mein Stichwort. Ich sehe mir jetzt die restlichen Räume an, gehe alles noch ein zweites Mal ab, dann brauche ich ein paar Stunden Schlaf. Peter, du kannst draußen warten.«

3

Nick zählte nicht zu den Menschen, die lange an einem Jetlag laborierten. Mit einer Zwischenstation am Flughafen, um sein Gepäck abzuholen, hatte Peter ihn nach Hause gebracht und war als Dankeschön mit einer Liste voller Aufgaben betraut worden. Nachdem Nick seinen Koffer ausgepackt und sämtliche Kleidung daraus für seine Haushälterin in den Wäschebehälter gesteckt hatte, war er ins Bad gegangen und hatte sich eine ausgiebige Dusche gegönnt. Anschließend war er sofort, nackt und noch feucht, zu Bett gegangen.

Jetzt fühlte er sich ausgeruht, hatte Hunger und einen unglaublichen Gusto auf eine heiße Tasse Kaffee. Die verkniff er sich allerdings zu Hause und machte sich auf den Weg ins Büro.

Trotz der frühen Stunde herrschte reges Treiben im Bundeskriminalamt. Samantha saß bereits an ihrem Schreibtisch und drehte sich mit grimmiger Miene um, als er ihr von der halb geöffneten Tür aus das Wort »Kaffee!« zuplärrte.

»Asshole«, schnaubte sie zurück und erhob sich grinsend, um ihm eine Tasse Kaffee zu bringen.

Nick hatte nie von ihr verlangt, ihn zu bedienen. Genau genommen war es ihm anfänglich sogar unangenehm gewesen und er hatte versucht, ihr zu erklären, er könnte sich selbst um seinen Kaffee kümmern. Sein Wunsch war auf taube Samantha-Ohren gestoßen.

Nick ging weiter, betrat sein Büro und hängte sein Sakko sorgsam auf einen Kleiderhaken. Nach einem prüfenden Schwenk über den Schreibtisch ließ er sich in seinen Sessel fallen. Er schaltete den Computer ein und lehnte sich zurück. Bis auf das leise Summen des PCs herrschte Stille. Nachdem er gestern den Tatort besichtigt hatte, wollte er sich nun die Fotos nochmals genau ansehen. Es lag ein Unterschied darin, einfach nur Bilder zu betrachten oder wirklich vor Ort gewesen zu sein. Am besten war beides in der Reihenfolge, wie es sich in diesem Fall ergeben hatte: Fotos, Tatort, Fotos. Ein

Tatort konnte ablenken und Fotos allein gaben die Atmosphäre der Szenerie nicht wider.

Er hatte die ersten Bilder gerade geöffnet, als Samantha wie ein Tornado ins Zimmer fegte. Sie knallte eine Kaffeetasse auf seinen Tisch und zog sich ungefragt einen Sessel heran.

»Wo ist Peter?«, erkundigte er sich, ihren Auftritt ignorierend, und nahm einen Schluck Kaffee. »Au, verdammt, heiß.«

»Only hot coffee is good coffee.«

Ungerührt wiederholte er seine Frage. »Wo ist Peter?«

»Er checkt die Vermisstensuche.«

»Ist alles am Laufen, was ich ihm gestern aufgetragen habe? Und hast du einen Termin in Baden ausgemacht?«

Samantha und Peter arbeiteten gut zusammen. Nick konnte sich darauf verlassen, dass sie sich stets abstimmten und jeder seinen Teil erledigte, egal, wem er die Aufträge diktierte. Von Anfang an hatte Peter Samanthas bisweilen schroffe Art, ohne mit der Wimper zu zucken, über sich ergehen lassen. Selbst wenn sie »gay, gay, gay« in seiner Nähe vor sich hinträllerte, nahm er es stoisch hin und revanchierte sich nur gelegentlich mit einer feinen Retourkutsche, die zumeist auf ihren Freund, Doktor Robert Hofer, abzielte.

»Of course – and of course, alles läuft und morgen um vierzehn Uhr hast du den Termin am Polizeirevier in Baden. Dieser …« Sie zog die Stirn in Falten.

»Arno Hammer«, half er ihr auf die Sprünge.

»Genau! Er wird ebenfalls anwesend sein, ganz wie du verlangt hast, Chef.«

»Peter organisiert bereits die Vermisstensuche …« Bewusst setzte er keinen Punkt und Samantha übernahm sofort.

»Ich sagte, checkt. Aber ja, er ist dabei. Und ich sage dir, wir schöpfen aus dem Vollen.«

»Selbst wenn die Opfer unter den gemeldeten Vermissten sind, wovon ich ausgehe, werden wir uns in Geduld üben müssen. Im Gegensatz zu den Vermisstenfotos mit gut genährten und vor allem lebendigen Menschen, haben wir als ersten Vergleich …«

»… nur Bilder von ausgehungerten, schmerzverzogenen Fratzen«, vollendete Samantha den Satz ihres Chefs.

Nick zuckte mit den Schultern und griff den nächsten Punkt auf. »Was ist mit der Besitzerin der Villa? Gibt es hier schon eine Rückmeldung von der Rechtsmedizin, ob sie zu den Opfern zählt?«

In Samanthas Augen blitzte es auf. »Maria Gutensteiner heißt sie. – Rob arbeitet auf Hochtouren. Sobald er Ergebnisse vorweisen kann, meldet er sich. Du kennst ihn, er würde nie –«

Nick hob abwehrend die Arme. »Ich weiß, ich weiß. Er würde nie eine blanke Vermutung aussprechen. Das läge unter seiner Würde.«

»Hogwash! Er ist einfach zu sehr Perfektionist, als dass er sinnlose Mutmaßungen von sich gäbe.«

»Ich hätte deine früheren Aussagen über ihn aufnehmen sollen.«

Samantha fauchte. »Du bist vierzig Jahre alt, musst aber noch viel lernen, baby boy. In Sachen Liebe bist du wahrlich kein Spezialist.«

»Ich bin über Vierzig, Samantha. Und ich weiß nicht, ob ich diesen Punkt betreffend noch etwas lernen will. Bin ich überhaupt lernfähig?« Er machte eine wegwerfende Handbewegung. »Zurück zum Thema: Hat Freddy sich gemeldet?«

»Ja. Nachdem du gestern vom Tatort verschwunden bist, haben seine Spurensicherer im Haus den Rest erledigt und den Abtransport der Beweismittel organisiert. Mit dem Garten sind sie mittlerweile auch fertig.«

»Und?«

»Fingerabdrücke und Schuhabdrücke in Massen, Blut, Exkrete, sonstige hübsche Kleinigkeiten. Wenn sich etwas Verwertbares darunter befindet, wird Freddy es ans Tageslicht befördern.«

Nick seufzte. »Die Suche nach der Nadel im Heuhaufen.« Beruflich stand Freddy für ihn auf derselben hohen Stufe wie der Rechtsmediziner, persönlich schätzte er den Spurensicherer im Gegensatz zu Robert Hofer jedoch aufrichtig. »Irgendwelche Hinweise auf die Besitzerin? Fehlt Kleidung im Schrank? Wurde ein Reisepass gefunden? Fanden sich Unterlagen, die auf einen Urlaub hindeuten?«

Samantha sah ihn überrascht an. »Bist du nicht überzeugt davon, dass sie eine von den sechs Opfern ist?«

»Doch, ich bin ziemlich sicher. Aber was wäre, wenn sie gerade irgendwo urlaubt? Etwa den Winter in Mallorca verbringt?«

»Der Presse würde es gefallen. Präsentiere deine Vermutung und wenn die Dame wider Erwarten lebendig auftaucht, haben wir jede Menge Publicity.«

»Die Presse … mit der lassen wir uns noch ein wenig Zeit.« Nick rieb sich das Kinn. »Dafür nicht mit der Hausbesitzerin. So oder so möchte ich alles über sie wissen. Selbst wenn sie lebt und nichts damit zu tun hat, sind die Morde in ihrem Haus geschehen.«

Samantha erhob sich. Sie wusste auch ohne detaillierte Anweisungen, was sie nun zu tun hatte.

Nachdem sie sein Büro verlassen hatte, nahm er sich die Tatortfotos weiter vor. Schließlich zog er seinen Block heran und machte sich erste Notizen. Anschließend erstellte er einen Zeitplan. Der Ablauf der folgenden Tage war nicht minutiös planbar, dennoch brauchte er einen groben Leitfaden. Einige wichtige Termine standen an. Neben einem Besuch auf dem Polizeirevier Baden wollte er sich so rasch wie möglich mit Freddy von der Spurensuche zusammensetzen.

Die verbliebenen Spuren an einem Tatort brachten nicht zwangsläufig dienliche Hinweise, doch sie zeigten einen klaren Sachverhalt, schwarz und weiß. Dem gegenüber stand der Eindruck eines Tatorts. Er hatte nichts mit diesen greifbaren Nachweisen zu tun und bediente die andere Gehirnhälfte, zuständig für Gefühle, Sinneswahrnehmungen und Empfindungen, unendliche Grautöne.

Nick war nicht zuletzt deshalb so erfolgreich, weil er nüchternes Handeln mit Instinkt und Intuition zu verbinden wusste. Er agierte strukturiert, gewährte jedoch seinem Empfinden eine Stimme. Freddy schwamm auf seiner Welle. Der Mann war ein ausgezeichneter Kriminaltechniker, hatte aber auch ein gutes Auge, das mehr wahrnahm als Reifenspuren und Blutspritzer.

Kurz entschlossen griff Nick nach seinem Handy und wählte eine Kurzrufnummer.

Freddy meldete sich nach einmal läuten. »Nick! Schön, dich zu hören. Wie war der Liebesurlaub?« Er stockte. »Entschuldige, ich hatte ganz vergessen, dass –«

»Schon in Ordnung«, unterbrach ihn Nick. »Hast du ein paar Minuten für mich? Heute? Spätestens Morgen?«

»Sofort, wenn du willst. Ich bin im Haus.«

»Perfekt. Bis gleich.« Nick drückte die Auflegen-Taste und legte sein Handy zur Seite. Er kam gerade noch dazu, seinen Kugelschreiber wieder aufzunehmen, als Freddy bereits das Büro betrat.

»Bist du geflogen?« Nick legte den Stift zur Seite.

Der Spurensucher schmunzelte. »Sag einfach Superman zu mir.« Er setzte sich auf einen Sessel. »Etwas Bestimmtes? Weil ich muss dir gleich sagen, wir haben viel gefunden, etwas wirklich Verwertbares sehe ich bis jetzt nicht darin. Aber die Auswertungen laufen noch, Blutabgleich mit den Opfern, Fingerabdrücke et cetera. Vielleicht irre ich mich und es taucht die Nadel im Heuhaufen auf. Es wäre zu wünschen.«

Unwillkürlich musste Nick lächeln. Die »Nadel im Heuhaufen« hatte er selbst zuvor bei Samantha verwendet. Er kommentierte es nicht, weil er sofort zu seiner Frage kommen wollte. »Unabhängig von den Spuren, was hattest du für einen Eindruck vom Tatort?«

Freddy lehnte sich zurück und schloss für einen Moment die Augen. Mit den flachen Händen rieb er sich über das Gesicht. »Um die Wahrheit zu sagen … meine Körperhaare stritten sich um Stehplätze. Du kennst mich, ich habe viel gesehen, ebenso wie du. Bizarre Tatorte, verstümmelte Körper, die Liste lässt sich unendlich fortsetzen, aber dieser Tatort war … war …«, er suchte nach dem richtigen Wort, »unfassbar. Dieser tiefe Hass, der dahinter stecken musste, hat mich richtiggehend schockiert.«

Hass war Nicks Schlagwort. Bereits als er die Fotos am iPad gesehen hatte, war Hass als Motivationsgrund hervorgetreten und etwas anderes, das er noch nicht einzuordnen vermochte. »Eine höchst emotionale Tat, wobei die Planung und Ausführung akribisch erfolgt sein muss«, dachte er laut.

»Die waren in der Tat bestens organisiert. Im Grunde war das Haus tipptopp. Was wir gefunden haben, waren zwangsläufige Überbleibsel, darüber hinaus gab es auf den ersten Blick nichts zu entdecken.« Freddy fixierte Nick. »Lach mich jetzt nicht aus, aber glaubst du, es könnte sich um eine Sektengeschichte handeln?«

»Oje!« Nick hob abwehrend die Arme. »Dir ergeht es also ähnlich. Ich bin zwar noch nicht beim Sektengedanken angelangt, versuche aber verzweifelt, das Bild einer christlich motivierten Tat zu verdrängen.«

»Worin liegt für dich der Unterschied?«

Nick zuckte mit den Schultern. »Du hast recht; private Gleichgesinnte, geführte Organisation, anerkannte Gemeinschaft, es bleibt dasselbe. Wichtig ist allein, den richtigen Ansatz zu finden. Aber nochmals: Ich versuche, das Bild zu verdrängen! Wir denken doch nur sofort in diese Richtung, weil die Opfer gekreuzigt wurden. Das Kreuz hat eine vielfältige Symbolik und die Kreuzigung als Hinrichtungsart gab es bereits vor dem Jahr null und anderorts.«

»Da gebe ich dir recht. Wir könnten etwa genauso einen verworrenen Pfad nach Rom finden«, bemerkte Freddy.

»Wie kommst du auf Rom?«

»Der Sklavenaufstand des Spartacus zum Beispiel. Damals wurden sechstausend Rebellen gefangen genommen und entlang der Via Appia gekreuzigt. Stell dir das einmal vor, Nick: sechstausend! Warum fällt uns das nicht auf Anhieb ein?«

»Wirst du der Lyrik untreu und steigst auf historische Romane um?«, fragte Nick. Er wusste, der Spurensucher verfasste in seiner Freizeit Gedichte. Obwohl Nicks Leidenschaft in keiner Weise der Poesie galt, gefielen ihm die knappen, prägnanten Texte seines Kollegen durchaus.

»Nach wie vor schreibe ich meine Gedichtchen. Allerdings trage ich mich tatsächlich mit dem Gedanken einer Entwicklung.« Freddy wiegte den Kopf. »Ich glaube, ich bin bereit für mein erstes Buch. Und du liegst goldrichtig, tendenziell treibt es mich in die Vergangenheit. Ich finde das erste vorchristliche Jahrhundert faszinierend, insbesondere natürlich die Römer – deshalb kam ich ja auf Spartacus.« Er schmunzelte und hievte sich mit einem Ächzen aus dem Sessel. »Sollte ich auf etwas stoßen, melde ich mich sofort.« Er wandte sich zur Tür und hob die Hand zum Gruß. Auf der Schwelle stieß er beinahe mit Samantha zusammen.

»Hi, Freddy.« Sie schob sich an ihm vorbei in Nicks Büro und gab dem Gehenden dabei einen kräftigen Klaps auf den Hintern.

»Als Protagonistin stelle ich mir eine wehrhafte Matrone vor, quasi eine antike Emanze.« Freddy zwinkerte Samantha zu und verließ mit den Worten »Man muss sich seine Inspiration holen, wo man sie kriegen kann« endgültig den Raum.

Samantha sah ihm mit krauser Stirn nach. »Meint der Staubkornsucher mich?«

»Ich schätze, du bekommst eine tragende Rolle in Freddys Roman.«

Sie schüttelte den Kopf. »Idiot! – Maria Gutensteiner.« Geräuschvoll landete eine dünne Mappe auf seinem Schreibtisch.

»Wow, schnell.«

»Es war keine besondere Herausforderung, schon gar nicht für eine Matrone.« Sie verzog den Mund, machte kehrt und verschwand ohne ein weiteres Wort.

Nick zog die Mappe zu sich heran und öffnete sie. Samantha hatte nicht einfach Ausdrucke gesammelt, sondern einen übersichtlichen Lebenslauf der Frau erstellt. Er begann zu lesen.

Maria Gutensteiner war 1941 in Wien geboren worden. In Klammern hatte Samantha hinzugefügt: Sie ist 74 Jahre alt. Automatisch musste er schmunzeln. *Was täte ich nur ohne sie?*

Er las weiter. Maria Gutensteiner hatte eine einfache Schulausbildung genossen und im Anschluss eine Lehre als Schneiderin gemacht. Es folgten zwei Anstellungen, dazwischen schwarze Löcher. *Schwarzarbeit? Arbeitslosigkeit?*, überlegte er. 1969 war der Abschluss zur Heimerzieherin vermerkt und im selben Jahr der Arbeitsbeginn als Erzieherin in einem Kinderheim Rotherburg. Das Arbeitsverhältnis endete im Jahr 1975 mit der Schließung des Kinderheims.

Er blätterte um und studierte die nächsten Zeilen. Er stutzte, wiederholte Zeile für Zeile. Im Februar 1976 war die Geburt einer Tochter notiert, Vater unbekannt. Er besah nochmals die erste Seite. Das Kinderheim war im September 1975 geschlossen worden. Sie war also während ihrer Arbeitszeit schwanger geworden. 1976 hatte sie die Villa in Baden erworben, bar bezahlt.

Er ging die letzten Angaben nochmals durch. *Weit und breit keine Heiratsurkunde, der Vater des Kindes ist als unbekannt eingetragen, zur Zeit der Geburt war sie – zumindest offiziell – arbeitslos gewesen. Und in einer solchen Situation hatte sie genügend Geld für den Kauf einer durchaus ansehnlichen Villa in Baden?* Die nächste Frage lag auf der Hand, ebenso die Antwort: *Wer war der Vater? Vermutlich ein reicher, verheirateter Mann.* Kurz sinnierte er über seine Vermutung, bevor er sich die letzte Seite vornahm. Sie beinhaltete Detailinformationen über die Tochter: Elisabeth Gardini, verheiratet mit Marco Gardini. Sie lebte in Italien. Eine Adresse in Rom war verzeichnet, ebenso zwei Telefonnummern. In Klammern stand bei der ersten: Handy Elisabeth.

Nick nahm sein Handy und wählte. Es läutete einige Male.

»Pronto?«

Er räusperte sich. »Guten Tag. Spreche ich mit Frau Elisabeth Gardini?«

»Sì … ja. Wer ist dran?«

»Mein Name ist Nick Stein, ich bin Sonderermittler beim Bundeskriminalamt Wien.« Er stoppte und wartete auf eine Reaktion.

»Was kann ich für Sie tun?« Skepsis lag in ihrer Stimme.

»Es geht um Ihre Mutter …«

»Aha.«

Er hatte mit einer besorgten Frage gerechnet, wenigstens mit einer Form von Neugier, aber nicht mit einem monotonen »Aha«. Automatisch stellte er sich auf den sachlichen Ton seiner Gesprächspartnerin ein. »Im Haus Ihrer Mutter in Baden wurde ein Verbrechen verübt. Ich möchte mich bei Ihnen erkundigen, ob –«

»Ist sie tot?«, unterbrach ihn die Frau.

Okay, den spontanen Gedanken an einen Urlaub bei ihrer Tochter kann ich streichen. »Das wissen wir noch nicht«, antwortete er wahrheitsgetreu. Besonderes Feingefühl benötigte er nicht, um zu bemerken, dass ihr die Information, zumindest nach außen hin, nicht nahe ging.

Die Frau gab ein Geräusch von sich, das er als Seufzer einstufte. »Herr … Stein? Meine Mutter und ich pflegen keinerlei Kontakt. Ich kann Ihnen in keiner Weise weiterhelfen.«

Die Gefühlskälte schwappte wie eine eisige Atlantikwelle an sein Ohr und setzte sich in seinem Gehirn fest. *Was muss ein Mensch erlebt haben, der in Bezug auf seine eigene Mutter derart reagiert?* »Ich danke Ihnen für die Auskunft.«

»Sie melden sich, wenn Sie etwas wissen?«, fragte sie tonlos.

»Selbstverständlich.«

Mit einer knappen Verabschiedung beendete er das Gespräch. Seine inneren Alarmglocken läuteten; im beruflichen Bereich seine zuverlässigen Begleiter, im privaten zwar ebenso erprobt, leider hörte er in diesen Fällen aber nicht immer auf das Klingeln.

4

Während Peter die Vermisstensuche überwachte und Samantha Maria Gutensteiners Leben weiter durchforstete, machte sich Nick auf den Weg zu seinem Termin auf dem Polizeirevier in Baden. Nach dem gestrigen Telefonat mit der Tochter und da es keinerlei Hinweise auf einen Urlaub gab, war er sicher, die erste Tote identifiziert zu haben. Es fehlte nur die Bestätigung der Rechtsmedizin. Er nutzte die Fahrtzeit und ließ das Gespräch mit Elisabeth Gardini Revue passieren. Die Kälte der Frau hielt ihn fest. Sie ließ eine tiefe Abscheu vermuten und nach wie vor geisterte ihm die Frage durch den Kopf, was dazu geführt hatte. Als nächstes würde sich Samantha die Tochter und ihren Ehemann vornehmen. Er war gespannt auf das Ergebnis. Ein Blick auf die beiden konnte jedenfalls nicht schaden.

In Baden angekommen, stellte er seinen schwarzen Range Rover kurzerhand auf einem freien Polizeiparkplatz ab. Bereits an der Reviertür wurde er erwartet.

»Herr Doktor Stein?«, fragte der Mann mit ruhiger Stimme, als Nick herantrat.

Nick bejahte und gab ihm die Hand. »Guten Tag.«

»Mein Name ist Erwin Sicherhausen. Ich bin der Leiter der Stadtpolizei Baden. Kommen Sie weiter, wir warten schon auf Sie.«

Nick folgte dem Mann, der über die Schulter weitersprach. »Ich freue mich, dass Sie hier sind. Die Angelegenheit ist eine ganze Nummer zu groß für uns.«

Nick kannte dieses Verhalten. Im Normalfall zeigte sich jede normale Polizeistation erleichtert, wenn er auf der Bildfläche erschien. Allerdings hütete er sich davor, sich zu offenkundig in den Vordergrund zu drängen. Es barg die Gefahr, ein territoriales Verteidigungsverhalten hervorzurufen.

Erwin Sicherhausen öffnete eine Tür und lud ihn mit einer schwungvollen Handbewegung ein, einzutreten.

Wie aufgefädelt saßen fünf Personen an einem langen Tisch. Gespannt blickten sie ihn an, niemand sagte etwas, niemand rührte sich. Erst als ihm der Revierleiter die Personen reihum vorstellte, kam Bewegung in die Gruppe. »Elvira Perez, meine Stellvertreterin. Arno Hammer haben Sie bereits kennengelernt. Erich Offenbach und Friedrich Krause, sie verfügen beide über adäquate Zusatzausbildungen und sind seit Jahren meine Mitarbeiter. Frau Doktor Isolde Wendelin habe ich ebenfalls hierher gebeten. Sie besitzt eine psychologische Ausbildung.«

Nick reichte jedem über den Tisch hinweg die Hand. Die Zeit reichte, um sich ein erstes grobes Bild der Versammelten zu machen. Die einleitenden Worte des Revierleiters deuteten bereits darauf hin, dass er jemanden vor sich hatte, der das Zepter nicht gern aus der Hand legte, es aber wohl auch verstand, damit zu dirigieren.

Elvira Perez war schwieriger zu beurteilen als Erwin Sicherhausen. Sie blickte ihn mit großen dunkelbraunen Augen ruhig an und verzog ihren sinnlichen Mund zu einem wohldosierten Lächeln. Mit einer knappen Kopfbewegung beförderte sie ihr langes, schwarzes Haar hinter die Schultern. Ihr südländischer Typ harmonierte mit ihrem spanischen Namen. Nick schätzte sie auf etwa fünfunddreißig. Unwillkürlich glitt sein Blick über den sichtbaren Teil ihres Körpers. Sie gefiel ihm, gut sogar. Er spürte ein leises Ziehen in der Magengegend. Sein Gehirn war fehlbar, der Bauch jedoch hatte sich in puncto Signale noch nie geirrt. *Verdammt! Kann ich es nicht endlich lassen?* Und zum x-ten Mal gingen ihm dieselben Fragen durch den Kopf: *Hat Luisa es gespürt? War das der wahre Grund, warum die Beziehung nicht funktionierte?* Er war ihr treu gewesen, aber seine Gedanken waren mehr als einmal abgeschweift, auch wenn er diese Tatsache bis heute zu ignorieren versuchte. *Stopp! Konzentrier dich auf das hier!*

Kurz musterte er Doktor Isolde Wendelin. Sie stellte definitiv keine Gefahr für ihn dar. Ganz im Gegenteil. Obwohl sie eine attraktive Frau war, gefielen ihm ihr verkniffener Mund und die beiden parallel laufenden Zornesfalten zwischen ihren Augen definitiv nicht. Zudem sendete sie eindeutig ablehnende Signale. Wem sie galten, vermochte er noch nicht zu verifizieren.

Erich Offenbach und Friedrich Krause machten einen rundherum positiven Eindruck. Sie wirkten gespannt und schienen nur darauf zu warten, loslegen zu dürfen. Nichtsdestoweniger hatte Nick »seine Person« bereits gestern erwählt. Entgegen einem kurzen Moment, in dem er nur das Muskelpaket gesehen hatte, stand Arno Hammer auf seiner Liste an erster Stelle.

Er selbst würde mit den Anwesenden, voraussichtlich abgesehen von Arno Hammer, bis auf diesen Termin nicht mehr viel zu tun haben, wahrscheinlich überhaupt nichts mehr. Dennoch war das Treffen relevant. Der Tatort lag in Baden, zudem wollte er die Details der Observierung erfahren. Darüber hinaus verschaffte es ihm einen zusätzlichen Blick auf Arno Hammer.

Unaufgefordert nahm Nick Platz und überlegte, ob dieses Bild mit Absicht herbeigeführt worden war: Er auf der einen Seite, die anderen ihm gegenüber.

»Darf ich Ihnen etwas zu trinken anbieten, Herr Doktor Stein?«, fragte Erwin Sicherhausen. Dann wandte er sich an seine Mitarbeiter: »Was ist mit euch?«

»Gern, einen Kaffee bitte«, antwortete Nick.

»Ich auch«, folgte Elvira Perez.

»Für mich ein Wasser.« Isolde Wendelin sprach nasal.

Erich Offenbach und Friedrich Krause schüttelten den Kopf. Arno Hammer rührte sich nicht.

Erwin Sicherhausen griff zum Telefon und wählte eine zweistellige Nummer. »Drei Kaffee, ein Krug Wasser und ein paar Gläser«, veranlasste er.

Nachdem er den Hörer wieder aufgelegt hatte, beugte er sich nach vorn. »Ich … wir sind überaus froh, Sie hier zu haben, Herr Doktor Stein, und stehen voll zu Ihrer Verfügung.«

Nick schenkte dem Leiter des Reviers einen freundlichen Blick. »Danke.« Er ließ eine kurze Pause folgen, bevor er weiterredete: »Ich möchte mit denjenigen sprechen, die das Haus beobachtet haben. An wen darf ich mich diesbezüglich wenden?« Bewusst verzichtete er auf einleitende Worte. Sie waren seinem Erscheinen, in welcher Form auch immer, mit Sicherheit vorausgegangen.

Arno Hammers Kopf ruckte hoch. »Mein Team und ich stehen zur Verfügung.«

Wieder der Hinweis auf sein Team. Nick schüttelte den Kopf. »Ich meine, ich möchte mit diesen Spähern reden, nicht mit Ihrem Team.«

»Was erwarten Sie sich davon?« Die Stimme der Psychologin klang scharf.

Hätte sie die Frage in einem anderen Tonfall gestellt, wäre Nick darüber hinweggegangen, so hörte es sich allerdings mehr wie eine Kritik als eine Bitte um Informationen an. Er würde sie im Laufe des Gesprächs beobachten müssen. Sie konnte lästig werden. »Dadurch erfahre ich etwas über den Ablauf des Verbrechens.«

Isolde Wendelin setzte zu einer Erwiderung an, wurde aber von Erwin Sicherhausen mit einer knappen Handbewegung in die Schranken gewiesen. Sichtlich erbost verschränkte sie ihre Arme, blieb jedoch stumm.

Nick beschloss, Wendelins Beiklang zu ignorieren und die Frage neutral zu werten. »Wir würden erfahren, wann es begonnen hat, in welcher Form die Vorbereitungen stattfanden, wann und wie die Opfer ins Haus kamen und möglicherweise vieles mehr«, erklärte er.

Isolde Wendelin löste ihre verschränkten Arme und beugte sich nach vorn. »Sie glauben doch nicht wirklich, dass Sie von diesen Beobachtern auch nur einen einzigen Ton herausbekommen?«

Nick taxierte sie. Sie verhielt sich ihm gegenüber nicht nur ablehnend, sie war richtiggehend aggressiv. *Wartet sie vielleicht darauf, zu dem bevorstehenden Gespräch als Psychologin hinzugezogen zu werden? Oder bin ich ihr, unbewusst, in anderer Form ins Gehege gekommen?*

Arno Hammer unterbrach mit seiner tiefen Stimme Nicks Gedanken. »Versuchen müssen wir es auf jeden Fall.«

»Möglicherweise würde es die Suche nach den Identitäten der Opfer erleichtern«, bemerkte Elvira Perez mit ihrer unverbindlich freundlichen Miene.

Nick fuhr sich über das Kinn. »Völlig richtig. Die Suche läuft, eine Eingrenzung ist allerdings dringend notwendig. Könnten wir den Zeitpunkt des Verschwindens definieren, fielen zwei Drittel der Vermisstenmeldungen weg.«

»Der Spähtrupp bestand aus drei Personen. Meiner Meinung nach«, Arno Hammer warf einen bedeutungsvollen Blick auf die Psychologin, »kommen wir beim jüngsten Mitglied am ehesten voran. Ich habe mich zweimal mit ihm unterhalten. Er ist ein schlaues Bürschchen, siebzehn Jahre alt, und weiß genau, was ihm blüht, wenn er keine Hilfe bekommt. Ich glaube, einen ganz guten Draht zu ihm zu haben.«

Isolde Wendelin ließ sich eindeutig anmerken, dass sie anderer Meinung war.

Könnten Blicke töten, fiele Arno Hammer auf der Stelle tot um, dessen war Nick sicher. *Hatte die Psychologin ein zweites Feindbild in der Runde? Oder galt ihre Ablehnung am Ende gar allein Arno Hammer?* Es lohnte sich nicht, darüber nachzudenken. Ihr eigenartiges Verhalten machte ihn dennoch neugierig. Wie eine professionelle Fachkraft agierte sie auf jeden Fall nicht.

»Wann können wir den Jungen besuchen?«, fragte Nick und fixierte Arno Hammer, der sich nicht von Isolde Wendelin lösen wollte.

»Sofort, wenn Sie wollen. Ich telefoniere von unterwegs.«

Erwin Sicherhausen reagierte auf der Stelle. »Unterbrechen wir die Sitzung. Sie melden sich, wenn Sie etwas von uns benötigen, und wir sind zur Stelle«, wandte er sich an Nick.

»Das mache ich. Danke.« Wenn das Gespräch mit dem Späher gut verlief, wusste er bereits, was er von Erwin Sicherhausen benötigte: Arno Hammer.

Gefolgt von demselben verließ er den Raum. Aus dem Seitenwinkel konnte er gerade noch sehen, wie sich Erwin Sicherhausen vor Isolde Wendelin aufbaute und ihr etwas ins Ohr flüsterte. Seine Körperhaltung war unmissverständlich: Die Dame bekam Schelte.

5

Schon von jeher hatte Nick die Atmosphäre von Gefängnissen als bedrückend und unangenehm empfunden. Lieber hielt er sich sogar in der Rechtsmedizin auf, die ebenfalls keinen Spielplatz der Heiterkeit darstellte.

Man hatte ihn und Arno Hammer durch Gänge geschleust und in einen kargen Besprechungsraum gebracht. Nun saßen sie schweigend nebeneinander und warteten.

Arno Hammer durchbrach die Stille. Er hüstelte. »Herr Doktor Stein, ich muss Ihnen etwas –« Die sich öffnende Tür unterbrach ihn.

Ein Junge trat in Begleitung eines Wachbeamten ein.

Unmerklich schüttelte Nick den Kopf und schalt sich in Gedanken einen bornierten Trottel. Aber selbst ein erfahrener Rechtspsychologe und Profiler wie er war nicht davor gefeit, gewisse Vorstellungen zu haben. Er hatte einen Teenager mit aufsässigem Jim Stark-Blick, einer ausgefallenen Frisur, Piercings und Tattoos erwartet. Diesem Bild zum Trotz nahm ein schmächtiger Junge mit bravem Kurzhaarschnitt und runder Brille vor ihnen Platz. Mit gesenktem Kinn sah der Kleine sie mit seinen wasserblauen Augen von unten an und grinste verlegen.

Arno Hammer klopfte dem Jungen über den Tisch hinweg auf die Schulter. »Wie geht's, Beni Blue? Alles senkrecht da drinnen?« Er deutete auf die Tür, durch die der Junge eben gekommen war.

Nick zog die Augenbrauen hoch, verbiss sich aber eine Bemerkung, da die Worte des Beamten auf der Stelle eine Veränderung bewirkten.

Beni hob den Kopf und richtete seinen Oberkörper kerzengerade auf. »Danke, Sir! Es geht mir gut.«

Sir? Nicks Brauen wanderten noch einen Tick höher. Er setzte ein freundliches Lächeln auf und schaute den Jungen direkt an. »Mein Name ist Nick Stein. Ich bin Sonderermittler beim Bundeskriminalamt und wurde mit dem Fall betraut.« Absichtlich definierte er nicht, welchen Fall er meinte. Die Einbruchserie, die Morde – oder beides.

Sofort wanderte Benis Blick zu Arno Hammer. Der ließ sich nicht zweimal bitten. »Wir sind ausschließlich wegen der Villa hier, die du, Franz und Marco beobachtet habt.«

Beni presste die Lippen aufeinander und schwieg. Seinen Blick löste er jedoch nicht von Arno Hammer.

Nick blieb stumm und überließ es dem Beamten, weiterzusprechen. Das Muskelpaket hatte offenbar einen Draht zu dem Jungen. Diesen Fakt galt es zumindest in der Anfangsphase des Gesprächs auszunutzen. Es brauchte oft wenige richtige Worte, um eine Person aus der Reserve zu locken.

»Beni, du weißt, dass in diesem Haus schreckliche Dinge geschehen sind. Die müssen wir aufklären und du kannst uns dabei helfen«, sprach Arno Hammer weiter.

»Was habe ich davon?« Die Frage kam unverzüglich und stand im Gegensatz zu der vermeintlichen Unsicherheit des Jungen.

Nick musterte Beni. Entweder hatte der Junge seine Schüchternheit aus reinem Überlebensinstinkt innerhalb eines Wimpernschlags besiegt, oder er war bereits mit einem Konzept hierhergekommen. Natürlich musste er geahnt haben, dass früher oder später jemand bei ihm auftauchte. Augenscheinlich saß ein durchaus schlauer Junge vor ihnen.

»Dein Ansprechpartner.« Arno Hammer deutete auf Nick und lehnte sich zurück.

»Die Männer, die dich für das Auspionieren bezahlt haben, sagen, es gäbe keine schriftlichen Aufzeichnungen.« Bewusst überging Nick Benis Frage.

»Ja, das stimmt. Sie haben uns eingebläut, nichts aufzuschreiben. Deshalb waren wir auch immer zu Zweit. Einer allein hätte vielleicht etwas vergessen.«

»Das heißt, du warst gar nicht immer vor Ort?«, fragte Nick.

Beni brauste auf. »Ich brauche nur wenig Schlaf. Von uns Dreien habe ich am meisten gesehen. Außerdem mussten wir uns immer abstimmen.« Aufgeregt setzte er nach: »Ich habe mir alles gemerkt!«

Jetzt war der richtige Zeitpunkt für die Antwort auf Benis Frage. »Ich werde ein gutes Wort für dich einlegen«, sagte Nick ernst.

Der Junge nickte. »Ich kenne Sie aus dem Fernsehen. Sie haben Einfluss. Schwören Sie, dass Sie mir helfen werden?«

Am liebsten hätte Nick laut aufgelacht. Beni war gewieft und verfügte ohne Zweifel über eine gehörige Portion Verstand. Allerdings fehlten ihm noch zwei wesentliche Dinge: Die Erfahrung des Alters und Raffinesse.

»Ich schwöre es dir.« Er ließ einen bedeutungsvollen Moment der Stille folgen, dann sprach er weiter: »Wann und wo hast du diese Einbrecherbande kennengelernt?« Er wollte sich langsam herantasten.

»Das habe ich ihm doch schon erzählt!« Empört zeigte der Junge auf Arno Hammer.

»Und ich will, dass du es mir noch einmal erzählst.«

Resigniert zuckte Beni mit den Schultern. »Wir hängen oft in der Fußgängerzone ab. Irgendwann hat uns dort dieser Typ angesprochen: Ob wir viel freie Zeit hätten und ob wir auf einfache Weise Geld verdienen wollten.« Er grinste. »Diese beiden Vollidioten waren sofort Feuer und Flamme. Aber ich nicht! Ich habe mir erst angehört, was er zu sagen hatte.«

»Mit Vollidioten meinst du deine Freunde, Franz und Marco?«, erkundigte sich Nick.

»Wen sonst! Die zwei sind nicht ganz dicht. Sie müssen wissen, die haben nicht einmal die Schule geschafft.« Beni tippte sich an die Stirn. »Trotzdem sind sie cool, irgendwie.«

»Was geschah dann?«

»Na, er hat uns erzählt, was wir zu tun hätten. Was sonst.« Unübersehbar wiegte Beni sich in Sicherheit und wurde zunehmend dreister.

Nick ließ ihm das Gefühl. So würde er mehr erfahren. Betont sanft hakte er nach: »Und was war das genau?«

»Wir mussten nichts weiter tun, als rund um die Uhr ein bestimmtes Haus beobachten und jeden Tag Bericht erstatten.«

»War dir klar, zu welchem Zweck ihr das Haus observiert habt?«

»Observiert?«

»Beobachtet.«

»Aha. Nei-ein. Wie kommen Sie drauf?«

Beni log nicht einmal schlecht, fand Nick. »Und gleich danach habt ihr begonnen, die Villa zu beobachten, um die es jetzt geht?«

»Aber nein! Das war schon unsere Dritte.«

Arno Hammers Hände zuckten, er öffnete den Mund. Mit einer Geste hinter der Tischkante bedeutete Nick ihm zu schweigen. Der Beamte verstand sogleich, seine Lippen schlossen sich.

»Okay. Wann habt ihr mit unserer Villa begonnen?«, fragte Nick und überging Benis unbedachtes Eingeständnis.

»Das war vor knapp fünf Monaten.«

»Ein genaues Datum weißt du nicht mehr?«

»Es war der erste Mai, leicht zu merken.«

Nick machte eine auffordernde Handbewegung. Der Junge sollte weitersprechen.

Beni hustete gekünstelt. Auf einmal schien er nicht mehr ganz davon überzeugt zu sein, dass es von Vorteil wäre, alles auszuplaudern. Offenbar hatte er seinen Fehler bemerkt. Misstrauisch beäugte er zuerst Nick, dann Arno Hammer, der prompt reagierte. Er klopfte dem Jungen wie schon zu Beginn auf die Schulter.

»Red nur. Und wenn Dinge dabei sind, die du mir verschwiegen hast, ist das in Ordnung. Uns geht es nur darum, zu erfahren, was in der Villa geschehen ist.«

Noch einmal wanderten Benis Pupillen zwischen den beiden Männern hin und her, dann begann er zu sprechen: »Am Anfang ist gar nichts passiert. Die alte Frau, die in dem Haus wohnte, hat sich nicht oft blicken lassen. Sie ist jeden dritten Tag einkaufen gegangen und ab und zu durch den Garten spaziert. Aber nach etwas mehr als einer Woche hat sich das plötzlich geändert.«

Allmählich wurde Nick ungeduldig. Er spürte förmlich, wie der Bengel die Aufmerksamkeit genoss. »Was änderte sich?«, fragte er und legte eine gewisse Schärfe in seine Stimme.

»Zuerst ist eine Frau zu Besuch gekommen. Ich habe sie für die Tochter der Alten gehalten.«

»Nun lass dir doch nicht alles aus der Nase ziehen! Glaubst du, das wirkt sich gut auf deine Zukunft aus?«, fuhr Arno Hammer dazwischen.

»Wie sah sie aus? Und kannst du ihr Alter schätzen?« Nick redete nun wieder in sanftem Ton. Gern hätte er Arno Hammer anerkennend auf die Schulter geklopft. Der Mann agierte wirklich gut.

Beni gab einen undefinierbaren Laut von sich. »Was weiß ich! Eher groß für eine Frau, braune Haare, alle gleichlang, nicht ganz bis zu den Schultern. Sie hatte eine megariesige, schwarze Sonnenbrille auf. Das Ding war das Auffälligste an ihr.« Er zuckte mit den Schultern. »Und ihr Alter ... keine Ahnung, Mittelalter, vielleicht vierzig oder fünfzig.«

»Kam sie mit einem Wagen?«

»Nein. Zu Fuß.«

»Hatte Sie Schlüssel für das Anwesen?«

Beni schüttelte den Kopf. »Sie hat an der Gartentür geläutet. Die Alte ist rausgekommen, sie haben sich die Hände geschüttelt und sind reingegangen.«

»Wie kommst du dann darauf, dass es sich um Mutter und Tochter handelte? Kein Schlüssel, nur ein Händeschütteln.«

»Na, weil sie echt nett miteinander umgegangen sind. Die Alte hat sich total gefreut und die Jüngere war richtig herzlich. Das hat man gesehen. Außerdem ... wenn ich nicht bei meiner Mutter wohnen würde, hätte ich sicher auch keinen Schlüssel von ihr. Am liebsten würde sie ihn mir jetzt schon wegnehmen.«

»Gut. Weiter.«

Der Junge gehorchte. »Ungefähr zwei Stunden später ist ein Mann aufgetaucht. Ich hab gedacht, er wär der Ehemann von der Frau mit der Riesenbrille. Vom Alter her hätte es gepasst, glaub ich.«

»Und?«

»Er ist auch zu Fuß gekommen, die Jüngere hat ihn eingelassen.«

Auffordernd wedelte Nick mit seiner Hand.

Beni erzählte weiter. »Erst nach einer Ewigkeit haben sie das Haus wieder verlassen, die Frau und der Mann. Aber am nächsten Tag sind sie wieder gekommen und sie hatten jemanden mit dabei. Fünf Leute, zwei Frauen und drei Männer. Hat witzig ausgesehen, wie sie im Gänsemarsch dahergekommen sind.«

»Waren diese fünf Personen jung oder alt?«

»Oh ja, die waren alt, wie die Hausbesitzerin.«

»Und wer hat ihnen geöffnet?«

»Niemand. Jetzt hatten die Frau und der Mann einen Schlüssel dabei.«

»Wie ging es weiter? Waren sie lang im Haus?«

Mit fahrigen Bewegungen nestelte Beni an seiner Brille herum. »An diesem Tag musste ich wegen meiner Mutter früher weg. Marco ist für mich eingesprungen. Am nächsten Morgen haben er und Franz steif und fest behauptet, dass die fünf Alten das Haus nicht wieder verlassen hätten. Sie meinten, dafür sei eine weitere Frau in die Villa gegangen, auch eine Jüngere, also etwa in dem Alter wie die Tochter und ihr Mann.« Er fuhr sich über die Augen. »Ich habe gedacht, Franz und Marco wären eingeschlafen oder weggegangen. So etwas ist denen echt zuzutrauen. Ich hatte riesige Angst, den Job zu verlieren. Also habe ich diesen beiden Idioten beigebracht, was sie unseren Auftraggebern sagen sollten.«

»Nämlich, dass alle das Haus verlassen haben?«

»Ganz genau. Wie es sich für einen normalen Besuch gehört.«

»Du selbst hast die alten Leute auch nicht mehr gesehen, oder?«

»Weder die fünf Besucher noch die Hausbesitzerin.«

»Ist dir das nicht komisch vorgekommen?«

Beni riss die Arme hoch. »Nein! Für mich war klar, dass der Besuch gegangen sein musste und die Besitzerin wahrscheinlich mit ihnen. Ich hab ja gesagt, ich dachte, Franz und Marco wären eingeschlafen oder hätten sich davongestohlen. Die haben den Job doch viel zu locker genommen!« Er machte ein unglückliches Gesicht. »Für mich war alles klar, weil –« Er stockte.

»Weil?«, half Nick ihm auf die Sprünge.

»Weil … na, wegen dem Ganzen, was danach passiert ist.«

»Okay. Lassen wir deine Annahme einmal so stehen und kommen später darauf zurück. Hast du die Tochter und den Mann nochmals gesehen? Und was war mit der zweiten Frau, die deine Freunde angeblich gesehen haben?«

»Ja, das Paar ist wiedergekommen. Und es gab wirklich noch eine Frau. Das heißt, ich glaube … sogar zwei.«

Obwohl Nick sich nichts anmerken ließ, stand er innerlich unter Hochspannung. »Kannst du mir die zwei weiteren Frauen beschreiben?«

Jetzt sah Beni richtig verzagt aus. »Ob Sie es mir abkaufen oder nicht, aber sie sahen sich zum Verwechseln ähnlich. Deswegen bin ich mir bis heute nicht sicher, ob es insgesamt zwei oder drei Frauen waren.«

»Willst du mir das wirklich weismachen?«, fragte Nick skeptisch.

»Sie glauben mir nicht, aber ich sage die Wahrheit. Echt jetzt.« Der Junge stöhnte auf. »Die waren unauffällig gekleidet, immer Jeans und irgendein Oberteil, alle braune Haare in derselben Länge. Und diese großen Sonnenbrillen hatten sie auch immer auf. Die erste war ein bisschen größer, deshalb habe ich sie immer wiedererkannt, aber die zweite und ... oder ... die dritte ...« Er verbarg das Gesicht in seinen Händen.

»Okay, beruhige dich. Erzähl mir etwas über den Mann, den Ehemann«, sprach Nick leise und sanft auf ihn ein.

Beni befreite sein Gesicht und atmete tief durch. »Ein Durchschnittstyp, normal groß, nicht dick, nicht dünn. Allerweltsvisage, was ich erkennen konnte, unauffällige Kleidung. Genau wie die anderen, die waren nur ein bisschen größer und der eine dazu stärker. Die hatten ja auch immer Sonnenbrillen auf, welche für Männer halt.«

»Die anderen?« Nick bemühte sich, ruhig zu bleiben.

»Ja, drei Tage später sind zwei weitere gekommen. Ich bin mir sicher, das waren Handwerker. Sie haben alles Mögliche ins Haus geschleppt: endslange Pfosten, Werkzeuge und so. Vieles konnte ich nicht sehen, weil sie es in Kartons verstaut hatten.« Unwillkürlich rieb der Junge sich die Hände. »Franz und Marco waren zu blöd, aber ich habe mich gefreut. Wenn das Haus renoviert werden würde, gäbe es sicherlich gute Möglichkeiten, hinein–« Er brach ab. Seine Handbewegungen gingen in ein nervöses Kneten über.

»Ich will von dir nur wissen, was geschehen ist. Alles andere interessiert mich zum jetzigen Zeitpunkt nicht.«

Beni nickte. »Die Handwerker-Typen, der Ehemann und die zwei oder drei Frauen sind abwechselnd jeden Tag gekommen. Es war immer mindestens eine Person anwesend. Oft waren auch alle da.« Er seufzte und verzog das Gesicht zu einer kläglichen Grimasse. »Ich schwöre, ich hab gedacht, die Alte sitzt mittlerweile in einem Altersheim. Für mich war klar: Die Sonnenbrillenfrau war ihre Tochter, die sich das Haus unter den Nagel gerissen hat. Vielleicht war der erste Typ auch nicht der Ehemann, sondern ebenfalls ein Kind von der Alten. Und möglicherweise waren die Handwerker in Wahrheit Verwandte – ich weiß es nicht. Beim Rest war ich mir allerdings sicher: Schwupps, die Alte im Zuge einer kleinen Abschiedsfeier rauskicken und gleich mit der Renovierung beginnen.« Seine Mundwinkel zuckten. »So hat es auch meine Mutter mit Oma gemacht. Der Unterschied war nur, dass es keine Villa, sondern eine grindige Zweizimmerwohnung war. Und dass meine Mutter keine Abschiedsfeier für Oma geschmissen hat. Sie hat selbst gefeiert, als Oma weg war.«

»Du dachtest, die fünf Senioren wären zu einer Abschiedsfeier gekommen?«

»Ja. Alles passte doch zusammen. Irgendwie. Oder?« Benis Ausdruck wurde immer unglücklicher.

Nick ließ sich mit seiner Antwort Zeit. Vielleicht war der Junge schlau und gerissen, aber er hatte ein Herz und zweifelsfrei eine lieblose Mutter. Einem plötzlichen Impuls folgend tätschelte er Benis Hand. »Mach dir keine Vorwürfe. Erzähl, was weiter geschah.«

»Vor«, Beni schloss für einen Moment die Augen und überlegte, »genau zehn Tagen ist auf einmal niemand mehr gekommen. Wir haben die Villa noch ein paar Tage weiterbeobachtet und …« Er vollendete den Satz nicht. Offenbar wollte er nicht noch einmal lügen. Sein Blick wanderte zu Arno Hammer. »Den Rest kennen Sie, Herr Hammer. Sie haben mich verhaftet.«

6

Eine Weile gingen Nick und Arno Hammer ohne ein Wort zu sprechen nebeneinander her, bis Arno Hammer das Schweigen schließlich durchbrach. »Er ist nicht einmal auf den Gedanken gekommen, dass die vorgeblichen Verwandten das Haus für die alte Frau renovieren könnten. Er war sich sicher, dass sie es sich irgendwie illegal angeeignet hatten.«

»Sind Ihnen die Bemerkungen über seine Mutter aufgefallen?«, entgegnete Nick.

»Natürlich. Unter anderen Voraussetzungen hätte aus so einem Burschen eine Menge werden können.« Unvermittelt blieb Arno Hammer stehen. »Werden Sie ihm helfen, Doktor Stein?«

Auch Nick verharrte. »Ich werde es auf jeden Fall versuchen. Letzten Endes kommt es auf den Richter an. Ich tue, was ich kann.«

Arno Hammer nickte. »Sie sollten sehen, wie er wohnt. Ich war dort. Der Vater tot, die Mutter eine Alkoholikerin, um die er sich kümmern muss. Sein Zimmer ist vollgestopft mit Büchern, viele über die amerikanische Armee. Vor allem die Air Force dürfte es ihm angetan haben.«

»Bücher?«

»Berge! Und nicht nur über die Air Force. Krimis, Horrorgeschichten, aber auch Romane, sogar richtige Literatur wie ›Sturmhöhe‹ und ›Das Bildnis des Dorian Gray‹. – Ich lese selbst gern«, fügte Arno Hammer erklärend hinzu.

Nick wiegte seinen Kopf. »Es erklärt das ›Sir‹. Es kommt von seiner Faszination für die Air Force.«

»So nannte er mich schon beim ersten Verhör. Ich glaube, mein Äußeres hat ihn inspiriert.«

Die beiden Männer lachten.

»Sie gäben in der Tat einen stattlichen Army-Soldaten ab. Und Sie müssten sich nicht einmal die Haare schneiden lassen.«

»Haben Sie was gegen meine Lockenmähne, Doktor Stein?«

Wieder lachten sie.

Nick streckte seinen Arm aus. »Nennen Sie mich doch bitte Nick.«

Arno Hammer ergriff Nicks Hand. »Arno … Arni.«

Nick schmunzelte. »Ich erspare mir einen Kommentar.«

»Danke.« Der Hüne deutete eine Verbeugung an. »Wie geht es nun weiter, Herr … Nick?«

»Ich muss zurück zum Bundeskriminalamt. Und du kommst mit.«

Samantha machte große Augen und stieß einen gurrenden Laut aus, als sie Arno im Rahmen ihrer Bürotür stehen sah. »Oh fuck.«

Peter, der neben ihr saß, schlug ihr mit der flachen Hand auf den Oberarm. »Du hast deinen Prince Charming schon gefunden.«

»Ich esse zu Hause, aber Appetit kann ich mir holen, wo ich will. Ist das bei euch gays anders?«

Peter grinste. Er rutschte näher an sie heran und flüsterte ihr zu, laut genug, dass es alle hören konnten: »Das ist Arno Hammer. Ich habe dir von ihm erzählt und ihn beschrieben. Im wahrsten Sinne des Wortes ein Hammer, der Mann, nicht wahr? Viel zu schön für ein Weibsbild wie dich.«

Als Antwort trat sie ihm gegen das Schienbein.

Nick unterbrach das Geplänkel und sprach an Arno gewandt: »Peter Westernschmidt kennst du bereits. Und das ist Samantha Smith, meine Assistentin und rechte Hand. Wie du dir sicher vorstellen kannst, kennt mein Stolz auf die beiden keine Grenzen.«

Arno nickte zuerst Peter, dann Samantha zu. »Die linke haben Sie Nick wohl bereits abgebissen?«

Einen Moment lang starrte Samantha den muskulösen Mann verblüfft an, dann brach sie in schallendes, wenig damenhaftes, Gelächter aus. »What an asshole!«, rief sie gurgelnd und sprang auf. Mit zwei, ebenfalls unweiblichen, Riesenschritten durchquerte sie den Raum und klopfte ihm auf die Schulter. »Sie gefallen mir. Wenn ich nur zwei Monate jünger wäre …«

Als Antwort schnappte Arno sich Samanthas Hand und küsste sie formvollendet. »Bei Frauen wie Ihnen spielen Monate und Jahre keine Rolle.«

»Gut, das Eis ist gebrochen. Seid lieb zueinander, ihr werdet euch vielleicht öfter sehen«, bemerkte Nick trocken. Arno gefiel ihm besser und besser. Wie er sich beim Verhör verhalten hatte, war beispiellos gewesen und auch seine spontane Reaktion auf Samanthas Art zeigte ihm, dass er Menschen schnell einschätzen und richtig reagieren konnte. »Es gibt erste Neuigkeiten.« Nick machte kehrt und ging los, Arno folgte ihm. Samantha und Peter erhoben sich eilig und marschierten ebenfalls hinterher.

»Mein Büro«, wandte Nick sich an Arno, während er eine Tür öffnete. »Wir haben zwar hochmoderne Besprechungsräume, aber wenn es Personenanzahl und Technik nicht verlangen, ziehe ich meine eigenen vier Wände vor.« Er deutete auf die Wand neben seinem Schreibtisch, an der zwei Schreibtafeln, eine weiße für Stifte und eine schwarze für Kreide, eine riesige Pinnwand und ein ausladendes Notizbord hingen. »Nimm bitte Platz!« Die Aufforderung war an Arno gerichtet, Samantha und Peter hatten es sich bereits auf zwei Sesseln bequem gemacht.

Nachdem sich Arno ebenfalls einen Stuhl herangezogen hatte, setzte sich auch Nick.

»Du sagtest, es gibt News«, formulierte Samantha lakonisch. »Hat the little Spy etwas ausgespuckt?«

»Jede Menge.« Nick stand wieder auf, schnappte sich einen schwarzen Stift und begann zu erzählen. Während er sprach, skizzierte er auf der weißen Schreibtafel einen ungefähren Zeitablauf. »Das heißt, wir haben es mit fünf oder sechs Personen zu tun«, endete er schließlich.

»Kein Zweifel, dass der Kleine die Wahrheit sagt?«, fragte Peter.

»Er hat nicht gelogen, da bin ich mir zu neunundneunzig Komma neun Prozent sicher. Außerdem sind es die einzigen Anhaltspunkte, die wir im Moment haben. Ich will nicht warten und Däumchen drehen, bis irgendwann weitere Hinweise kommen.«

»Was machen wir mit dem Wissen?«, fragte Samantha.

»Ruf deinen Romeo an und erzähl ihm alles. Und informier ihn bitte gleich, dass ich ihm morgen früh einen Besuch abstatte.« Nick wartete keine Antwort ab und wandte sich an Peter. »Wir werden die Spurensuche vorerst eingrenzen.« Er deutete auf seine Aufzeichnungen. »Der Junge sagte, am ersten Mai hätten sie mit der Beobachtung begonnen. Wenn wir davon ausgehen, dass es sich bei den fünf Personen, die eine Woche später kamen, um die Opfer handelt, liegen wir circa beim siebten Mai.«

»Er sagte ›mehr als eine Woche‹«, bemerkte Arno.

»Ich weiß, wir lassen uns diesen Spielraum«, entgegnete Nick. »Mit einem zusätzlichen Sicherheitspolster lassen wir die Vermisstenfälle ab Mitte Mai zunächst einmal außen vor. Einfach zu merken, fand schon der Kleine.«

Peter stand auf. »Ich gebe die Information sofort weiter.« Er verließ das Zimmer.

Auch Samantha erhob sich. »Ich geh mal telefonieren.«

»Kein Dirty Talk, auch nichts übers Einlochen.«

Samantha fuhr herum. »Asshole.« Sie rauschte aus dem Zimmer.

»Einlochen? Romeo? Dirty Talk?« erkundigte sich Arno, der sitzen geblieben war.

»Sie ist mit dem Rechtsmediziner liiert«, erklärte Nick.

»Aha. Diesem Robert Hofer?«

»Ich nehme an, du hast ihn am Tatort kennengelernt.«

»Leider, ja. Wie kann eine dermaßen coole Frau an einen – entschuldige – Lackaffen wie ihn geraten?«

»Das ist eine andere Geschichte.« Nick ließ sich wieder in seinen Stuhl fallen. »Ich möchte dich bitten, den Jungen morgen erneut zu besuchen, allein, ohne mich. Du hast einen guten Draht zu ihm. Geh alles nochmals Punkt für Punkt durch. Vielleicht kommen einige Details dazu, an die er heute nicht gedacht hat, weil er zu aufgeregt war. Im Übrigen, betrachte dich, sofern du das willst, als für den Fall abgestellt.«

»Und ob ich das will! Die Formalitäten?«

»Das erledigen wir morgen von hier aus.« Nick lehnte sich zurück und fixierte sein Gegenüber. »Ich würde dir gern eine Frage stellen …«

»Nur zu.«

»Heute in der Besprechung auf dem Badener Revier fiel mir Frau Wendelins deutliche Ablehnung auf. Zuerst dachte ich, sie sei – warum auch immer – allein gegen mich gerichtet, später war ich mir nicht mehr so sicher.«

Arno räusperte sich. Offensichtlich war ihm das Thema unangenehm. »Darüber wollte ich schon mir dir sprechen.«

»Du hast im Gefängnis begonnen zu reden, bist aber von Beni unterbrochen worden.«

Arno nickte. »Ich kenne Frau Doktor Wendelin seit einer Weile. Sie wurde mir für den Einbruchsfall als psychologische Beraterin zur Seite gestellt. Es gab Missverständnisse.«

»Ich hatte den Eindruck, sie wäre an deiner Stelle gern mit zum Verhör gefahren.«

»Davon kannst du ausgehen.«

»Wegen des Falls oder weil sie es dir nicht gönnt?«

»Wohl beides. Auf jeden Fall war sie schon sauer, bevor du das Besprechungszimmer betreten hast. Sie wusste natürlich, dass wir uns bereits kennengelernt hatten.«

»Unprofessionell«, stellte Nick fest. »Ihr müsst euch gehörig in die Haare gekriegt haben.«

»So kann man es auch nennen.« Arno seufzte. »Anfangs verstanden wir uns zu gut, kurz darauf gar nicht mehr. Du weißt, worauf ich hinaus will?«

»Ach herrje.« Nick lachte auf. »Nun, wenigstens bin nicht ich derjenige, der in ihr Schussfeld geraten ist.«

»Sag das nicht, immerhin hast du mich extra angefordert.«

»Die Einbruchsserie kann ich nicht beeinflussen, mit dem Mordfall wird sie nichts zu tun haben, das verspreche ich.« Er wollte ihr unzulängliches Verhalten nicht nochmals ausdrücklich erwähnen. Eine Person, die private Gefühle dermaßen stark in den Beruf mit einbrachte, hatte in seinem Team nicht einmal am Rande etwas verloren.

Arno schien das durchaus recht zu sein.

7

»Sie ist es!«, rief der Rechtsmediziner Nick über den Gang hinweg zu.

»Das war mir klar«, murmelte Nick und folgte Robert Hofer in den Autopsieraum.

»Voilà! Maria Gutensteiner, die Hausbesitzerin.«

Nick blieb vor dem Tisch stehen und blickte auf die leblose Gestalt hinab. Trotz jahrelanger Praxis und eines laufenden Abstumpfungsprozesses reagierte sein Körper nach wie vor beim Anblick eines Toten auf dem Seziertisch. Bei misshandelten Kindern etwa antwortete er instinktiv mit geballten Fäusten und einem schmerzhaften Ziehen oberhalb der Magengegend. Selbst bei unauffälligen Leichen lief ein gewisser abgeschwächter Prozess ab. Nichts davon stellte sich jedoch in diesem Augenblick ein.

Der ausgestreckte Leib vor ihm wirkte schlicht unecht, künstlich. Als betrachtete er ein Replikat Ötzis, der berühmten Gletschermumie, nur andersfarbig und frisch, aus Plastik nachgestaltet und durchaus kunstvoll bemalt. Die trockene, stellenweise dunkel verfärbte Haut spannte sich um das Knochengerüst wie durchsichtiger Kunststoff um einen vakuumierten Gegenstand, wobei Substanz in Form von Fleisch und Muskeln kaum mehr vorhanden war.

Nick war dieses Empfinden und die damit verbundene Gefühlskälte nicht unbekannt, er hatte es bereits einige Male erlebt, unter anderem auf der Body Farm der University of Tennessee, wo er sich mehrmals zu Studienzwecken aufgehalten hatte. Das Betrachten der ausgelegten Körper hätte er mit der Untersuchung einer interessanten Skulptur vergleichen können. Es zeigte sich keine menschliche Regung, allein der wissenschaftliche Aspekt zählte. Wie schnell verfiel ein Körper im Schatten eines Baumes, bedeckt von Zweigen? Was geschah bei direkter Sonnenbestrahlung? Welche Insekten kamen zu welchem Zeitpunkt und legten ihre Larven ab?

»Die eigentliche Todesursache?«, fragte Nick und deutete auf den Y-Schnitt.

»Simples Herzversagen.«

»Sie sieht aus wie Ötzi.«

Der Rechtsmediziner nickte. »Das kommt nicht von ungefähr. Sie war unterernährt und komplett dehydriert. Dem Körper fehlte es an allem.«

»Nach dem aktuellen Wissensstand hat sie fünf Monate in Gefangenschaft verbracht«, bemerkte Nick.

Wieder nickte der Arzt. »Der Zustand der Unterernährung wurde auf jeden Fall über einen längeren Zeitraum herbeigeführt. Irgendwann muss sich der Körper zwangsläufig aus seinen Speichern bedienen, dann startet der Teufelskreis. Er zapft seine eigenen Vorräte an, Kohlenhydrate, Fette, Proteine, bis nichts mehr da ist. Das Resultat ist Auszehrung bis zum völligen Kräfteverfall. Die Organe können nicht mehr adäquat arbeiten, es folgt eine erhöhte Infektrate, die Wundheilung wird verzögert, die Muskelmasse reduziert sich und so weiter.«

»Und die Dehydration wurde –«

»Natürlich durch das Verwehren von Flüssigkeit herbeigeführt. Klassisches Verdursten«, unterbrach ihn Robert Hofer. »Bevor sie allerdings wirklich daran sterben konnte, fiel sie den Folgen der Kreuzigung zum Opfer, in ihrem Fall eben Herzversagen.«

»Das heißt, zu trinken bekam sie erst am Schluss nichts?«

»Du hast es erfasst. Vermutlich zeitgleich mit der Kreuzigung, aber das hast du jetzt nicht gehört.«

»Und wahrscheinlich finde ich es auch nirgendwo vermerkt.«

»Selbstverständlich nicht.«

»Zeigen alle sechs die gleichen Symptome?«

»Ja. Die Reaktionen waren geringfügig unterschiedlich, aber das ist normal. Jeder Körper spricht anders darauf an. Sie starben auch nicht alle an Herzversagen.« Mit seinem ausgestreckten Arm zeichnete er einen Halbkreis. »Wir haben Herz, Kreislauf, Verkrampfung der –«

Jetzt stoppte ihn Nick. »Das lese ich in Ruhe in deinem Bericht nach. Todeszeitpunkte der Opfer?«

»Lies es doch in meinem Bericht nach«, entgegnete Robert Hofer barsch. Kurz herrschte Schweigen, dann sprach er weiter. »Es deckt sich mit der Aussage dieses Teenagers, dass vor circa zehn Tagen plötzlich keiner mehr kam; mit einer Abweichung von ein paar Stunden oder gar Tagen.«

Nick seufzte. »Wenn du sonst nichts hast, gehe ich wieder. Sobald weitere Infos hereinkommen, gib mir gleich Bescheid.«

»Aber ich habe doch noch etwas!« Der Rechtsmediziner blickte ihn herausfordernd an, seine Lippen zuckten und verzogen sich zu einem anmaßenden Grinsen.

»Und was?« *Wenn er nicht der beste Rechtsmediziner wäre, würde ich …*, Nick vollendete seinen Gedanken nicht.

»Wir haben bei den Opfern das Bakterium Neisseria Gonorrhoesae gefunden.« Robert Hofer war in seinem Element.

»Ich bin kein Facharzt für Labordiagnostik«, erwiderte Nick. Er kannte das Spiel. Der Rechtsmediziner wollte gebeten werden.

»Gonorrhoe, Nick. Gonorrhoe!«

»Was? Die Opfer hatten Tripper?« Unwillkürlich weiteten sich seine Augen. Die Information hatte es in der Tat in sich.

Robert Hofer zeigte sein Siegerlächeln. »Ganz genau. Weitere Tests sind im Gange, aber soviel kann ich dir bereits sagen: Sie haben sich erst kürzlich damit angesteckt.«

Nick brauchte einen Moment, um die Fragen zu ordnen, die durch seinen Kopf rasten. Die wichtigste stellte er voran. »Ich weiß nicht auswendig, welche Symptome zu welchem Zeitpunkt auftreten?« Eine Krankheit, die sich erst Monate später zeigte, schien ihm nicht sinnvoll, außer es ginge rein um den symbolischen Wert.

»Die Inkubationszeit beträgt nur wenige Tage. Bei Männern treten Schmerzen beim Urinieren und Ausfluss auf, die Beschwerden werden als sehr unangenehm beschrieben; bei Frauen ebenfalls Ausfluss und vielleicht leichtes Brennen, aber eher wie bei einer dezenten Harnwegsinfektion. Gefürchtet sind die Spätfolgen, sofern man die Krankheit nicht erkennt und behandelt.«

»Um die Spätfolgen ging es in unserem Fall wohl sicher nicht. – Die Art der Ansteckung lässt sich nicht mehr nachvollziehen?«, fragte er weiter.

Zu seinem Erstaunen antwortete Robert Hofer nachdenklich anstatt großspurig, dazu mit einer Hypothese. »Nein, es gibt keine

Möglichkeit. Ich gehe davon aus, sie wurden ohne sexuellen Kontakt absichtlich infiziert. Das ist möglich, wenn man im Besitz des Erregers ist. Der lässt sich allerdings nicht übers Internet bestellen.«

»Zu allen Qualen wurden sie überdies mit einer sexuell übertragbaren Krankheit angesteckt. Dahinter muss sich ein Sinn verbergen! Ein durchaus gewichtiger Grund«, sinnierte Nick. Den Tätern konnte es nicht allein um zusätzliche Schmerzen gegangen sein. Die Symptome der Gonorrhoe waren zweifelsfrei unangenehm, doch kein Vergleich zu den anderen erlittenen Leiden. Und Robert Hofer hatte recht: Woher war der Erreger gekommen? Eine Frage, deren Klärung nur der Zufall übernehmen konnte; dessen war er sich bewusst. Nichtsdestotrotz würde er Samantha der Vollständigkeit halber diesbezüglich recherchieren lassen.

Der Rechtsmediziner hob die Hände. »Spekulationen fallen in deinen Bereich. Ich kann nicht auch noch die Arbeit des Ermittlers machen.« Da war er wieder, der unerträgliche Großkotz; so kannte man ihn, so hasste man ihn. Die Welt würde sich weiterdrehen.

Nachdenklich verließ Nick die Rechtsmedizin. Er ärgerte sich nicht einmal über Robert Hofer, der aufs Neue bewiesen hatte, welch ein Widerling er war. Zu sehr beschäftigte ihn die Frage, warum diese sechs Senioren auf dermaßen bestialische Weise gequält und ermordet worden waren. Man hatte sie gefangen gehalten, halb verhungern und verdursten lassen, mit einer sexuell übertragbaren Krankheit infiziert und zu guter Letzt gekreuzigt. Freddys Worte kamen ihm in den Sinn: »Der tiefe Hass, der dahinter stecken musste.« Nick durfte eine rein sadistisch motivierte Tat zum jetzigen Zeitpunkt zwar nicht gänzlich ausschließen, doch er war überzeugt davon, es handelte sich um einen emotional gesteuerten Mordfall. Diese sechs Personen waren nicht wahllos ausgesucht und zum Vergnügen gemartert worden. *Wenn wir nur endlich die Identität der restlichen fünf Opfer herausbekämen!* Es musste eine Verbindung zwischen diesen sechs Menschen geben, die er allerdings erst herausfinden konnte, wenn er die Namen kannte. Eine Suche über die Medien war unmöglich.

Die Gesichter waren zu entstellt. Inständig hoffte er, die Eingrenzung der Suchmeldungen würde rasche Ergebnisse liefern.

Wie in Trance stieg er in seinen Wagen. Einem Impuls folgend zog er sein Handy aus dem Sakko und suchte nach Luisas Nummer. Er brauchte nur auf den Anruf-Button zu drücken und – mit etwas Glück – könnte er ihre Stimme hören. Eine Zeit lang hielt er das Handy in der Hand, dann schaltete er das Display aus und legte das Gerät in das Ablagefach der Mittelkonsole. Er schnallte sich an und startete die Zündung.

Während der Fahrt zu seinem Büro kämpften Luisa und der Fall um seine Aufmerksamkeit. Liebe und Hass. *Welch Ironie!*, schoss es ihm durch den Kopf. *Warum denke ich überhaupt noch über Luisa nach? Sie ist Vergangenheit, Punkt, aus, Ende. Es macht keinen Sinn mehr, nachzugrübeln.* Es gab einen weisen alten Spruch: Aufgewärmt schmeckt nur Gulasch gut.

Als Nick schließlich das Bundeskriminalamt betrat, kauerte Luisa bereits in einer dunklen Ecke seines Gehirns, der Fall hatte gewonnen.

Samantha lehnte am Türrahmen ihres Büros. »Was ist los mit dir? Du siehst …«, sie suchte nach einem passenden Wort, »angepisst aus.«

»Schön, dass du deinen deutschen Wortschatz laufend erweiterst«, entgegnete er. »Hast du nichts zu tun, weil du hier herumstehst?«

»Ich warte auf dich. Kaffee?«

»Ist der Lover gleich zum Telefon gestürmt, um mich anzukündigen?«

Sie grinste. »So in etwa. Ich wiederhole mich ungern: Kaffee?«

»Ja.« Er ging weiter in sein Büro und verrichtete die üblichen Handlungen: Sakko aufhängen, Computer einschalten, Arbeitsunterlagen auf der Schreibtischplatte zurechtrücken – auf Samantha und den Kaffee warten.

Wenige Minuten später rauschte sie ins Zimmer, ohne Kaffeetasse in der Hand, und machte es sich rittlings auf seinem Schreibtisch bequem.

»Mach keine Delle in meinen Tisch.« Er zeigte auf ihren Hintern.

»Idiot!« Mit ihrer Hand wedelte sie vor seinem Gesicht herum. »Du musst mir nichts erzählen, ich weiß bereits alles.«

»Irgendeinen Vorteil muss deine Beziehung für mich ja auch haben.«

Samantha winkte ab. »Wir haben Treffer. Es gibt erste Übereinstimmungen.«

»Du meinst die Vermisstensuche?«

»What else? Das Vergleichsmaterial wird gerade zusammengetragen. Peter organisiert alles und stimmt sich mit Robert ab.«

»Hoffentlich schlagen sich die beiden nicht die Köpfe ein, Peter ist aktuell nicht gut auf Robert zu sprechen. Dein Lover hat sich am Tatort wieder einmal mit seiner überaus reizenden Art ausgezeichnet«, bemerkte Nick mit unverhohlener Ironie. »Und wo ist mein Kaffee? Du hast sogar zweimal nachgefragt.«

»Ich habe die Maschine entkalkt und danach vergessen, Wasser durchlaufen zu lassen. Ich will dich ja nicht vergiften! Aber du trinkst ohnehin zu viel davon.« Bekräftigend klopfte sie auf den Tisch. Dabei beugte sie sich vor und senkte die Stimme. »Ich habe Robert instruiert, Peter ordentlich zu behandeln, es wird glatt gehen. Ich bin weder blind noch taub. Mein Liebster ist ein Rohdiamant, der geschliffen werden muss.«

»Viel Erfolg dabei. Ich bemerke noch keinen Unterschied.« Die unerwartet offene Bemerkung des Rechtsmediziners fiel ihm ein. Zeigte sich da Samanthas Werk? Er winkte ab. »Etwas von der Spurensuche?«

»Freddy hat sich vor knapp einer halben Stunde gemeldet. Es verhält sich so, wie er es gestern mit dir besprochen hat, soll ich dir ausrichten.«

»Arno Hammer?«

»Mit dem Prachtkerl habe ich ebenfalls telefoniert. Er ist auf dem Weg hierher. Ich dachte, du willst ihn vielleicht persönlich sprechen und sagte ihm, er soll kommen.« Sie machte ein Naschkatzengesicht.

»Du weißt, was man über Muskelmänner sagt?«

»Gerüchte, mein Lieber, nichts als Gerüchte.« Sie zwinkerte. »Auch ich war einmal jung und hemmungslos und habe einiges ausprobiert.«

Er lachte auf. »Verschwinde jetzt aus meinem Zimmer, du Hemmungslose. Ich muss telefonieren. Und vergiss meinen Kaffee nicht!« Er schnappte sich sein Handy und suchte in der Anrufliste nach Elisabeth Gardini. Er musste es nur einmal läuten lassen.

»Guten Tag, Herr Stein«, meldete sie sich. Offenbar hatte sie seine Nummer entweder abgespeichert oder sich gemerkt.

»Guten Tag, Frau Gardini.« Er fügte eine Pause ein. »Unsere Untersuchung hat ergeben, dass Ihre Mutter Opfer eines Verbrechens wurde.«

»Sie ist eine von diesen sechs Senioren, die entführt und getötet wurden, oder? Es kam in den italienischen Nachrichten.«

Einstweilen waren nur wenige Informationen an die Presse weitergegeben worden. Ein Umstand, den Nick bis zur Identifizierung der Leichen hinauszögern wollte. »Ja. Sie müssen entschuldigen, über die Einzelheiten kann ich nicht am Telefon mit Ihnen sprechen«, antwortete er, obwohl sie nicht danach gefragt hatte. »Werden Sie nach Österreich reisen?«

Er hörte ihr Seufzen. »Das muss ich wohl. Ich nehme an, ich soll auch zu Ihnen kommen?«

»Darum bitte ich Sie. Ja.«

Während sie sich voneinander verabschiedeten, klopfte es an der Tür. Er legte sein Telefon zur Seite. »Herein.«

Arno betrat den Raum. »Frau Smith sagte am Telefon, ich soll –«

Samantha hatte sich hinter dem Hünen ins Zimmer geschummelt und unterbrach den Neuankömmling. »Kaffee?«

»Sehr gerne, ja, Frau Smith.« Er betonte ihren Namen.

»Es ist mir ein Vergnügen.« Sie zwinkerte ihm zu, knallte Nick seine Tasse auf den Schreibtisch und verließ den Raum wieder.

»Komm und setz dich.« Nick winkte den Mann herbei. »Und? Hat der Junge etwas ausgelassen?«

Der Hüne schüttelte den Kopf. »Fehlanzeige, es ist nichts Neues dabei herausgekommen. Ich bin mit Beni den gesamten Ablauf noch mal durchgegangen, Punkt für Punkt. Wir haben sogar

Skizzen angefertigt und einen Zeitablauf erstellt. Er war sehr kooperativ. Ich glaube –«

Samantha, die erstaunlich leise den Raum betreten hatte, platzierte ein kleines Silbertablett mit einer Tasse Kaffee, Zucker und einem Milchkännchen vor Arno. Im Gegensatz zu Nick brachte sie ihm seinen Kaffee geradezu achtsam und nahezu geräuschlos.

»Vielen Dank!« Arno lächelte sie an.

Sie strahlte zurück, schwebte förmlich aus dem Raum und zog die Tür hinter sich zu.

Nick ließ sich nicht aus dem Konzept bringen. »Schade, aber einen Versuch war es wert.« Er zuckte mit den Schultern und nahm einen Schluck Kaffee. *Ist es Einbildung oder schmeckt die Brühe eigenartig?* »Ist der Kaffee gut?«

Arno kostete und nickte. »Ich kann keinen Fehler bemerken, weder am Kaffee ... noch an meinem Gespräch mit Beni«, kam er sofort zurück zum Thema. »Der Kleine wusste zwar nicht mehr zu berichten, aber was er sagte, stimmt mit unserem gemeinsamen Verhör voll und ganz überein. Ich denke, wir können davon ausgehen, dass er uns tatsächlich nicht belogen hat. Immerhin etwas.«

»Ich weiß, du hast recht. Ich brauche nur dringend weitere Anhaltspunkte und habe mir wohl ein Wunder erhofft. Solange die –« Die aufgerissene Tür unterbrach Nick.

Samantha stürzte ins Zimmer, nun wieder laut und polternd. In der Hand hielt sie einige Blätter Papier. Sichtlich aufgeregt schwenkte sie diese hin und her. »Zwei! Wir haben zwei!« Ohne eine Antwort abzuwarten, sprudelte es aus ihr heraus: »Rob führt zwar noch einige Abgleiche durch, meint aber, wir können die Identifizierung bereits jetzt als gesichert betrachten. Die vorhandenen Übereinstimmungen sind unangreifbar.«

Beinahe hätte Nick einen der üblichen Sprüche über das Unvermögen des Rechtsmediziners, Hypothesen aufzustellen, losgelassen, schluckte die gifte Bemerkung aber hinunter und fragte stattdessen: »Wer sind die Opfer?«

»Ein Mann, eine Frau. Er wurde am dritten April als vermisst gemeldet, sie am elften April.« Ohne einen Blick auf die Aufzeichnungen in ihrer Hand zu werfen, fuhr sie fort: »Bei dem Mann handelt es sich um Franz-Josef Meier, einen Rechtsanwalt in Pension. Sie hieß Lydia Brettenauer.«

»Woher stammen die Vermisstenmeldungen?«, erkundigte sich Nick.

»Einmal aus Göpfritz an der Wild, einmal aus Graz beziehungsweise Seiersberg.«

»Seiersberg ist mir ein Begriff, aber wo zum Teufel ist ... Wie heißt das andere?«

»Göpfritz, es liegt im Waldviertel, ganz oben, schon fast an der Grenze«, antwortete Arno anstelle von Samantha. »Ich bin dort in der Gegend aufgewachsen«, fügte er hinzu.

»Unterschiedliche Entführungsdaten, verschiedene Orte ... Ich bin gespannt, wie es weitergeht.« Nick strich sich über das Kinn. »Sam, ich will alles über die beiden wissen: Wo sind sie zur Welt gekommen, wo zur Schule gegangen, welche Arbeit hatten sie, mit wem waren sie verheiratet, gab es besondere Freunde, Neigungen? Jedes Detail, das du finden kannst. Jetzt haben wir drei und können auf die Suche gehen, es muss einen gemeinsamen Nenner geben.« Nach außen wirkte er ruhig, innerlich hob ein Orkan an. »Und trommle die Presse zusammen. Die Medien brauchen Futter, sonst werden sie bald beginnen, Geschichten zu erfinden. Die Namen beschäftigen sie vorerst.«

Samantha nickte und legte die Papiere auf dem Schreibtisch ab. »Das sind Roberts Ergebnisse.« Sie wandte sich Arno zu. »Das Waldviertel ist eine besondere Gegend, ich habe einige Urlaube dort verbracht; ein raues, mystisches Land. So eine Kombination bringt gute Männer hervor.« Sie unterstrich ihre Worte mit einer unmissverständlichen Geste.

»Glauben Sie mir, kalt und trostlos trifft es eher. So empfand ich es zumindest, vor allem als Teenager.«

»Männer werden es nie lernen, hinter die Kulissen zu blicken.« Ihre Stimme hatte einen weichen Tonfall angenommen.

8

»Okay, nochmals von vorn, aber nur mehr Meier und Brettenauer, die Villenbesitzerin habe ich intus.« Nick fixierte die weiße Tafel. Er hatte sämtliche bekannte Details nebst der angenommenen Zeitabfolge darauf in verschiedenen Farben notiert. Rot für Maria Gutensteiner, blau für Franz-Josef Meier, grün für Lydia Brettenauer und schwarz für die Zeitlinie. Daneben auf der Pinnwand hafteten die Fotos der drei bekannten Opfer. »Sam, fang an.« Das Vorsagenlassen der Fakten hatte er sich vor einiger Zeit angewöhnt. Er konnte nicht sagen warum, doch half ihm ein solcher Durchgang dabei, feine Nuancen herauszuhören.

Samantha nickte und begann zu sprechen: »Opfer Nummer zwei ist Doktor Franz-Josef Meier. Geboren 1929 in Wien. Rechtsanwalt. Verheiratet war er mit einer gewissen Maria Meier, Mädchenname Glasser. Keine Kinder. Die Ehe wurde 1995 geschieden. Er zog ins Waldviertel nach Göpfritz, sie blieb in Wien. Im Waldviertel führte er ein durchaus ansehnliches Leben. Er hatte einen ehemaligen Bauernhof restaurieren lassen, war beliebtes Mitglied der Gemeinde, passionierter Jäger, wanderte jeden Morgen durch die Wälder.«

Peter, der mit den örtlichen Stellen telefoniert hatte, übernahm: »So waren sie auch rasch draufgekommen, dass etwas nicht stimmte. Jeden Donnerstag treffen sich einige Männer am Stammtisch. Als Meier unentschuldigt nicht erschien, fragten sie bei den Nachbarn nach, die ihn in der Früh in der üblichen Montur beim Weggehen gesehen hatten. Sie warteten noch eine Nacht und verständigten am nächsten Tag die Polizei. Es wurde vermutet, dass er im Wald einen Herzinfarkt oder Unfall erlitten hatte. Eine groß angelegte Suchaktion verlief im Sand. Man nahm an, wilde Tiere hätten ihn weggezogen und letzten Endes aufgefressen.« Er seufzte tief. »Die Wahrheit kann noch viel grausamer sein.«

»Ja, die Rache all der abgeschossenen Füchse und anderen armen Kreaturen war es wohl nicht, die ihm das Leben gekostet hat«, konterte Samantha trocken. Als Peter sie fragend anblickte, erklärte sie: »Das Waldviertel ist eine wunderbare Gegend, die Jägerschaft dort schätzte ich weniger; zu viele Hunters für mich. Leider haben meine Landsleute, vor allem die adeligen, einen ähnlichen Ruf.« Sie vollführte eine wegwerfende Handbewegung. »Zur Frau?«

Samanthas Worte hallten in Nick nach: »Die Rache der abgeschossenen Füchse und anderen armen Kreaturen.« Hass und Rache. Zwei überaus bedeutungsvolle Schlagworte, die brennend hervorstachen. Er brauchte einen Moment, bis er sie durch Kopfnicken zum Weitersprechen aufforderte.

Sie reagierte prompt. »Lydia Brettenauer, geboren 1945 in Wien. Nach einer kaufmännischen Ausbildung bei der Stadtverwaltung arbeitete sie dort bis 1976, danach spielte sie Privatier. Die größte Auffälligkeit bei ihr: Sie war dreimal verheiratet. Ihre erste Vermählung fand 1966 statt, der Ehemann verstarb zwei Jahre später. Es folge eine Ehe 1970 bis 1971, auch er starb. Das dritte Mal heiratete sie 1973. Diese Ehe wurde geschieden und zwar 1976. Noch im selben Jahr zog sie von Wien nach Graz. Seit dieser Zeit ist kein Dienstverhältnis mehr verzeichnet.«

»In Graz lebte sie durchaus feudal, in einer hundertzwanzig Quadratmeter großen Eigentumswohnung in der Altstadt. Mein Cousin wohnt in Graz, die Mieten in dieser Gegend sind horrend, nichts für Normalsterbliche. Aber wir erfahren sicher mehr, wenn die Bank- und Kreditkartenunterlagen eingetroffen sind«, bemerkte Peter.

Samantha nickte. »Auch die Einkaufstouren mit ihren Seniorenfreundinnen dürften häufig und ergiebig gewesen sein. Die Karte für die VIP-Lounge im Einkaufszentrum Seiersberg bekommt man nicht, nur weil man dieses Shoppingcenter einmal betritt.« Sie hob den Zeigefinger. »Am elften April hätte sich Lydia Brettenauer genau dort mit ihren Freundinnen treffen sollen. Ich habe mit allen drei telefoniert. Die Aussagen der Ladys stimmen überein. Die vier wollten sich um elf Uhr in der sogenannten S1-Lounge treffen. Als Lydia Brettenauer eine Stunde später weder gekommen war noch angerufen hatte, versuchten sie sie auf dem Handy zu erreichen, erfolglos. Sie wurden nervös und fuhren zu ihrer Wohnung. Da

Brettenauer nicht öffnete, verständigten sie sofort die Polizei.« Mit einem Schulterzucken setzte sie nach: »Offenbar läuten die Alarmglocken ab einem gewissen Alter sehr schnell. By the way: Wie geht es deinen Alarmglocken, Chef?«

Nick winkte ab. »Erst die Fakten, dann können wir zu den Gefühlen übergehen. Weiter.«

Peter übernahm. »Das rasche Handeln der Damen verschafft uns einen großen Vorteil. Die Entführung muss zwischen neun Uhr dreißig und elf Uhr stattgefunden haben.«

»Genau! Eine aus der Runde hat um neun Uhr dreißig alle reihum angerufen, um die Uhrzeit des Treffens zu fixieren. Sie sagt, Lydia war zu Hause gewesen und hätte normal geklungen.« Samantha klatschte in die Hände. »Zur Kontrolle lasse ich gerade die Telefonlisten ausheben. Von allen übrigens.«

»Eine Überprüfung halte ich für sinnvoll, aber ich denke, wir können davon ausgehen, dass die Aussage der Dame passt.« Nick erhob sich und zeigte der Reihe nach auf die Fotos der drei Opfer. »Sehen wir uns die Gemeinsamkeiten an. Was fällt euch auf?«

»Alle drei sind in Wien geboren.«

»Gut Sam, weiter.«

»Sie sind alt.«

Nick hob das Kinn und deutete auf Peter.

»Die beiden Frauen haben 1975, 1976 ihre Leben gehörig umgekrempelt. Die eine kündigt bei der Stadtverwaltung und zieht nach Graz, die andere hört als Heimerzieherin auf und leistet sich eine Villa in Baden, dazu kommt ein Kind. Es sieht ganz so aus, als wären die beiden plötzlich zu Geld gekommen.«

»Wahrscheinlich Zufall. Lydia Brettenauer könnte von ihren Ehemännern geerbt haben, das wird gerade gecheckt, und Maria Gutensteiner hat sich ihr Schweigen kaufen lassen«, wand Samantha ein.

»Du meinst der klassische Fall: Junge Frau hat ein Verhältnis mit reichem, verheiratetem Mann, wird schwanger und kassiert?«, fragte Peter.

»Yep, genau so meine ich es.«

»Der Gedanke kam mir ebenfalls, als ich Gutensteiners Akte zum ersten Mal gelesen habe. Was ist mit dem Anwalt? Bei dem ist in den Siebzigern nichts geschehen«, führte Nick seine Mitarbeiter weiter.

»Seine einzigen Auffälligkeiten sind die Scheidung 1995 und danach der Umzug ins Waldviertel, beides knapp nach seiner Pensionierung «, überlegte Samantha.

»Am Hungertuch hat er nicht genagt, wie die beiden Damen. Ich finde, diese offensichtliche Wohlhabenheit ist eine durchaus ins Auge stechende Übereinstimmung.«

»Peter hat recht«, bekräftige Samantha die Worte ihres Kollegen.

Mit einem Nicken bestätigte auch Nick Peters Aussage. Er seufzte und rieb sich kurz die Augen. »Nicht viel, jedoch besser als nichts. Sam, ich will mit dem dritten Ehemann sprechen und mit der Geschiedenen des Anwalts, so rasch wie möglich. Lass sie aber nicht hier antanzen, ich fahre zu ihnen. Ich will mir das Umfeld ansehen, in dem sie leben. Dann weitere Termine im Waldviertel und in Graz beziehungsweise Seiersberg. Schau mal, wie kooperativ dieses Einkaufszentrum ist. Es muss Videoaufzeichnungen geben. Ich will wissen, ob Brettenauer im Center entführt wurde oder auf dem Weg dorthin. Vielleicht haben wir Glück und entdecken etwas.« Er wandte sich Peter zu. »Waldviertel oder Graz? In Graz könntest du deinen Cousin besuchen.«

Peter verzog den Mund. »Waldviertel.«

Knapp eineinhalb Stunden später stand Nick vor einer imposanten Villa im achtzehnten Wiener Bezirk und betrachtete die goldene Metalltafel mit den Namen der Bewohner: drei Parteien. Also bewohnte je eine Person oder Familie ein ganzes Stockwerk. Maria Meier stand an zweiter Stelle. Er drückte auf die Klingel.

Es dauerte eine Weile, bis die Gegensprechanlage knackte. »Ja, bitte?« Die Stimme klang brüchig.

»Nick Stein, Frau Smith hat mit Ihnen telefoniert.«

»Erster Stock.« Der Türöffner summte.

Nick zog die Eingangstür auf, betrat das Foyer des Gebäudes und steuerte auf den Stiegenaufgang zu. Den in ein Schmiedeeisengitter eingebetteten Lift ließ er links liegen. Seine Finger locker am hölzernen Handlauf entlanggleiten lassend nahm er immer zwei Stufen auf einmal. Am Treppenabsatz hielt er kurz inne und sah sich um. Der Gang vor ihm mündete links und rechts in einer Tür. Vor der rechten lag eine Fußmatte und am Rahmen war ein kleines Messingschild mit dem Namen »Meier« angebracht. *Zwei zusammengelegte Wohnungen,* überlegte Nick, wandte sich nach rechts und drückte die Türklingel.

Bereits einen Augenblick später vernahm er das Klirren einer Kette, die Tür wurde aufgezogen. Entgegen seiner Vorstellung, hervorgerufen durch die brüchige Stimme, erschien eine gut aussehende ältere Frau im Türrahmen. Sie hielt sich betont aufrecht, mit nach vorn gerecktem Kinn. Dunkelbraun gefärbtes Haar, ordentlich frisiert, und das dunkelblaue, gerade geschnittene Kleid unterstrichen den hoheitsvollen Eindruck.

Nick deutete automatisch eine Verbeugung an. »Guten Tag. Mein Name ist Doktor Nick Stein.«

Sie bewegte sich zur Seite und vollführte eine elegante Handbewegung. »Treten Sie ein, Herr Doktor.« Ohne die Sprechanlage klang ihre Stimme mehr rauchig und heiser als brüchig.

»Danke.« Er trat über die Schwelle und sah sich um. Der Vorraum war groß und einladend und mit ausgewählten Möbelstücken geschmackvoll eingerichtet: einer Garderobe, zwei bequem anmutenden Polstersesseln und einem runden Tischchen. An den Wänden hingen Bilder, auf dem Fußboden standen mehrere Skulpturen.

»Beeindruckend«, bemerkte Nick und deutete auf die größte Statue. Der weiße Stein war grob behauen und zeigte nur vage die Gestalt einer Frau. Die Oberfläche mit Ausnahme des Kopfs schien wie von Blasen überzogen.

Ein Lächeln huschte über die Lippen der Frau. »Es stellt die Göttin Aphrodite dar.«

»Ich bin weder kunstverständig noch in der Mythologie bewandert, muss ich gestehen. Doch verkörpert Aphrodite nicht eigentlich eine Traumfrau mit formvollendeten Kurven und Formen?«, entgegnete Nick.

»Es ist die Nachbildung einer sehr frühen Göttin. Aus Meeresschaum entstanden entsteigt sie den Fluten, dabei hat sie noch nicht ihre endgültige Gestalt angenommen.« Ihre Augen strahlten förmlich. »Kommen Sie doch weiter, Herr Doktor, setzen wir uns ins Wohnzimmer.«

Sein von ihr mit Selbstverständlichkeit ausgesprochener Titel schmeichelte ihm. Er folgte ihr ins Wohnzimmer, das sich als Salon entpuppte. Dunkle Täfelung, eine bombastische Sitzgruppe, Schränke und Vitrinen, vollgefüllt mit fein geschliffenen Kristallgläsern, Schüsseln und gleichartigen Gegenständen. Ähnlich hatte seine Großmutter väterlicherseits residiert.

»Nehmen Sie bitte Platz. Darf ich Ihnen einen Kaffee oder Tee anbieten?« Sie zeigte auf eine Dreiergruppe Ohrensesseln mit einem Tisch davor.

»Einen Kaffee bitte.« Er setzte sich, wobei er ihre Bewegungen aufmerksam beobachtete. Von Trauer erblickte er keine Spur. *Dabei hat sie gerade eben erst erfahren, was mit ihrem Exmann geschehen ist.* Sein Interesse an ihrer Skulptur hatte sie ehrlich begeistert. Solch eine Freude fühlte man nicht, wenn ein geliebter Mensch starb, selbst wenn man ihn nur gemocht hatte.

»Entschuldigen Sie mich bitte«, antwortete sie höflich und entschwand in einen angrenzenden Raum.

Kurz darauf kam sie mit einem Tablett zurück. Sie stellte es auf die Vitrine und platzierte der Reihe nach zwei Kaffeetassen sowie die anderen Utensilien auf dem Tisch. Es folgte ein prüfender Blick, dann setzte sie sich ihm vis-à-vis. »Bitte, bedienen Sie sich, Herr Doktor.«

Er besah das klassische Wiener Kaffeehaus-Menü: schwarzer Kaffee in einer einen Tick zu verschnörkelten Kaffeetasse, ein Kaffeelöffel aus Silber auf der Untertasse, ein niedriges Glas Wasser, ein Döschen mit Zuckerwürfeln und ein Kännchen Sahne, beides ebenfalls aus Silber.

»Sehr gern, danke.« Er nahm zwei Stück Würfelzucker mit der Zuckerzange nacheinander auf und ließ sie in den Kaffee fallen. Dann goss er etwas Sahne nach, rührte um und kostete. »Wunderbar.«

»Es freut mich, dass er Ihnen schmeckt.«

»Ich bin passionierter Kaffeetrinker und weiß guten Kaffee zu schätzen.« Er lächelte, wurde jedoch sofort wieder ernst. »Ich möchte Ihnen mein Beileid aussprechen für –«

Mit einer knappen Bewegung stoppte sie ihn. »Lieber Herr Doktor Stein, ich bin seit vielen Jahren von meinem Mann geschieden und für diese Scheidung gab es gute Gründe. Sehen Sie in mir bitte nicht die trauernde Witwe.«

Kurz musterte Nick die Frau schweigend. Nicht, weil ihm keine passende Entgegnung eingefallen wäre, sondern weil er ihre Worte auf sich wirken lassen und eine etwaige Regung beobachten wollte. Sie zeigte keine Reaktion, allein ihre Mundwinkel zuckten und bogen sich leicht nach unten. *Ist es Abscheu? Feindseligkeit?* Diese kaum wahrnehmbare Ablehnung richtete sich nicht gegen ihn, maximal gegen seine Worte, dessen war er sicher. Er senkte zum Zeichen seines Verständnisses den Kopf. »Es wäre sehr freundlich von Ihnen, wenn Sie mir von Ihrem Exmann erzählen könnten.« Er durfte nicht mit der Tür ins Haus fallen, musste sich langsam vorarbeiten, um die zentrale Frage zu stellen.

Maria Meier imitierte seine Kopfbewegung. »Was wollen Sie wissen?«

»Über die zugänglichen Fakten sind wir informiert. Mich interessiert, was er für ein Mensch war. Welche Hobbys hatte er? Worauf war er als Anwalt spezialisiert?«

Die Frau stieß einen leisen Laut aus. Es klang wie das Pfeifen eines Heizkörperventils beim Entlüften. »Mein Mann arbeitete sehr viel. Beruf und Hobby waren bei ihm eng miteinander verknüpft«, erklärte sie zurückhaltend.

»Hatte sich Ihr Mann auf spezielle Bereiche verlegt?«

Wieder folgte das Pfeifen. »Das kann man wohl sagen.« Für einen Moment schien sie die Contenance zu verlieren, fing sich jedoch sofort wieder. »Neben Scheidungen, Erbrechtsstreitigkeiten und Ähnlichem betreute er vornehmlich Kinder-Fälle im Auftrag der Stadt.«

Nick beugte sich vor. »Kinder-Fälle? Was darf ich mir darunter vorstellen?«

»Kinder und Jugendliche aus schlechten Verhältnissen, wie familiäre Gewalt, Armut, tragischen Entwicklungen …«, sie stockte und zuckte mit den Schultern. »Jemand muss die rechtliche Seite vertreten und darüber mitentscheiden, ob eine Einrichtung den besseren Platz für ein Kind darstellt.«

»Sie meinen, er entschied darüber, ob ein Kind oder Jugendlicher bei seinen Eltern bleiben sollte oder in die Obhut zum Beispiel eines Kinderheimes kam?«

Maria Meier nickte und verschränkte zeitgleich die Arme fest vor ihrer Brust. »In vielen Fällen braucht es einen Anwalt, einen *Beistand*.« Das letzte Wort spie sie förmlich aus.

Beiläufig griff Nick nach seiner Tasse und leerte sie. Aus dieser Frau würde er heute nichts mehr herausbekommen. Jede Minute war vertane Zeit. Er erkannte die Anzeichen sofort. Äußerlich wirkte sie gefasst, doch er sah ihre weiß hervortretenden Fingerknöchel. In der Verschränkung hatte sie ihre Hände zu Fäusten geballt. *Ist es der Beruf ihres Exmannes, der diesen Zustand auslöst?* Er erhob sich. »Ich möchte mich für das Gespräch und den vorzüglichen Kaffee bedanken.«

»Sehr gern.« Auf der Stelle stand sie ebenfalls auf und durchquerte, ohne ein weiteres Wort zu sprechen, das Wohnzimmer.

Er folgte ihr in den Vorraum und wartete, bis sie ihm die Eingangstür geöffnet hatte. »Auf Wiedersehen, Frau Meier. Sollten sich weitere Fragen ergeben, darf ich mich bei Ihnen melden?« Bewusst formulierte er seine Aussage als Frage.

»Selbstverständlich.« Ohne Zweifel war das Gegenteil der Fall.

Er trat hinaus auf den Flur und wandte sich in Richtung Stiegenaufgang. Anstatt des Geräuschs der sich schließenden Tür vernahm er unerwartet ihre Stimme. »Herr Doktor Stein!«

Er wandte sich um. »Ja?«

»Die Richtigen kamen ins Kinderheim Rotherburg.« Sie wartete keine Antwort ab und zog die Tür zu.

Nick hielt den Atem an. Maria Gutensteiners Lebenslauf schoss ihm durch den Kopf.

9

»›Die Richtigen kamen ins Kinderheim Rotherburg.‹ Lies and secrets – what the fuck!« Während Samantha vor sich hinschimpfte, verkniff sie sich ein Gähnen.

»Und es gab keine Möglichkeit, diese kryptische Aussage zu hinterfragen?« Arno blickte Nick offen an. Es lag keine Skepsis in seiner Stimme.

Samantha lachte auf, mit deutlichem Unmut. »Arni, ist doch irgendwann ein kleiner Teil Ihres Gehirns in die Muskeln gerutscht? An Nicks Vorgehensweise zweifelt man nicht.«

»Wenn Sie mich schon Arni nennen und im selben Atemzug beleidigen, liebste Samantha, sollten wir uns duzen.«

»Nur wenn ich die da einmal berühren darf.« Sam zwinkerte und zeigte auf seinen Oberarm. »I love your brain.«

»Ich will nicht in der Rechtsmedizin landen.« Arno zwinkerte zurück und drehte sich Peter zu. »Wenn es Ihnen recht ist: Arno.«

»Sehr gern, wenn ich ebenfalls Samanthas Forderung nachkommen darf.«

»Nur wenn du einen Partner mit ungefährlichem Beruf hast.«

»Computerspezialist.«

»Ein Hacker! Es tut mir leid, auch dieser Gefahr setze ich mich nicht aus.« Schlagartig wurde Arno wieder ernst. »Zurück zu meiner Frage ...« Er blieb hartnäckig.

Nick wartete geduldig, bis Samantha und Peter sich beruhigt hatten, dann antwortete er: »Bei der Exfrau unseres Anwalts handelt es sich um eine Dame der alten Schule mit entsprechenden Umgangsformen und einer hervorragenden Selbstbeherrschung. Eindeutig schleppt sie eine Menge Ballast, offenkundig aus ihrer Ehezeit, mit sich herum. Es war ihr wichtig, sich deutlich von ihrem Mann abzugrenzen, jedoch zeigte sie keinerlei Bereitschaft, auszupacken. Wie gesagt: eine Dame.« Er zuckte mit den Schultern. »Jeder weitere Versuch, mehr zu erfahren, wäre an ihr abgeprallt und könnte mögliche zukünftige Gespräche negativ beeinflussen.«

»Mit der Schlussaussage hat sie ihre Fassung aber kurz verloren«, stellte Samantha fest.

Nick wiegte seinen Kopf. »Ich tippe eher auf ihr Gewissen.«

»Du meinst, sie trägt ein Geheimnis mit sich herum, das etwas mit dem Tod ihres Ex zu tun haben könnte?«, fragte Arno.

Peter hob seinen Zeigefinger. »Vorsicht! Nick schätzt es nicht, zu früh in eine bestimmte Richtung zu blicken. Ein Fakt, den ich mir rasch zu eigen gemacht habe.«

»Nick Steins kleines Einmaleins. Besser, du lernst es gleich, Freshman«, warf Samantha mit einem provokant ehrfurchtsvollen Blick auf ihren Chef ein.

Arno ignorierte ihre Zwischenmeldung. »Weil man seine neutrale Haltung und dementsprechend die Weitsicht verliert?«

Nick hob die Augenbrauen. »Gut zusammengefasst, Arno. Aber jetzt weiter … Sam, du gräbst alles über den Anwalt aus. Ich will wissen, welche Fälle er bearbeitet hat und vor allem, was er mit dem Kinderheim Rotherburg zu tun hatte. Dann mach dich noch mal über die Hausbesitzerin her. Sie war von 1969 bis 1975 Erzieherin in Rotherburg. Und natürlich will ich auch alles über Lydia Brettenauer wissen.«

Samantha nickte und setzte zu sprechen an. Das Klingeln ihres Handys hielt sie davon ab. Schwungvoll zog sie das Gerät aus ihrer Hosentasche und hob dabei den Zeigefinger. »Darling!« Sie lauschte gespannt. »Okay.« Pause. Abermals kam ihr »Okay«. Es folgte eine weitere Pause. »Very good. Bye, Darling.« Sie steckte ihr Handy wieder weg und blickte in die Runde. »Wir haben das vierte Opfer.« Sie wartete keine Erwiderung ab und eilte zu Nicks Schreibtisch. Ihre Finger flogen über die Tastatur seines Computers. Sie zog einen Schreibblock heran, schnappte sich einen Kugelschreiber und notierte etwas. Wieder kam die Tastatur an die Reihe. Unzufrieden schüttelte sie den Kopf, malträtierte erneut die Tasten. Als sie endlich gefunden hatte, wonach sie suchte, stützte sie ihre Hände auf der Schreibtischplatte ab und starrte konzentriert auf den Bildschirm. Schließlich hob sie den Kopf. »Erste News: Hans Schiffler, 1940 im Burgenland geboren, Ausbildung als Elektriker, 1961 nach Wien gezogen, 2005 Rückzug in seine Heimat. Und nun haltet euch fest: 1968 bis 1975 hat er als Hausmeister und Haustechniker im Kinderheim Rotherburg gearbeitet.« Sie fixierte Nick. »Babe, zwei können ein Zufall sein, drei sind dafür einer zu viel!«

Zur Bestätigung senkte er den Kopf. »Du hast heute viel zu tun, Sam.« Er schwenkte zu Arno. »Machen wir uns auf den Weg nach Seiersberg.«

Peter seufzte. »Und ich fahre ins Waldviertel.«

Im Grunde brauchte Nick Arno nicht für den Termin im Einkaufszentrum Seiersberg. Vielmehr wollte er die lange Fahrtzeit nutzen, um ihn besser kennenzulernen.

Die bisherige Fahrt hatten sie mit Gesprächen über den Fall zugebracht. Arno zeigte sich als williger Zuhörer einerseits und durchaus inspirierender Gesprächspartner andererseits. Seine Fragen waren klar und trafen den Punkt, seine Antworten ergaben Sinn und förderten Nicks Gedankenentwicklung. Zudem brachte er eigene, clevere Spekulationen hervor, wobei er sich fraglos Samanthas und Peters Hinweise auf Nicks Arbeitsweise zu Herzen genommen hatte.

Nick wollte aber auch mehr über den Menschen selbst herausfinden. Er warf einen kurzen Seitenblick auf seinen Beifahrer. »Wie kamst du eigentlich zur Polizei?«

»Weil ich mehr wie ein verkappter Bodybuilder aussehe als einer von der Exekutive?« Zweifelsfrei hatte Arno sofort verstanden, worauf er hinauswollte.

»Du hast mich erwischt.« Nick grinste.

»Es war kein vorgezeichneter Weg und es hat eine Zeit lang gedauert, bis ich draufgekommen bin, wo ich richtig aufgehoben bin.« Arno zeigte auf ein Hinweisschild. »Da ist die Abfahrt Seiersberg.«

Nick wechselte auf die rechte Spur. Der Anfang war getan. Arno schien ohne Weiteres bereit, von seinem Leben zu erzählen. Eine passende Gelegenheit würde sich bald ergeben, weiter vorzudringen. Nick wollte erst die gesamte Person erfassen, bevor er endgültig entschied, wie weit er den Mann involvieren konnte und wollte.

Während sie der Beschilderung in Richtung Shoppingcenter Seiersberg folgten, schwiegen sie. Nick wollte sich auf den Weg konzentrieren und bereitete sich zeitgleich auf das Gespräch und mögliche Szenerien vor. Natürlich hoffte er auf ein kooperatives Gegenüber, durfte jedoch nicht davon ausgehen. Eine ablehnende Haltung des Einkaufszentrums würde eine Verzögerung und einiges an Arbeitsaufwand mit sich bringen.

Im äußeren Bereich des Areals fand er rasch einen Parkplatz. Das Wetter war gut und aufgrund der Tageszeit standen genügend freie Plätze zur Verfügung. Wozu also in die Parkgarage fahren?

Als sie durch den Eingang traten, verharrte Arno. »Wow! Das nenne ich ein Einkaufszentrum!«

»Ich war noch nie ein Freund von Shoppingcentern.« Nick dachte an das riesige Exemplar vor den Toren Wiens, das er möglichst selten besuchte. »In diesem Fall muss ich dir aber recht geben.« Er sah sich um: breite Gänge in angenehmes Licht getaucht, wobei die weiß verkleideten Rolltreppen und verglasten Stiegenaufgänge den Eindruck der Weite und Offenheit unterstrichen. Harmonisch gliederten sich die Auslagen der Geschäfte und Restaurants in das Gesamtbild. »Suchen wir die Information.«

Die beiden Männer setzten sich in Bewegung. An der Information warteten sie, bis die junge Dame einen Mann abgefertigt hatte. Als er gegangen war, lächelte sie Nick und Arno gewinnend an. »Guten Tag. Wie kann ich Ihnen helfen?«

»Mein Name ist Nick Stein, Bundeskriminalamt. Wir haben einen Termin bei …«, automatisch stoppte er. Der Name kam ihm schwer über die Lippen. »Philipp Moris.« Selbst wenn die Schreibweise differierte, wer nannte sein Kind nach einer Zigarettenmarke?

Entweder sie hatte sein Zögern nicht bemerkt oder überging es dezent. Wieder zeigte sie ihre hübschen Vorderzähne, bevor sie antwortete. »Einen Moment bitte.« Noch während sie redete, nahm sie den Telefonhörer auf und flötete: »Ich bin's, Elisabeth. Herr Doktor Stein ist für Philipp hier. – Okay, tschüssi.« Abermals das wohl eingeübte, durchaus sympathische Lächeln. »Herr Moris kommt sofort.«

»Danke.« Auch Nick und Arno zeigten, wie freundlich sie sein konnten. Sie machten einige Schritte zur Seite und warteten.

»Glaubst du, sie lassen uns auflaufen?«, fragte Arno.

»Darauf bin ich selbst gespannt. Ich hoffe, sie kooperieren. Wenn nicht, kann das einen ganzen Rattenschwanz an … Ich glaube, das ist er.« Nick deutete mit seinem Kinn in Richtung der Information, wo sich ein großer, schlanker Mann in Jeans und über die Hose hängendem Hemd gerade über die Theke zu Elisabeth beugte. Er folgte ihrem Fingerzeig, wandte sich von der Info ab und kam zielstrebig auf die beiden zu.

Ohne einnehmendes Lächeln, jedoch mit freundlicher Miene streckte er seine Hand aus. »Herr Doktor Stein? Philipp Moris.« Die Männer begrüßten sich. »Kommen Sie mit, wir haben alles für Sie vorbereitet«, mit einer offenen Geste wies er den Weg.

Während sie zusammen losgingen, sprachen sie nicht. Das gab Nick Zeit, den Mann und die Situation einzuschätzen. Ablehnung hatte er nicht gespürt, dennoch brachte Philipp Moris' Aussage noch keine Klarheit. Es konnte bedeuten, sie wünschten zusammenzuarbeiten, es bestand allerdings auch die Möglichkeit, in wenigen Minuten einem Anwalt des Hauses gegenüberzustehen und auf alle Dinge aufmerksam gemacht zu werden, die sie nicht herausgeben konnten. Sofern Lydia Brettenauer überhaupt aus dem Shoppingcenter entführt worden war. Aber selbst wenn sie auf dem Weg dorthin gekidnappt wurde, brauchte er die Hilfe des Centers, um absolute Sicherheit zu erhalten.

Sie betraten den Bürobereich und schließlich einen Raum, in dem als auffälligstes Merkmal einige Bildschirme im Halbkreis aufgereiht waren. »Nehmen Sie bitte Platz.« Der Shoppingcenter-Mitarbeiter wies auf zwei Schreibtischstühle und setzte sich selbst auf den dritten. Er rollte auf das Bedienpult zu, das wie eine überdimensionale Tastatur mit zusätzlichen Schiebereglern und Drehknöpfen aussah. Mit größter Selbstverständlichkeit begann er, das Gerät zu bedienen, und erklärte dabei: »Wir haben sämtliche Aufzeichnungen des betreffenden Zeitraums im Vorfeld durchgesehen. Dank der Informationen und Fotos, die uns Ihre Mitarbeiterin übermittelt hat, wurden wir fündig. Ich denke, es wird Ihnen weiterhelfen.«

Einfach so? Ohne Trara? »Zeigen Sie es uns.« Innerlich atmete Nick erleichtert auf. Zwischen einer Verweigerung der Datenherausgabe und einer freiwilligen Kooperation lagen unzählige Nuancen. Das Shoppingcenter Seiersberg schien wirklich helfen zu wollen. Darüber hinaus hatten sie tatsächlich etwas gefunden! Mit seinen Luftsprüngen wollte er allerdings noch warten, bis er das Video gesehen hatte.

Philipp Moris zeigte auf den Bildschirm und betätigte eine Taste. Das Bild erschien und die Aufzeichnung startete.

Automatisch beugten Nick und Arno sich vor. Eine ältere Frau betrat das Shoppingcenter, unverkennbar Lydia Brettenauer. Flotten Schrittes marschierte sie durch die Tür und wandte sich zielstrebig nach rechts. Sie trug einen dunkelgrauen Hosenanzug und flache, schwarze Schuhe, um ihre Schultern hing eine rote Tasche. Das braune Haar fiel in großen Wellen bis zu ihren Schultern, als hätte sie gerade eben erst den Friseur verlassen, einmal färben, waschen, legen. Man sah ihr das Alter zwar an, dabei wirkte sie jedoch ausgesprochen vital und rüstig.

»Jetzt.« Abermals deutete Philipp Moris auf den Bildschirm.

Von der Seite näherten sich zwei Personen, eine Frau und ein Mann. Sie ließen sich etwas zurückfallen, bis sie hinter Lydia Brettenauer lagen. Wie zufällig traten sie plötzlich auseinander und flankierten die alte Frau. Im Gehen neigte sich der Mann zu ihr hinüber und sagte etwas, dabei umfasste seine Hand ihren Ellbogen. Auf der Stelle verlangsamte sie ihren Schritt, drehte den Kopf, als würde sie sich umsehen. Kurz blieben die drei stehen. Nun sprach auch die Frau auf sie ein.

Sofort fiel Nick Benis Beschreibung ein. Sie passte perfekt. Die Frau trug eine große Sonnenbrille, ansonsten war sie durch und durch unauffällig, ebenso der Mann. So markant Lydia Brettenauer hervorstach, so sehr wirkten die beiden wie Crashtest-Dummys. Stünden sie jetzt vor ihm, er könnte nicht mit Sicherheit sagen, ob es sich um diese Frau und diesen Mann handelte. *Wie schaffen sie es, dermaßen gesichtslos aufzutreten?*

Am Bildschirm entstand Bewegung. Im Gleichschritt gingen die drei davon. Nichts ließ auf eine Entführung schließen. Die Handlung passierte in völliger Ruhe; drei Menschen, die aus einem Gebäude spazierten.

»Sie verließen zu Fuß das Areal. Wir haben es verfolgt, soweit unsere Kameras reichen«, bemerkte Philipp Moris und stoppte die Aufnahme. »Wollen Sie es sehen? Aber es geschieht nicht mehr viel, sie schlendern einfach von dannen.«

»Ich würde es trotzdem gerne sehen«, antwortete Nick, woraufhin Philipp Moris die nächste Aufnahme startete. Seine Beschreibung traf punktgenau. Viel passierte tatsächlich nicht mehr. Gemächlich gingen die drei über den Parkplatz und verschwanden schließlich aus dem Blickfeld der Kamera.

»Wir brauchen sämtliche Aufzeichnungen.« sagte Nick.

»Alles ist bereits für Sie kopiert.« Philipp Moris erhob sich.

Nick stand ebenfalls auf. »Vielen Dank.« *Nur keine schlafenden Hunde wecken!*

Philipp Moris zerstreute seine Vorsicht. Zum ersten Mal seit dem Gespräch wich er von seinem freundlich-professionellen Verhalten ab und zeigte eine menschliche Regung. »Wir waren entsetzt, als wir Ihren Anruf erhielten. Unsere Geschäftsleitung hat auf der Stelle vollste Unterstützung angeordnet.«

»Sie erleichtern unsere Arbeit ungemein. Wir sind Ihnen wirklich dankbar.«

»Wenn Sie noch Zeit haben, würde ich Ihnen sehr gern unsere S1-Lounge zeigen.« Philipp Moris blieb bei seinem jovialen Tonfall.

»Ja, gern.« Nick sagte aus zwei Gründen zu: Zum einen wollte er wegen des Opfers einen Blick darauf werfen, zum anderen interessierte ihn diese Lounge persönlich.

Arno, der bis dato geschwiegen hatte, fragte im Plauderton, während sie sich auf den Weg machten: »Wie kommt man als Kunde in die Lounge?«

»Grundsätzlich wird die Eintrittskarte von den Geschäften ab einer gewissen Einkaufshöhe an die Kunden vergeben«, erläuterte Philipp Moris.

»Das heißt, man muss schon ein guter Kunde sein, um in den Genuss der Lounge-Annehmlichkeiten zu kommen?«

»Ganz genau. Die S1-Lounge soll einen Rückzugsort für unsere besten Kunden darstellen. Auch für die Männer der shoppingfreudigen Damen.« Philipp Moris grinste. »Sehen Sie! Der Eingang zu unserer Lounge …«

»Wow!« Arno steuerte auf einen weißen Bentley zu, während sich Nick begeistert einem Lamborghini in klassischem Rot näherte.

»In diesem Bereich stellen wir immer besondere Autos aus. Wie gesagt, wir bieten auch den wartenden Herren Zerstreuung«, erklärte Philipp Moris. »Kommen Sie weiter.«

Wie Nick bereits die Atmosphäre des Einkaufszentrums positiv überrascht hatte, so war er nun richtig erstaunt. »Es gefällt mir ausnehmend gut.«

»Mir ebenfalls«, bekräftigte Arno. »Aber die Gäste bezahlen für Speisen und Getränke?«

»Nein, sie erhalten alles gratis. Darf ich Sie vielleicht auf ein –«

Nicks »Amadeus« unterbrach Philipp Moris' Einladung. Er zog sein Handy aus der Hosentasche. »Hallo Peter.«

10

Nick, Arno, Peter und Samantha hatten zwar während des gestrigen Tages laufend Kontakt gehalten, die Abstimmung der Details erfolgte jedoch früh morgens im Zuge eines Meetings. Nick und Arno absolvierten in einer Art Doppelkonferenz ihren Seiersberg-Termin, wobei Arno es sich nicht nehmen ließ, den Part des Tölpels zu übernehmen. Fragen, die Samantha und Peter nicht am rechten Fleck stellten, übernahm er mit ironischer Einfalt und zeigte feinen Wortwitz.

Samantha applaudierte ihm am Ende herzhaft. »Ich bin gespannt, ob du es auch so gut über die Bühne bringst, Peter.«

Peter stieß ein trockenes Lachen aus. »Vielleicht schaffe ich nicht diesen Unterhaltungswert, aber ich habe eine horizonterweiternde Erfahrung gemacht.« Er lehnte sich in seinem Sessel zurück. »Ich komme nämlich direkt aus dem Waldviertel.«

»Du hast dort geschlafen?«

Peter grinste Samantha an. »Ich wäre nicht mehr fähig gewesen, gestern zurückzufahren.« Er hüstelte und hievte sich, entgegen seiner sonstigen Geschmeidigkeit, ungelenk aus dem Sessel. »Der Spießrutenlauf begann bei den Nachbarn des Anwalts. Ich wurde abwechselnd mit frischem Apfelstrudel, Schnaps, Kuchen und Wein bewirtet. Am Gemeindeamt beim Bürgermeister folgten Kaffee und wieder Kuchen. Richtig schlimm wurde es am Stammtisch im Wirtshaus! Schweinebraten mit Waldviertler Knödeln, dazu und in Folge abwechselnd Wein, Bier und Schnaps.«

»Du warst sturzbetrunken«, stellte Samantha sachlich fest.

»Du hast es erfasst. Meine Kopfschmerzen beweisen es.«

Arno stieß einen Pfiff aus. »Eine Gabe, die ich leider nicht beherrsche.« Er zuckte mit seinen Schultern. »Ich trinke keinen Alkohol und vertrage dementsprechend auch nichts.«

»Sich mit Zeugen volllaufen zu lassen, ist auch nicht meine bevorzugte Verhörmethode, ich muss aber zugeben, ich habe es genossen. Es ging wie von selbst. Die Menschen waren offen und herzlich, ein wenig merkwürdig, aber interessant. Zudem hat das gesellige Beisammensein am Stammtisch Informationen eingebracht, die ich unter anderen Umständen wahrscheinlich nicht bekommen hätte.«

»Wie begeistert die Nachbarn und Bekannten von unserem Opfer waren, wissen wir von unserem letzten Telefonat. Welche zusätzlichen Informationen haben sie dir am Stammtisch geliefert?« Nick stand gegen die Wand gelehnt und deutete mit dem Kinn auf Peter.

Peter nickte. »In der Tat bekam ich von Beginn an nur Loblieder über Meier zu hören. Die Nachbarn waren von seiner Freundlichkeit und Hilfsbereitschaft begeistert. Der Bürgermeister hat sein Engagement in der Gemeinde gepriesen. Am Stammtisch wurde Vergleichbares erzählt: Wie sie ihn geachtet hätten, was er für ein guter Kumpel gewesen wäre, welch besondere Qualitäten er gehabt hätte. Erst zu später Stunde …«, Peter wiegte den Kopf, als versuchte er, die richtigen Worte zu finden, »variierten sie ihre Aussagen. Sie haben nicht schlecht über ihn gesprochen, aber sie machten unterschwellige Bemerkungen.«

»Wie würdest du diese Äußerungen beurteilen?«, fragte Nick.

Peters Antwort kam wie aus der Pistole geschossen. »Sie mochten ihn, das bezweifle ich nicht, aber zeitgleich trauten sie ihm nicht über den Weg. Als wäre sein wahrer Charakter für sie nicht greifbar.«

»So ist das am Land. Frühestens die zweite Generation zählt zu den Einheimischen. Man kann noch so nett sein, ein Quäntchen Misstrauen bleibt bei jedem ›Zuagrasten‹.« Noch konnte Nick aus Peters vermeintlicher Entdeckung nichts herauslesen. Er selbst war in Mödling am Rande Wiens aufgewachsen. Bei Weitem nicht mehr als Dorf zu bezeichnen, die Stadt zum Greifen nah, die Regel galt eingeschränkt dennoch.

»Zu-a-grasten?« Samantha sah Nick mit großen Augen an. »Ich bin der deutschen Sprache mächtig, aber dieses Wort habe ich noch nie gehört.«

Er grinste. »Ein Zugezogener.«

Arnos Kommentar kam leise: »Schlechtes Karma.« Er verzog keine Miene.

»Ich höre keine Ironie «, entgegnete Nick. Prüfend blickte er den Hünen an. Auch Samantha und Peter fixierten ihn neugierig.

»Weil auch keine darinnen steckt.« Er erwiderte reihum die Blicke der Anwesenden, bevor er weitersprach. »Jede unserer Handlungen hat unvermeidbar eine Folge. Daraus resultiert das Karma, ein gutes oder ein, wie es deine Saufkumpanen bei dem Anwalt gespürt haben, schlechtes.« Er zuckte mit den Schultern. »Ursache und Wirkung, ganz einfach.«

»Bist du Buddhist oder so etwas?« fragte Peter.

»Ich habe mich nie auf eine bestimmte Religion versteift, die dieses Prinzip innehat. Aber ich glaube daran, dass unsere Taten, und damit meine ich die physischen wie die geistigen, etwas nach sich ziehen, in diesem Leben oder in einem nächsten.«

»Das muss ich erst einmal verdauen.« Samantha klatschte in die Hände und drehte sich Nick zu. »Sag doch etwas!«

Nun war es an Nick, mit den Schultern zu zucken. »Ich bin selbst sprachlos. Wie bist du ...« Er vollendete den Satz nicht und blickte Arno fragend an.

»Du meinst, wie ich darauf gekommen bin?«

»Ganz genau.«

»Ich entstamme einer sehr gläubigen Familie und wurde schon früh eingeführt.«

»In den Buddhismus?« Samantha musterte den Hünen kritisch. Noch schien etwas für sie nicht stimmig zu sein.

»Aber nein! Meine Eltern waren römisch katholisch, streng römisch katholisch. Ich war sogar jahrelang Ministrant und kannte mit zwölf das halbe Neue Testament auswendig, selbst das Alte durfte ich mir zu Gemüte führen.«

»Oh, what the fuck!« Energisch schüttelte Samantha den Kopf und verzog ihre Lippen. Der Ausdruck war unmissverständlich. »Und was ist ein Ministrant?« Sie wirkte wie ein einziges Fragezeichen. »In diesem Gespräch fällt für mich ein fremdes Wort nach dem anderen.«

»Flüche und derartige Ausdrücke sind in diesem Kontext weniger angebracht, liebe Samantha.« Arno schmunzelte und hob tadelnd den Zeigefinger. »In der katholischen Kirche erledigen Kinder und Jugendliche gewisse Aufgaben während der Messe. Früher war dies nur Jungen vorbehalten, später durften auch die Mädchen ran«, erklärte er.

»Wie kam dann der Buddhismus ins Spiel?« Peter blieb hartnäckig.

Für einen Augenblick wirkte Arno unschlüssig, ob er so viel von sich Preis geben wollte. Schließlich begann er, stockend zu erzählen: »Ich muss vierzehn oder fünfzehn gewesen sein. In der Pubertät. Von meinen Eltern schrecklich genervt.«

»Mädchen waren wohl ein heikles Thema?«, erkundigte Nick sich geradeheraus.

Arno blies die Backen auf. »Was heißt heikles Thema, es war ein Horror. Während andere Jungs eifrig herumschmusten und ihre ersten Kondome kauften, durfte ich mir zu Haus anhören, warum Gott nicht will, dass ich Sex vor der Ehe habe.«

»Teenager nightmare. Gerade bei einem hübschen Jungen, der du sicher gewesen bist.« Samanthas Feststellung beinhaltete offenkundig einen Funken Mitleid.

»Du sagst es! Aber ich habe mich auf die Hinterbeine gestellt.« Arno lachte trocken auf. »Meine traurige Revolte bestand darin, mich in Bücher zu vergraben. Bücher, die meine Eltern in den Wahnsinn trieben.«

»Religiöses Zeug, nehme ich an«, warf Nick ein.

»Ganz genau. Der Reihe nach habe ich mir sie alle vorgenommen: Judentum, Islam, Hinduismus, Buddhismus, bis hin zu unbekannteren Richtungen, sogar die geläufigen Sekten habe ich studiert. Am Ende habe ich mich wirklich dafür interessiert und es wurde zu meinem Hobby. Und ...«, Arno vollführte eine Geste zur Spannungssteigerung, »ich machte meine ersten Schritte im Kampfsportbereich. Da ich mich bereits dem fernöstlichen Gedankengut genähert hatte, war Karate für mich naheliegend.«

Nick spitzte die Lippen. »Wie haben deine Eltern das verkraftet?«

»Sie haben für mich gebetet, häufig, lange und ohne Erfolg.« Wieder lachte Arno auf.

»Und wie bist du dann darauf gekommen, zur Polizei zu gehen?« Unverständnis lag in Samanthas Stimme. Augenscheinlich war sie noch nicht zufriedengestellt.

Nick hob die Hand, drehte die Handfläche nach oben und zeigte in dieser Position auf Arno. »Wenn wir schon damit begonnen haben, erzähl uns alles. Sonst wird Sam nie Ruhe geben. Vertrau mir in diesem Punkt.« Es war soweit, der schwarze Fleck, Arnos Vergangenheit, würde nun bunt gefärbt werden. *Danke, Sam!*

»Na gut. Ich habe mein Abi gemacht und hatte, ein Klassiker, keine Ahnung, was ich nun anstellen sollte. Das Militär ist mir zu Hilfe gekommen. Ich habe meinen Grundwehrdienst absolviert, es gut getroffen und mich verpflichtet.«

»Hat es dir gefallen oder war es einfach eine Überbrückungsphase?«, erkundigte Samantha sich. Sie wiegte den Kopf. »Ich habe Sprachen studiert, Deutsch und Spanisch. Würdest du mich heute darauf ansprechen, ich könnte nicht sagen, warum ich es getan habe. Letzten Endes hat es mir gefallen.«

»Mir erging es nicht unähnlich. Auf die Uni wollte ich nicht, musste aber etwas tun. Zu meinem Erstaunen hat mir das Leben beim Heer zugesagt, mehr als ich gedachte hatte. Also ...«, sein Blick schwenkte zu Nick, »habe ich mich für die Ausbildung beim Jagdkommando beworben.«

»*Das* Jagdkommando?« Er fragte, obwohl er die Antwort kannte, in Österreich gab es nur eines. Es handelte sich dabei um den Kern der Spezialeinsatzkräfte des österreichischen Bundesheers. Die Soldaten dieser Einheit trainierten für Einsätze in extremen Gefahrensituationen.

Arno verstand Nicks Frage als rhetorisch und ging nicht darauf ein. Er erzählte weiter. »Ich habe die Aufnahmeprüfung bestanden und die Ausbildung durchlaufen.«

»Hast du die vollständige Ausbildung absolviert?« Nick wusste von der hohen Ausfallquote während dieser Phase.

»Das habe ich.« Er nickte. »Letztendlich war es aber doch nicht mein Weg.« Er blickte in die Runde. Da die Augen der drei nach wie vor interessiert auf ihn gerichtet waren, sprach er weiter. »Über einen Freund habe ich den Inhaber einer Sicherheitsfirma kennengelernt und für ihn zu arbeiten begonnen. Anfänglich bei diversen Veranstaltungen und Events, später auch bei spezifischeren Aktionen.«

»Das erklärt noch immer nicht deinen Schwenk zur Polizei«, warf Nick ein.

Arno brauchte eine Weile, bis er antwortete. »Ab und zu gerät man in heikle Situationen, die man sowohl von seinen körperlichen als auch geistigen Fähigkeiten lösen könnte, einem jedoch die Hände gebunden sind.«

»Du meinst, die rechtliche Seite behindert dabei zu helfen?« Nick wollte es genau wissen.

»Auf den Punkt gebracht.« Arno nickte. »Du weißt genau, was zu tun wäre und du bist bereit jemandem zur Seite zu stehen, darfst aber nicht, weil du als Privatperson keinerlei Befugnisse hast. Genau genommen würde das Gegenteil eintreten: Die Schwierigkeiten, die du dir damit aufhalst, wären mannigfaltig.«

»Und so wurdest du Polizist«, schloss Nick ab. Er hatte genug gehört, um zu wissen, wie er Arno einzuschätzen hatte. Es war nicht nötig, ihn extra im Team Willkommen zu heißen. Er war ohnehin bereits ein Teil davon.

Arno grinste. »Bei meinem Lebenslauf bin ich rasch vorangekommen. Und nun sitze ich hier.«

Nick klatschte zweimal in die Hände und zeigte damit das Ende des Themas an. »Danke, Arno.« Er meinte es vollkommen ehrlich.

Arno zog seine Brauen hoch. »Ihr habt mich ganz schön reingeritten. So ein Seelenstrip ist nicht einfach.«

»Es ist wichtig zu wissen, welche Fähigkeiten du besitzt und Wissensgebiete du abdeckst. Man kann nie wissen …« Nick lächelte ihn aufmunternd an und zwinkerte Samantha zu, die ihrerseits ein Engelslächeln auf ihr Gesicht zauberte .

Noch einmal klatschte er in die Hände, diesmal lauter. »Spiel nicht die Grinsekatze, sondern leg los und erzähl uns, was du ausgegraben hast, während wir unterwegs waren.«

Auf einen Schlag änderte sich ihre Miene, das Lächeln verschwand und machte einem konzentrierten Ausdruck Platz. Sie nickte knapp und griff nach fünf Ordnungsmappen, die sie eingangs auf Nicks Schreibtisch gelegt hatte. »Ich fange mit dem Anwalt an.«

Nachdem Samantha, Peter und Arno das Zimmer verlassen hatten, versuchte Nick, es sich in seinem Schreibtischsessel bequem zu machen. Aber egal, wie er sich positionierte, es gelang ihm nicht.

Unruhig rutschte er hin und her. *Welch unfassbare Tat!*, fuhr es ihm durch den Kopf. Er würde keine bequeme Position finden, solange dieser Fall nicht abgeschlossen war.

Samantha hatte die Ordnungsmappen nach ihrem Vortrag wieder auf seinen Schreibtisch gelegt, genau in die Mitte, nachlässig, die Ecken nicht akkurat übereinander. Automatisch kam ihm die Statue der Aphrodite, gerade dem Meeresschaum entstiegen, in den Sinn. Diese grob gehauene Steinskulptur hatte ihm gefallen, ihn nahezu fasziniert, der unordentliche Haufen hier stieß ihn förmlich ab.

Bevor er die nächsten Schritte einleitete, wollte er die bisher gesammelten Fakten für sich verarbeiten und ordnen. Eine falsche Anweisung konnte wertvolle Zeit kosten.

Eine Weile lang tat er nichts anderes, als auf die Beschriftung des ersten Umschlags zu starren. Schließlich griff er nach dem obersten Ordner und legte ihn linker Hand auf seinem Schreibtisch ab. Die anderen folgten im Uhrzeigersinn. Die unterste Mappe, mit der Kennzeichnung »Kinderheim Rotherburg«, platzierte er zentral, direkt vor sich. Auf seiner Tastatur drückte er die Entertaste und wartete, bis das Eingabefeld für sein Passwort erschien. Er tippte es ein und öffnete ein leeres Word-Dokument für Notizen.

Er folgte seinem Ablagesystem und begann von links. Maria Gutensteiner, die Hausbesitzerin, kam als Erstes an die Reihe. Er klappte die Mappe auf und las die gesammelten Informationen Punkt für Punkt, langsam und konzentriert. Natürlich waren sie längst in seinem Kopf gespeichert, jetzt ging es um das Herausfiltern der für ihn momentan wichtigsten Fakten. Er schloss den Deckel, schob den Ordner wieder zur Seite und begann auf der Tastatur zu tippen: Hausbesitzerin, Erzieherin in Rotherburg 1969 bis 1975, Tochter in Italien, negative Einstellung gegenüber der Mutter, Villa.

Er nahm sich den nächsten Ordner vor, der die Informationen über den Anwalt, Doktor Franz-Josef Meier, enthielt. Der Mann hatte zwar keine ursächliche Verbindung zum Kinderheim Rotherburg, sprich er war weder direkt dort noch bei der Stadt angestellt gewesen, hatte aber eine Reihe von Fällen im Vorfeld betreut. In seine Verantwortung waren die Begutachtung der Situation sowie eine Empfehlung gefallen, ob das betreffende Kind oder der Jugendliche einem Kinderheim übergeben werden sollte. Samantha hatte eine eigene Liste dieser Kinder beigelegt. Neben dem Namen, einer kurzen Situationsbeschreibung und einem Datum fand Nick jeweils einen Vermerk, ob das Kind tatsächlich nach Rotherburg gekommen war, in eine andere Einrichtung oder ein alternativer Weg zu tragen kam. Er wollte erst gar nicht überlegen, wie sie diese Liste so rasch hatte zusammenstellen können. Er ging nicht davon aus, dass es auf Knopfdruck erfolgt war. Die Fälle lagen Jahrzehnte zurück. Samantha war einfach ein Recherchegenie.

Der nächste Eintrag in sein Word-Dokument lautete wie folgt: Anwalt, Begutachtung diverser Kinderfälle 1964 bis 1978, negative Einstellung der Exfrau, verborgene Skepsis der Freunde, restaurierter Bauernhof.

Der dritte Ordner war mit der Aufschrift »Lydia Brettenauer« gekennzeichnet. Nick las und notierte: Büroangestellte, Stadtverwaltung bis 1976, drei Ehemänner, zwei verstorben, Scheidung vom dritten 1976 – Interview offen, großzügig zu Freundinnen, Eigentumswohnung Graz Altstadt.

Kurz lehnte er sich zurück und fuhr sich mit den flachen Händen über das Gesicht. Er rieb seine Augen, dann machte er sich über die nächste Akte her: Hans Schiffler, der Hausmeister des Kinderheims Rotherburg. Zeile für Zeile las er die Aufzeichnungen über diesen Mann und schrieb schließlich: Hausmeister, Ehefrau Elena Schiffler – Interview offen, Haus am Neusiedlersee mit Seezugang.

Wieder ließ er sich zurückfallen und fasste in Gedanken zusammen: Sechs alte Menschen waren auf bestialische Weise gefoltert und ermordet worden. Die vier bis dato Identifizierten hatten im Laufe ihres Lebens direkt oder indirekt mit dem Kinderheim Rotherburg zu tun gehabt. Am wenigsten Lydia Brettenauer. Sie hatte als Büroangestellte bei der Stadtverwaltung gearbeitet. Die einzige Verbindung bestand darin, dass Rotherburg von der Stadt verwaltet worden war. Darüber hinaus der markante Wendepunkt, in ihrem Fall 1976.

Eine ehemalige Erzieherin mit einer Villa in Baden, zwar renovierungsbedürftig, nichtsdestoweniger ein Bestand von beachtlichem Wert; ein Anwalt mit einem ansehnlichen, nicht bewirtschafteten Bauernhof als Residenz; eine frühere Büroangestellte mit einer großen Eigentumswohnung in der Grazer Altstadt und ein Hausmeister in Pension mit einem Haus direkt am Neusiedlersee, das Nick schnellstmöglich zu begutachten gedachte. Die vier hatten einen durchaus luxuriösen Lebensstil geführt. Bei dem Anwalt konnte er sich ein entsprechendes Vermögen vorstellen, zumal sich die Grundstückspreise im rauen Waldviertel bekanntlich im Rahmen hielten, den Löwenanteil hatte wohl eher die Renovierung verschlungen. Aber wie waren die anderen drei zu Geld gekommen? Das musste er herausfinden.

Als er den letzten Ordner aufschlug, Informationen über das Kinderheim Rotherburg, begannen seine Alarmglocken, unvermittelt zu läuten. Sein innerer Alarm hatte nichts Mystisches oder gar Übersinnliches an sich. Er war nicht mehr als das Synonym für sein außerordentliches Gespür. Dieser Instinkt, gepaart mit Wissen und Erfahrung, machte seinen Erfolg aus. Er agierte nicht allein vernunftgesteuert, sondern verband Logik mit Intuition in ausgewogener Weise.

Er begann zu lesen. Blatt für Blatt ging er durch, wiederholte den Vorgang und schrieb: Kinderheim Rotherburg, 1949 bis 1975, unter Stadtverwaltung, Wechsel Magistratsabteilung 1969.

Einige Sekunden fixierte er den Bildschirm, dann griff er nach der Brettenauer-Akte. Er blätterte die Seiten durch, bis er zu der Stelle kam, die er gesucht hatte. *Da!* Er hielt den Atem an und konzentrierte sich auf sein Gefühl. Schließlich presste er mit einem pfeifenden Ton die Luft aus den Lungen.

Er drückte den Knopf der Gegensprechanlage. »Sam! Zu mir, schnell.«

Es knackte. »Jetzt nicht! Ich telefoniere gerade mit Robert. Er hat die beiden letzten Opfer identifiziert.«

11

Samantha drückte die Auflegen-Taste ihres Handys und ließ das Gerät in ihrer Hosentasche verschwinden. »Alles klar, Robert erwartet dich.« Dabei gestikulierte sie aufgewühlt. »Und? Was sagst du?«, fragte sie. Eben hatte sie Nick von den beiden letzten Opfern berichtet. Die ersten wenigen Informationen reichten aus, um sie in helle Aufregung zu versetzten.

»Opfer Nummer sechs ist –« Weiter kam er nicht.

»Unglaublich, was? Sie passt doch überhaupt nicht ins Bild. Es kann aber doch kein Zufall sein, dass sie auch in dieser Hölle gelandet ist!«

»Sam, ehrlich, ich weiß noch nicht, wie Opfer Nummer sechs einzuordnen ist. Wir brauchen mehr Informationen, um etwas sagen zu können.« Er hob beschwichtigend die Hände. »Lassen wir es einstweilen im Raum stehen. Der Fall ist vielschichtig und wir müssen darauf achten, nicht durcheinander zu geraten. Komm, ich möchte dir etwas Wichtiges zeigen.« Er tippte auf die noch immer vor ihm liegende Akte von Lydia Brettenauer und erklärte, nachdem Samantha sich neben ihm aufgebaut hatte: »Brettenauer arbeitete in dieser Abteilung der Stadt.« Sein Zeigefinger wanderte zum Bildschirm, wo er in der Zwischenzeit weitere Notizen gemacht hatte. »Genau in dieses Ressort wurde im Jahr 1969 die Verwaltung des Kinderheims Rotherburg transferiert. Sie hat nicht einfach irgendwo im großen Gefüge der Stadtverwaltung an einem Schreibtisch gesessen, Rotherburg und andere Heime gingen direkt durch ihre Hand.«

Während er mit der rechten Hand die Maus betätigte und weiter scrollte, glitt sein Finger zu einer Reihe Jahreszahlen. »Gutensteiner arbeitete als Erzieherin in Rotherburg von 1969 bis zur Schließung 1975, der Anwalt behandelte Kinderheim-Fälle in den Jahren 1964 bis 1978 und Schiffler fungierte ab 1968 als Hausmeister in Rotherburg.«

Samantha benötigte nur einen Augenblick, um zu erfassen, worauf er hinaus wollte. »Der gemeinsame Nenner!«

»Ganz genau! Die Jahre 1969 bis 1975.«

»Du brauchst von mir eine Liste aller Heiminsassen in diesem Zeitraum.« Es war keine Frage, die sie stellte, sondern eine Feststellung.

»Das ist der erste Schritt. Du wirst es nicht leicht haben. Die Kinderliste des Anwalts war sicherlich ein Klacks dagegen.«

Sie seufzte. »Ich bin sicher, die Akten wurden nie digitalisiert. Es wird einige Zeit in Anspruch nehmen, bis ich alles gefunden und durchforstet habe. Kann ich mit voller Unterstützung von oben rechnen?«

»Sollte sich dir jemand in den Weg stellen oder dich durch unnötigen bürokratischen Kram versuchen aufzuhalten, gib sofort Bescheid. Wir erhalten freie Hand, das garantiere ich dir. Und wenn nicht, werden sie mich kennenlernen.«

Samantha zog bloß die Augenbrauen hoch und enthielt sich einer Antwort. Seine Erwiderung genügte ihr. Stattdessen fragte sie: »Du sagtest ›als ersten Schritt‹. Was ist der zweite?«

»Es muss im Vorfeld private Verbindungen zwischen den Opfern gegeben haben, da bin ich sicher. Wenn wir herausfinden, wie die Beziehungen untereinander aussahen, sind wir ein gutes Stück weiter.« Er legte seine Hand wieder auf die Maus und suchte in seinem Dokument. »Ich besuche den noch lebenden Exmann von Brettenauer und die geschiedene Anwaltsfrau wird sich nochmals mit der Thematik beschäftigen müssen, auch wenn es ihr unangenehm ist. Die Tochter der Villenbesitzerin kommt in zwei Tagen nach Österreich und Schifflers Umfeld steht ebenfalls ganz oben auf meiner Liste.« Er erhob sich. »Jetzt ist allerdings Robert an der Reihe. Ich möchte deinen Auserwählten ja nicht warten lassen.«

Ihr Gesichtsausdruck veränderte sich zu einem leicht sarkastischen Lächeln. »Gib meinem Liebsten einen Kuss von mir.«

»Eher begehe ich Suizid.« Er stieß einen abfälligen Ton aus. »Und bevor du Küsse durch die Gegend schickst, mach mir lieber Termine mit den zuerst Genannten aus.«

Als Antwort streckte ihm Samantha die Zunge heraus und zeigte dabei ihre Zähne.

In der Rechtsmedizin erwartete Nick ein altbekanntes Bild: Doktor Robert Hofer in erwartungsvoller Vorfreude, seinen Erfolg auszukosten und sich seinen Lorbeerkranz abzuholen.

»Was sagst du, Starermittler?«, rief er Nick bereits über den Gang hinweg zu. Ebenfalls ein geläufiges Gebaren.

Nick wartete mit seiner Antwort, bis er vor dem Rechtsmediziner stand. »Das fünfte Opfer passt in mein Bild, das sechste allerdings ist mir ein Rätsel.«

Aufgeregt nickte Hofer. »Gerade hat Samantha angerufen und erste Details durchgegeben. Sie meinte, du wärest ohnehin in wenigen Minuten bei mir und so bräuchte sie dich nicht extra anzurufen.« Er blickte ihn triumphierend an.

Sie hat mich angerufen! Mich – nicht dich! Nick meinte, die Gedanken des Rechtsmediziners hören zu können. Am liebsten hätte er laut aufgelacht. Doch das Spiel akzeptierend forderte er den Rechtsmediziner mit einem knappen »Erzähl!« auf zu berichten.

Während sich Robert Hofer in Bewegung setze, begann er mit ausladenden Gesten zu reden: »Ich beginne bei Opfer Nummer fünf. Er hieß Heinrich Schmidt. Ursprünglich aus Wien, hat er die letzten Jahre in einem exklusiven Altersheim in deiner Gegend verbracht. Er bewohnte dort eine eigene Wohnung. Wie Sam sagt, eine der großen Wohneinheiten in diesem Heim. Dafür blättert man pro Monat einige tausend Euro hin.« Es folgte ein auffordernder Blick.

Nick reagierte. »Was meinst du mit ›in deiner Gegend‹?«

»Dort, wo du aufgewachsen bist natürlich.«

Innerlich zuckte Nick zusammen. Feingefühl zählte eindeutig nicht zu den Eigenschaften des Rechtsmediziners. *Setzt er seine Spitzen bewusst oder denkt er als unverbesserlicher Narzisst einfach nicht darüber nach, was er von sich gibt?* Nur ungern wurde Nick daran erinnert, dass der Rechtsmediziner im Zuge eines Falls einiges über seine Vergangenheit erfahren hatte. Er ließ sich jedoch nichts anmerken und entgegnete in neutralem Ton: »Ja, in der Gegend gab es früher tatsächlich einige Heime für Senioren mit dem nötigen Kleingeld. Über den aktuellen Stand bin ich nicht informiert.«

Robert Hofer tat seine Antwort mit einem Achselzucken ab. Womöglich hatte er eine emotionale Erwiderung erwartet. »Du weißt von Samantha bereits, dass unser Opfer Nummer fünf in Rotherburg als Pädagoge gearbeitet hat?«

»Sam sagte zu mir als Erzieher.«

»Erzieher mit pädagogischer Fachausbildung, genau genommen. Also eine Stufe über dem Opfer Brettenauer, die tatsächlich nur Erzieherin war.«

Wichtigtuer! Nick verzog den Mund zu einem gequälten Lächeln. »Als ich ging, wusste Sam noch nicht, in welchem Zeitraum er in Rotherburg beschäftigt war.«

»Auch das kann ich dir sagen: von 1966 bis 1975.« Hofers Lippen verzogen sich zu einem Grinsen.

Verdammter Wichtigtuer! »Passt perfekt.«

»Was passt perfekt?« Schlagartig änderte sich Robert Hofers Ausdruck. Unverhohlen zeigte er seine Neugier.

Verdammter, neugieriger Wichtigtuer! »Das erzähle ich dir später. Jetzt ist erst einmal das sechste Opfer an der Reihe.«

Der Rechtsmediziner fuhr sich über das Kinn und legte den Kopf schief, als suchte er nach den richtigen Worten. Offenkundig behagte ihm Nicks Antwort keineswegs. Nachhaken lag aber eindeutig unter seiner Würde. »Anna Heimlich, eine Prostituierte«, brachte er schließlich mit deutlicher Abschätzung hervor.

Verdammter, neugieriger, bornierter Wichtigtuer! »Die in keiner offensichtlichen Verbindung zum Kinderheim Rotherburg stand«, vollendete Nick, um Contenance bemüht.

Wie kann Samantha nur Gefallen an diesem Mann finden? Er würde es nie verstehen. *Ist sie nur von ihm fasziniert, weil er,* das musste Nick zugeben, *ein herausragender Rechtsmediziner ist? Nein, mädchenschwärmerisches Getue ist nicht Samanthas Art. Kann es am Ende eine sexuelle Komponente geben?* Daran wollte er nicht denken.

Eine Weile herrschte Schweigen. Schließlich durchbrach Robert Hofer die Stille. »Diese … Frau passt überhaupt nicht zu den anderen fünf Opfern. Ich meine nicht nur die Tatsache, dass sie offenbar nichts mit dem Kinderheim Rotherburg zu tun hatte.«

»Was bringt eine Hure und einen Anwalt nebeneinander ans Kreuz?«

Der Rechtsmediziner bemerkte Nicks unverhohlenen Sarkasmus augenscheinlich nicht. »Nicht nur der Anwalt, auch die beiden Damen aus Baden und Graz und der Pädagoge! Entschuldige mal, Nick, das ist doch wie Tag und Nacht«, ereiferte er sich.

»Und wie passt der Hausmeister in dein Bild?«

»Darüber habe ich in der Tat nachgedacht und bin zu keinem Schluss gekommen. Doch auch zwischen einem ehrbaren Handwerksberuf und einer käuflichen Frau liegen Welten.«

Du bist doch wirklich ein ...!

Der Rechtsmediziner unterbrach Nicks geistigen Ausbruch mit einer unüblich zögerlichen Geste. »Bevor wir zu den Opfern gehen ... Nick, ich möchte dich um etwas bitten. Etwas sehr Persönliches.« Auf einmal wirkte Robert Hofer nahezu schüchtern, verunsichert.

Nick brauchte kurz, um die Wandlung seines Gegenübers zu verdauen. Bereits das Wort »bitte« gehörte nicht zum Standardrepertoire des Rechtsmediziners. Er räusperte sich. »Selbstverständlich.«

Wie beim Startschuss eines Rennens schnappte sich Robert Hofer Nicks Ellbogen und dirigierte ihn zielstrebig in Richtung seines Büros. Es schien, als könnte er es kaum erwarten, dem Ermittler diese persönliche Bitte vorzutragen. Als sie angekommen waren, deutete der Rechtsmediziner ungeduldig auf den Sessel vor seinem Schreibtisch. »Nimm Platz.« Er selbst setzte sich auf seinen Stuhl und öffnete eine Lade, brachte ein schwarzes Schächtelchen hervor, das er vor Nick auf dem Schreibtisch platzierte. »Was sagst du dazu? Ich brauche deine ehrliche Meinung. Du kennst sie besser als jeder andere.«

Nicks Augenbrauen wanderten nach oben. »Du meinst Samantha?«

»Natürlich meine ich Samantha«, ereiferte sich Robert Hofer, sichtlich nervös.

Nick zuckte leicht mit den Schultern und griff nach der kleinen Schachtel. So hatte er den Rechtsmediziner noch nie erlebt, keine Spur von Arroganz, dafür so etwas wie Lampenfieber und Unsicherheit. Der Mann wirkte geradezu, Nick fand kein besseres Wort, menschlich. Er öffnete den Deckel. Ein Diamantring mit einem großen, funkelnden Stein kam zum Vorschein. »Wow!« Mehr brachte er nicht hervor.

»Meinst du, er gefällt ihr?«

»Ist das … ist das … ein Verlobungsring?«, fragte Nick. Unvermutet drängte sich ihm eine Erinnerung auf, die er zu vergessen wünschte. Es war gerade einige Wochen her, kaum drei Monate, als er vor einem Juwelier gestanden und die Ringe in der Auslage betrachtet hatte. Nahe war er daran gewesen, hineinzugehen, um für Luisa einen solchen Ring zu kaufen. *Wäre alles anders gekommen, wenn ich diesen Schritt gewagt hätte?* Unmerklich schüttelte er sich und richtete seinen Blick auf Robert Hofer, der eifrig nickte.

»Samantha ist die wunderbarste Frau, die ich jemals kennengelernt habe. Ich dachte bereits, das Glück der Liebe nie mehr erleben zu dürfen. Sie ist gescheit und offen, witzig und ein guter Gesprächspartner, sie hört mir zu und sagt mir, was sie denkt. Wir teilen das gleiche Hobby«, geriet Robert Hofer ins Schwärmen und setzte nach: »Golf, meine ich.«

»Das ist mir klar.« Nick besann sich und antwortete freundlicher: »Der Ring ist sehr schön. Ich wünsche dir, dass sie deinen Antrag annimmt.« *Was ist denn mit mir los?* Zu seinem Erstaunen musste er feststellen, dass ihn Hofers Worte gerührt hatten. War dies das Geheimnis, warum Sam mit dem Rechtsmediziner zusammen war? Barg der Mann auch eine ganz andere Seite in sich? Oder lag seine plötzliche Regung einfach daran, dass er an Luisa erinnert worden war?

Der Rechtsmediziner strahlte. »Das wünsche ich mir auch.«

Nick hüstelte. Die Gefühlsduselei wurde ihm nun doch langsam zu viel. »Gehen wir zu den Opfern?«

»Ja, es wird Zeit. Ich bin nicht hier, um stundenlang zu plaudern.« Der Rechtsmediziner erhob sich und reckte sein Kinn hoch. Endlich war er wieder da, der unsympathische Besserwisser.

»Ring hin, Ring her, ich muss auch zu meinem nächsten Termin«, konnte Nick sich nicht verkneifen.

12

Noch während der Fahrt geisterte der Ring durch Nicks Kopf, wobei er nicht mit Bestimmtheit sagen konnte, ob er sich über das Verhalten des Rechtsmediziners ärgerte oder ob in Wahrheit der Gedanke an Luisa die Überlegungen weitertrug.

Als ihm sein Navi mitteilte, er sei an seinem Ziel angekommen, ermahnte er sich zur Konzentration auf das kommende Gespräch. Egal ob Robert Hofer oder Luisa, sie mussten jetzt verschwinden. Er parkte ein, stieg aus dem Wagen und betrachtete das Gebäude. Es handelte sich um ein klassisches Wohnhaus aus den Sechziger- oder Siebzigerjahren, das ohne Liebe zum Detail errichtet worden war, um möglichst vielen Menschen auf engstem Raum Platz zu bieten.

Er zog die schwere Holztür auf, betrat das Haus und sah sich um; saubere, jedoch schmucklose Steinfliesen, schmutzig-weiße Wände ohne Malerei, ein einfaches Metallgeländer entlang des Stiegenaufgangs. Der Lift war wahrscheinlich nachträglich eingebaut worden, keiner von der Glas-Edelstahl-Sorte, sondern ein einfacher mit weißer Metalltür. Trotz des Aufzugs wählte Nick die Treppe. Drei Stockwerke brachten den Kreislauf in Schwung. Er musste nehmen, was er kriegen konnte. Ein Fitnesscenter würde er in den nächsten Wochen erfahrungsgemäß nicht von innen sehen.

Er nahm die Stufen mit flottem Schritt und musste vor der Wohnungstür kurz verschnaufen, bevor er die Klingel betätigte. Es dauerte eine Minute, bis er ein rhythmisch klopfendes Geräusch vernahm, danach das Klirren einer Kette, ein Schlüssel wurde umgedreht und, endlich, die Tür aufgezogen. Ein alter Mann erschien im Rahmen, auf einen Stock gestützt.

Sein runzeliges Gesicht verzog sich zu einer freundlichen Miene, seine wasserblauen Augen unter herabhängenden Lidern lächelten mit. Er versuchte, sich aufrecht zu halten, was ihm eindeutig Schmerzen bereitete, und zog mit der freien Hand seine braune Strickjacke zurecht. »Grüß Gott, Sie sind der Herr Doktor Stein. Kommen's weiter.« Er wartete keine Bestätigung ab und setzte sich mit schlurfenden Schritten schwerfällig in Bewegung. »Die Schuh lassen's an«, sagte er über seine Schulter hinweg.

Nick folgte ihm. Der alte Mann war ihm auf Anhieb sympathisch. Lippen konnten zu einem falschen Lächeln verzogen werden, mit etwas Übung blieben unehrliche Worte unbemerkt, aber Augen logen nicht.

Der alte Mann führte ihn in sein Wohnzimmer. Ein kleiner Raum, vollgestellt mit Möbeln aus dem vergangenen Jahrhundert: einem beigefarbenen Cordsofa, darüber eine braune Decke, zwei passenden Polstersessel mit Armlehnen, einem einfachen Holzsessel, ebenfalls gepolstert, einer Stehlampe mit geblümtem Schirm, einer an den Ecken abgeschlagenen Kommode, einem Kasten, noch einem Schränkchen.

»Nehmen's Platz, Herr Doktor.« Der Mann deutete auf die Couch und setzte sich selbst auf den Holzsessel. »Wissen's, ich komm von der Couch nicht mehr auf«, erklärte er Nick. Plötzlich schien er sich an seine Gastgeberrolle zu erinnern. »Herr Doktor, darf ich Ihnen etwas anbieten?«

Nick schüttelte den Kopf. Er hatte gesehen, wie schwer sich der Mann beim Hinsetzen getan hatte. Auf keinen Fall würde er ihn jetzt nochmals aufjagen, egal wie sehr er Lust auf einen Kaffee hatte. »Danke! Das ist sehr nett, aber nein.« Er räusperte sich. »Ich bin hier, um mehr über Ihre Exfrau zu erfahren.« Er hoffte, der Mann würde bereits nach dieser kurzen Einleitung zu sprechen beginnen. Je weniger spezifische Fragen er stellen musste, desto mehr Allgemeines erfuhr er über das Opfer.

Der alte Mann reagierte prompt. »Die Lydia ... der Drache.« So gut er konnte, zuckte er entschuldigend mit seinen Schultern. »Wissen's, man spricht eigentlich nicht so über einen Menschen, aber zu ihr fällt mir nichts anderes ein.« Seine Lippen verzogen sich abermals zu einem Lächeln, dieses Mal leuchteten seine Augen nicht.

»Erzählen Sie mir von ihr«, ermunterte ihn Nick weiterzusprechen.

Der Alte seufzte. »Wissen's, man spricht nicht schlecht über Tote. Schon gar nicht, wenn sie auf diese Art zu Grunde gegangen sind.«

Er stockte. »Wenn's stimmt, was in den Zeitungen steht. Die schreiben ja auch nur Mist.« Er blickte Nick fragend an. »Stimmt das alles?«

Nick winkte ab. »Wenn ich die Opfer besser kennenlerne, hilft es mir, den Tätern näherzukommen. Glauben Sie mir, ich werde keines Ihrer Worte missdeuten und über Sie urteilen. Es geht mir allein darum, das Verbrechen aufzuklären. Alles, was Sie mir erzählen, auch die negativen Dinge, bringt mich weiter.« Auf die Frage des Mannes ging er vorerst bewusst nicht ein. Einen Tod dieser Art wünschte man im Normalfall nicht seinem schlimmsten Feind. Dabei kannten die Zeitungen bei Weitem nicht alle Details.

Der Mann nickte. Stockend begann er zu erzählen: »Als ich die Lydia kennengelernt habe … war es für mich … Ich hab gedacht, ich hätte mein … Glück … gefunden.« Langsam wurde seine Sprechweise flüssiger. »Meine erste Frau habe ich früh verloren. Wir waren erst kurz verheiratet, als sie an einer Lungenentzündung gestorben ist. Frauen waren für mich danach nicht mehr vorhanden, ich habe mich nicht einmal mehr nach den hübschesten umgesehen. Nie hätte ich gedacht, dass es mir noch einmal passieren würde. Ich meine, dass ich mich verliebe.« Mit zittrigen Fingern wischte er sich über die Augen. »Aber dann habe ich Lydia kennengelernt. Wir waren tanzen und im Kino. Ich sag's Ihnen, Herr Doktor, so eine lustige und nette Person ist mir zuvor noch nie untergekommen. Und sie war …« Verhalten kicherte er ob der Erinnerung.

»Sie waren wieder glücklich?«, fragte Nick.

»Was heißt glücklich! Ich war im siebenten Himmel, habe dieses Miststück vom Fleck weg geheiratet.« Automatisch fuhr seine Hand, so schnell er die Bewegung auszuführen vermochte, zu seinem Mund. »Entschuldigen Sie ›das Miststück‹.«

»Sprechen Sie offen! Ich brauche Ihre Ehrlichkeit wirklich. – Und dazu gehört auch ›das Miststück‹«, setzte Nick mit einem bewussten Schmunzeln nach.

»Die Schwierigkeiten fingen an, kaum dass wir … dass wir … verheiratet waren.« Wieder geriet der alte Mann ins Stocken. Er schien seinen Erzählrhythmus nicht zu finden.

Nick half ihm auf die Sprünge. »Schwierigkeiten welcher Art?«

Der Mann kräuselte die Lippen. »Sie war mit allem unzufrieden, was ich tat und wie ich war. Ich verdiente zu wenig Geld. Wissen's, Herr Doktor, ich war Elektriker, was hätte ich denn großartig verdienen sollen? Ich war ihr auch nicht nobel und elegant genug.« Auf seinen Stock gestützt, den er die ganze Zeit über zwischen seinen Knien hielt, beugte er sich vor. »Dieser Anwalt, Meier …« Er schnaubte. Die Erinnerung ärgerte ihn deutlich erkennbar selbst heute noch.

»Sie meinen Franz-Josef Meier? Er ist ebenfalls unter den Opfern.«

Der alte Mann senkte den Kopf. »Wissen's, wie ich das gelesen hab, ist mir die Luft weggeblieben.« Er versuchte ein Schmunzeln, es gelang kläglich. »Nicht, dass ich noch besonders viel davon hätte.«

Nick, der die »Wissen's« und »Herr Doktor« des alten Mannes mitgezählt hatte, löschte augenblicklich seine geistige Strichliste. »Ihre Exfrau und Franz-Josef Meier kannten sich Ihrer Meinung nach näher?«

»Ich habe es ihr nie nachweisen können, aber ich sage Ihnen, Herr Doktor, meine *süße* Lydia hatte ein Verhältnis mit dem *besseren* Herrn!« Er spuckte die Worte verächtlich aus. »Ich habe nur immer zu hören bekommen: Der Franz-Josef kann dieses, der Franz-Josef tut jenes, der Franz-Josef ist ja so gescheit, der Franz-Josef hat ein viel besseres Auftreten, der Franz-Josef ist ein Doktor … entschuldigen Sie, Herr Doktor.«

»Schon gut. Ich bin auch ein ganz anderer Doktor.« Dieser Mann schien das Herz am rechten Fleck zu haben. Nicks Großmutter hätte gesagt: »Er weiß noch, was sich gehört.« Nick zählte zwar nicht zu den Menschen, die darauf aus waren, ihren Titel zu hören und auf Basis dessen Ehrerbietung zu erwarten, aber er musste zugeben, die ehrliche Höflichkeit des alten Mannes schmeichelte ihm ebenso, wie es die Anwaltswitwe mit der Betonung seines Titels getan hatte. »Es war keine glückliche Ehe«, stellte Nick fest und brachte den Mann wieder auf den Weg.

»Sie sagen es, Herr Doktor!« Er stieß einen Lacher aus, worauf er zu husten begann. Es dauerte eine ganze Weile, bis er sich wieder gefangen hatte. Als er weiter sprach, kratzte seine Stimme. »So schön die ersten Monate für mich waren, so schlimm gestalteten sich die nächsten Jahre. Und dann war es plötzlich vorbei.« Er verzog sein Gesicht.

Nick hätte nicht sicher sagen können, ob die Mimik des Alten Erleichterung oder Wehmut ausdrückte. »Sie ließen sich von ihr scheiden?«

»Aber nein! Eines Tages, als ich von der Arbeit nach Hause kam, sagte sie: ›Ich will mich scheiden lassen‹.« Automatisch fuhr er mit den Fingern an seinen faltigen Hals. »Ich habe ihr nicht widersprochen.«

»Hatten Sie danach Kontakt zu ihr?«

»Sofort nach unserer Scheidung ist Lydia nach Graz gezogen. Sie hatte das Ganze schon lange geplant, davon bin ich überzeugt.«

»Haben Sie ihr damals Geld gegeben?«

Wieder ertönte das Lachen des alten Mannes, gefolgt von einem weiteren Hustenanfall. »Ich weiß genau, worauf Sie hinauswollen, Herr Doktor. Ich bin alt und klapprig, aber nicht senil.« Als würde er ein Geheimnis preisgeben, senkte er die Stimme. »Bis heute weiß ich nicht, woher sie das Geld für so eine Wohnung hatte.« Dann flüsterte er: »Ich bin einmal nach Graz gefahren und habe mir die Gegend und das Haus angesehen, in dem sie gewohnt hat.«

Nick wollte zu einer weiteren Frage ansetzen, als er die müden Augen des alten Mannes registrierte. Bei den letzten Worten hatten sich seine Lider gesenkt und verdeckten ein Drittel der Pupillen, in den äußeren Ecken glitzerte es feucht. Mit aufgestützten Armen zeigte Nick an, sich erheben zu wollen. »Vielen Dank für das offene Gespräch. Sie haben mir sehr weitergeholfen. Sollte ich weitere Fragen haben, darf ich mich bei Ihnen melden.« Seinen Abschlusssatz formulierte er als Aussage.

Dennoch bemühte sich der alte Mann um eine Bestätigung: »Selbstverständlich, Herr Doktor, ich stehe Ihnen jederzeit zur Verfügung.« Er versuchte aufzustehen.

»Bleiben Sie bitte sitzen, ich finde den Weg hinaus.«

13

Nick saß am Steuer. Peter hatte es sich auf dem Beifahrersitz bequem gemacht, Arno lehnte entspannt im Fond.

»Ich bin schon gespannt«, stellte Peter fest.

Arno beugte sich vor. »Auf die Witwe des Hausmeisters? Elena.« Das L in Elena zog er gekonnt in die Länge.

»Natürlich!« Peter wandte sich ihm zu. Er zwinkerte. »Ich liebe Klischees.«

»Wartet ab. Vielleicht erleben wir eine Überraschung«, bemerkte Nick, ohne seinen Kopf zu drehen.

»Ein alter Mann und eine junge Russin! Welche Überraschung sollte uns erwarten?« Peter grinste breit und formte mit seinen Händen die Silhouette eines kurvenreichen Körpers.

Nick stieß einen pfeifenden Laut aus, der in ein Lachen überging. »Sämtliche Erklärungen und Einweisungen waren also verschwendete Zeit!«

»Selbstverständlich nicht!« Peter mimte den Entrüsteten. »Ich habe jede einzelne deiner Ausführungen verinnerlicht, ergänze diese bloß mit meiner freudig-kindlichen Natur sowie meinem tendenziellen Hang zum Theatralischen.«

»Auch ich bin ein eifriger Schüler, mein Meister.« Arno faltete in typischer Manier seine Hände und verbeugte sich, soweit es sein Sicherheitsgurt ohne Widerstand zu leisten zuließ.

Nick verfolgte die Geste im Rückspiegel. »Ein Schwuler und ein verkappter Buddhist malträtieren mich! Ihr zwei könnt mich mal kreuzweise.« Das Geplänkel gefiel ihm. Es zeigte, dass Peter und Arno harmonierten, und auch ihm tat die Ablenkung gut. Gerade bei einem schwierigen Fall wie diesem war es unerlässlich, sich einen gewissen Galgenhumor zu bewahren, sonst konnte man daran zerbrechen. »Im Übrigen, wir sind da, ihr zwei Schlaumeier.«

Gespannt blickte Nick aus dem Fenster. Er brauchte nur wenige Sekunden, um sich einen ersten Eindruck zu verschaffen. Es handelte sich um ein kleines Haus, einladend und heimelig. Die weiße

Fassade strahlte förmlich, rote Dachziegel hoben sich von dem Weiß ab, ein niedriger Zaun in Naturholz und dahinter eine Buchsbaum-Hecke umrahmten die ansprechende Idylle. Im Vorgarten standen zwei Forsythien-Sträucher, die auch ohne ihre gelben Blüten leicht zuzuordnen waren.

Sie stiegen aus und gingen zur Gartentür. Peter drückte die Glocke oberhalb des kleinen Messingschilds mit der Aufschrift »Schiffler«, die in dezenten Buchstaben gehalten war.

Kaum hatte Peter auf die Klingel gedrückt, als die Haustür aufschwang.

In der Tür stand eine dermaßen schöne Frau, dass Nicks Lungenflügel kurz ihre Tätigkeit einstellten. Er schnappte nach Luft und warf einen schnellen Seitenblick auf seine Begleiter. Arno starrte wie er auf die Frau. Nur Peter zeigte sich unbeeindruckt und Nick dankte im Geiste für dessen sexuelle Neigung.

In diesem Moment löste sich die Schönheit aus dem Türstock, der sie wie ein Gemälde umrahmt hatte, und schritt den Gartenweg entlang. Obwohl ihre Füße in flachen Flipflops steckten, schienen ihre Beine in den hautengen Jeans endlos. Automatisch drängte sich Nick das Bild dieser Beine in High Heels und schwarzen Strümpfen auf. Nur leicht wiegte sie ihre wenig ausgeprägten Hüften, dabei beförderte sie ihr langes, brünettes Haar mit einer eleganten Kopfbewegung in den Nacken. Unter dem beigefarbenen Pulli, der ihr bloß bis zur Taille reichte, stachen wohlgeformte, kleine Brüste hervor. Ihre Brustwarzen drückten sich gerade so stark ab, um erkennen zu können, dass ihre Brüste keinen BH benötigten, damit sie an der richtigen Stelle blieben.

Bei der Gartentür angekommen, betätigte sie einen Schalter und zog die Tür auf. »Herzlich Willkommen.« Sie redete langsam mit heller Stimme. Die Färbung ihrer Muttersprache trat deutlich hervor.

Peter streckte ihr als erster seine Hand entgegen. »Peter Westernschmidt.« Er wandte sich Nick zu. »Doktor Nick Stein, der Ermittlungsleiter und Arno Hammer, mein Kollege.«

Während Nick ihre warme Hand schüttelte, betrachtete er ihr Gesicht. Sie hatte die feinporige Haut eines Kleinkinds, eine gerade

Nase, blaue Augen, umrahmt von dunklen Wimpern, und überaus sinnliche Lippen. Ihr Hals war lang und schlank.

»Kommen Sie bitte weiter.« Sie machte eine einladende Geste und setzte sich wieder in Bewegung.

Peter, hinter ihm Nick und Arno nebeneinander, folgten ihr. Sie passierten einen hellen Vorraum, in den dominierenden Farben weiß und zartgelb, und gelangten ins Wohnzimmer, das in Braun- und Beigetönen eingerichtet war. Sie zeigte auf die u-förmige Ledercouch. »Nehmen Sie Platz. Darf ich Ihnen etwas zu trinken anbieten? Ich würde mich freuen, Ihnen ein Glas eines in meiner Heimat typischen Getränks zu reichen.« Bei langen Sätzen sprach sie noch langsamer, zwar ohne jeglichen grammatikalischen Fehler, dennoch klang es auf eine nicht zu beschreibende Art falsch.

Peter war wieder der Erste. »Sehr gern.«

Nick und Arno nickten zustimmend.

Sie lächelte in die Runde und die Sonne ging auf. Ohne Hast verließ sie das Wohnzimmer in einen angrenzenden Raum. Wenig später kam sie mit einem Tablett zurück. Darauf standen vier große Gläser mit einer dunkelgelben Flüssigkeit darin. »Das Getränk nennt sich Kwass, ich stelle es selbst her, dieses ist mit Minze und Rosinen«, erklärte sie.

»Hauptzutat ist Brot. Habe ich recht?« Endlich hatte Nick seine Stimme wiedergefunden. Er blickte sie freundlich an und lächelte dezent. Nichts ließ mehr darauf schließen, dass ihn diese Frau noch vor zehn Minuten schlicht umgehauen hatte.

»Ja, Sie haben recht. Es handelt sich um Roggenbrot.« Sie nickte eifrig und stellte das Tablett endlich ab. Gefällig verteilte sie die Gläser und setzte sich auf einen freien Platz. Ihr Hauptaugenmerk galt Nick. »Sie kommen wegen des Todes meines Ehemannes«, sagte sie mit fester Stimme und eröffnete damit von sich aus die Befragung.

»So ist es.« Kurz pausierte Nick. Die Beileidsworte hatte er bereits auf der Zunge, unterließ es jedoch, einer spontanen Regung folgend, sie auszusprechen. »Frau Schiffler, wir sind hier, um so viel wie möglich über Ihren Mann zu erfahren.« Unauffällig deutete er ein Zwinkern in Peters Richtung an, der verhalten den Kopf senkte.

Nick wusste, er hatte verstanden und würde das Gespräch im Bedarfsfall in der richtigen Weise lenken.

Aufmerksam musterte sie zuerst Nick, dann streifte ihr Blick Arno und danach Peter, bevor sie antwortete. »Diesbezüglich kann ich Ihnen leider nur sehr eingeschränkt behilflich sein, da ich meinen verstorbenen Ehemann …« Sie unterbrach ihren gestelzten Satz, schluckte geräuschvoll und faltete ihre Hände, als wollte sie beten.

»Jede Ihrer Informationen hilft uns dabei, das Verbrechen an Ihrem Mann aufzuklären«, legte Nick nach.

Sie hüstelte. »Ich weiß nicht, was ich Ihnen erzählen soll.« Unvermittelt zuckten ihre Pupillen zwischen den Männern hin und her. Die Finger ihrer gefalteten Hände verkrampften sich ineinander.

»Wo haben Sie so hervorragend Deutsch gelernt? Sie sprechen ohne Fehler und drücken sich sehr gewählt aus.« Kaum hatte Peter die Worte ausgesprochen, als er nach dem Glas griff, an der Flüssigkeit roch und einen kräftigen Schluck nahm. »Kwass schmeckt sehr interessant, fast wie ein Radler, ein Radler mit Minze und Rosinen.« Er lächelte ihr aufmunternd zu und stellte das Glas wieder ab.

Die Hände der Frau entkrampften sich.

Auch Nick kostete das Getränk, währenddessen kontrollierte er ihre Körperhaltung und ihren Ausdruck. Sie war so weit. »Wir sind nur hier, um das Verbrechen an Ihrem Mann aufzuklären. Machen Sie sich bitte keine Sorgen.«

Abermals hüstelte sie. Abrupt löste sie ihre Handflächen voneinander und fuhr sich an den Hals.

Nick wollte eben nachsetzen, als er im Augenwinkel Arnos Veränderung wahrnahm. Auf der Stelle schloss er wieder den Mund und wartete.

Mit einer ausladenden Bewegung schnappte Arno sich das Glas, hielt es an seine Lippen, trank es mit großen Schlucken aus und wischte sich mit dem Handrücken über den Mund. »Ah! Köstlich. Hervorragende Zubereitung … die Kombination mit Rosinen und Minze kannte ich bis jetzt noch nicht.«

»Sie haben schon einmal Kwass getrunken?«

Arno lächelte sie an. »Ich habe eine Zeit lang in Ihrem Heimatland gearbeitet.«

Sie riss die Augen auf. »Wo haben Sie leben? Und wie lange waren du in Russland?« In ihrer plötzlichen Erregung sprach sie schnell und fehlerhaft. Es wirkte aufrecht und charmant.

Anstelle einer Antwort auf Elenas Fragen entgegnete Arno: »Was du in Russland erlebt oder getan hast, interessiert mich nicht. Ich werde weder eine Anfrage an deine Behörden stellen, noch sonst irgendwelche Schritte gegen dich einleiten.« Er beugte sich vor und blickte sie eindringlich an. »Uns interessiert ausschließlich der Mord an deinem Mann.«

Nick hatte Arnos Worte aufmerksam verfolgt. Automatisch hatte der Beamte vom »Sie« auf ein intimes »du« gewechselt, zudem war er auf die erste Person Singular umgestiegen. Im umgekehrten Fall hätte Nick es genauso gemacht. Nun beobachtete er Elenas Reaktion.

Sie senkte ihre Arme, griff mit leicht zitternden Händen nach ihrem Glas und trank einen Schluck. Sie behielt das Glas in der Hand und fixierte es. »Ich bin im Elend aufgewachsen. Mit meinem Aussehen konnte ich …« Sie stockte und nahm einen neuen Anlauf. »Mein Aussehen verhalf mir zu einem guten Leben. Ich vermochte auch meiner Familie zu helfen. Mit zunehmendem Alter erlosch das Interesse an meiner Person. Ich musste …« Wieder hielt Elena einen Moment lang inne. »Zudem bekam ich gewisse Schwierigkeiten.« Sie atmete tief durch und blickte auf. »Ich wandte mich an eine Agentur, die mir einen Ehemann im Ausland vermittelte. So kam ich hierher.« Mit Schwung beförderte sie das Glas auf den Tisch.

»Elena, wie Herr Hammer schon sagte, wir sind nicht an Ihrer Vergangenheit interessiert. Wir wollen nur Informationen über Hans Schiffler.« Nick wählte ihren Vornamen, blieb aber beim »Sie«. Es genügte, wenn Arno die Mauer zum Fallen gebracht hatte, ihm reichten ein paar Ziegel.

Elena zuckte mit den Schultern. »Hans war fünfundsiebzig Jahre alt. Er war freundlich zu mir und stellte wenig Ansprüche. Ich führte ein angenehmes Leben an seiner Seite. Das Haus ist sehr schön, ich genieße den See und Geld bekam ich, so viel ich wollte.«

»Kennen Sie die finanziellen Verhältnisse Ihres Manns?«, erkundigte sich Peter beiläufig.

Sie nickte eifrig. »Ja. Er hatte gutes Geld.«

»Viel Geld«, verbesserte Peter automatisch.

Elena lächelte ihn dankbar an. Peter hatte die besondere Gabe, Menschen durch seine, fraglos ehrliche, Freundlichkeit für sich einzunehmen, selbst wenn er sie korrigierte. »Danke. Ja, viel Geld.«

»Wissen Sie, woher das Geld stammt?«, fragte Nick.

Dieses Mal schüttelte sie den Kopf. »Es hat mich nie interessiert.«

»Elena, Sie sagten, er stellte wenig Ansprüche. Was meinten Sie damit?« Nick hatte seine Stimme etwas gesenkt und sprach betont gelassen.

Für einen Augenblick rutschte die Frau auf ihrem Platz hin und her, dann wurde sie ruhig. »Er wollte seinen Lebensabend – so heißt es doch? – nicht allein verbringen, das erklärte er mir oft. Zudem hatte er gewisse Vorlieben, die ich ohne Probleme erfüllen konnte.«

»Sexuelle Vorlieben?« Nick wurde noch leiser.

Da Elena sich offenbar entschieden hatte, offen zu sprechen, antwortete sie, ohne zu zögern. »Teil der Ehevereinbarung zwischen meinem Mann und mir war die Durchführung einer Labioplastik.«

»Labioplastik?«, fragte Arno.

Nick wartete eine mögliche Antwort der Frau nicht ab. »Die Korrektur der Schamlippen.«

»In meinem Fall die Verkleinerung der inneren Schamlippen«, erläuterte Elena und setzte nach: »Obwohl dies weder aus ästhetischen noch aus medizinischen Gründen notwendig gewesen wäre.«

»Warum erfolgte der Eingriff?« Nick sprach wieder in normalem Ton.

»Liegt das nicht auf der Hand? Hans bevorzugte sehr junge Frauen, Mädchen. Er suchte speziell nach meinem Typ. Zumeist kam es zu keinen echten sexuellen Handlungen. Er wollte mich nur betrachten.« Elena stieß einen abfälligen Laut aus. »Ich musste mir einfache, veraltete Kleidung anziehen und vor ihm posieren. Er sah mich immer lang an, bis er tat, was er noch tun konnte. In solchen Situationen nannte er mich ›Franzi‹.« Kurz schloss sie in Anbetracht der Erinnerung angewidert die Augen.

»Franzi?«, verfolgte Nick die Information. Bis zu diesem Moment hätte er den Verstorbenen nicht als schwul oder bisexuell eingeordnet.

Sie wusste sofort, was er meinte. »Ich weiß, es handelt sich um einen Männernamen, aber Hans war nicht homosexuell. Ich schwöre, er interessierte sich in keiner Weise für Männer.«

Wenngleich Nick keine weiteren Details erwartete, fragte er: »Können Sie mir sonst noch etwas über Ihren Mann erzählen?«

»Nein.« Elena blickte erst Arno an, dann schwenkte sie zu Nick.

Peter überging sie. »Werden Sie wiederkommen? Ich stehe Ihnen sehr gern zur Verfügung.«

»Sollten noch Fragen auftauchen, werden wir uns an Sie wenden.« Nick erhob sich.

Peter und Arno folgten seinem Beispiel.

14

»Eine Göttin also«, stellte Samantha sachlich fest und musterte Nick, Peter und Arno der Reihe nach prüfend.

»Ich weiß nicht, wie das Gespräch ausgegangen wäre, hätte ich die beiden sabbernden Adonisse nicht aus ihrer Verlegenheit gerettet«, lachte Peter.

»Arno, bist du also auch von der Sorte wie der?«, bemerkte Sam und zeigte ungeniert auf Nick.

»Ich weiß nicht, was du mit ›von der Sorte‹ meinst, aber ja, ich muss zugeben, mir hat es anfänglich tatsächlich die Sprache verschlagen.«

»Du hast sie schnell wiedergefunden, deine Sprache. Im Übrigen: Kompliment. Du hast hervorragend agiert«, sagte Nick.

»Danke. Der Zauber der Dame ist schnell verflogen«, gab der Hüne zu.

»Ich will nicht über Gebühr neugierig erscheinen, aber wann hast du in Russland gelebt?«, erkundigte sich Peter.

Arno lehnte sich zurück. »Ich selbst gar nicht. Mein ehemaliger Chef von der Sicherheitsfirma begleitete einige Personen bei ihren Russlandreisen. Er hat viel über diese Zeit erzählt, somit konnte ich mir die kleine Lüge erlauben.« Er stieß einen undefinierbaren Laut aus. »Die armen, schönen Mädchen dort haben kein leichtes Leben. Sie werden schlimmer behandelt als Vieh. Es klopft an der Hotelzimmertür, du öffnest und vor dir steht eine Märchenprinzessin im wallenden Pelz. Sie zeigt dir, was sie zu bieten hat, gefällt es dir, lässt du sie ein, wenn nicht, kommt in wenigen Minuten die nächste. Was du mit ihnen anstellst, liegt bei dir.«

»Ich möchte nicht wissen, was das arme Ding alles erlebt hat. Schiffler mit seinem Hang zu Teenies und ohne Manneskraft war wahrscheinlich wie der Himmel auf Erden für sie.« Peter verzog die Lippen und kniff die Augen zusammen.

»Sam, wie läuft die Suche nach den ehemaligen Heiminsassen?«, wechselte Nick abrupt das Thema. Im Augenblick wollte er sich nicht mit dem Schicksal der Russin beschäftigen. Bei der Befragung hatte er voneinander abweichende Gefühle verspürt, die ihn bei der komplexen Ermittlung bloß stören würden. Sie war eine auffallend schöne Frau, die ihn im ersten Moment im wahrsten Sinn des Wortes, wie Arno, sprachlos gemacht hatte. Im Laufe des Gesprächs war zunehmend Mitleid, jedoch auch eine gewisse Abscheu hinzugekommen. Er hoffte, sie würde von nun an ein ruhiges und gesichertes Leben führen können, und damit wollte er es bewenden lassen.

»Vier Personen sind abgestellt und durchkämmen die Archive. Die Akten sind an zwei verschiedenen Stellen gelagert, also arbeiten sich jeweils zwei durch. Einiges haben sie bereits ausgegraben und mir übermittelt. Ich bin damit beschäftigt, alles zu sortieren und entsprechende Listen anzufertigen.«

»Wieso an zwei Stellen?«, erkundigte sich Nick. Da er sich voll und ganz auf Samantha verlassen konnte, kümmerte er sich eigentlich nicht um die Details. Das interessierte ihn jedoch. Hinter solchen Kleinigkeiten konnten sich wichtige Teilstücke verbergen.

Samantha kannte ihren Chef zu gut. Sie winkte ab. »Fehlanzeige, Sweety. Da steckt nichts dahinter. Rein organisatorische Gründe, warum die alten Papiere nicht an einem Ort gelagert wurden.« Sie legte den Kopf schief. »By the way: Über unser Sex-worker-Opfer konnte ich leider nichts für uns Verwertbares finden, vor allem keinerlei Verbindungen zum Kinderheim Rotherburg. Offenbar war sie nicht mehr und nicht weniger als eine durchschnittliche Prostituierte, die so schlau war, sich genügend Geld für ihre Pension zu erarbeiten. In ärmlichen Verhältnissen hat die Dame nicht gerade gelebt. Ich kann mir jedenfalls keine hundert Quadratmeter große Wohnung in der guten Gegend des dreizehnten Bezirks leisten.« Resolut wandte sie sich der Tür zu. »Mein Stichwort war ›Listen‹, ich arbeite weiter.« Geräuschvoll marschierte sie aus dem Zimmer.

Nick, Peter und Arno blieben zurück. Eine Weile schwiegen sie.

Schließlich erhob Peter sich, schloss die Tür und setzte sich wieder. »Elena Schiffler hat euch ein eindeutiges Angebot gemacht hat, das habt ihr schon mitbekommen, oder?«, bemerkte er mit einem breiten Grinsen. »Sie hat genau gecheckt, dass ich an Frauen kein Interesse habe, ihr aber sehr wohl.«

Nick hob abwehrend die Hände, schwieg jedoch.

Arno reagierte anders. »Wisst ihr, was mich definitiv stören würde?« Er wartete, bis er Nicks und Peters volle Aufmerksamkeit hatte, und sprach weiter. »Ich mag Frauen, richtige Frauen, ohne verstümmelte Weiblichkeit. Das finde ich abstoßend.«

Nun konnte sich Nick doch nicht zurückhalten. »Du hast vollkommen recht. Ich verstehe keine Frau, die das aus rein ästhetischen Gründen machen lässt«, platzte er heraus. »Weil ...« Er stockte. Seine Gedanken auszusprechen, ginge zu weit.

»Weil sie sowieso anschwellen und größer werden, sofern wir alles richtig machen. Aber dann denken die Damen ohnehin nicht mehr an ihr eingebildetes Manko«, vollendete Arno gelassen. »Ich für meinen Teil schätze ...«

»Halt!« Nick lachte auf. »Über Gelüste und Vorlieben unterhalten wir uns ein andermal. – Geht jetzt zu Sam, lasst euch die Wohnadresse der Prostituierten und die Daten des Altersheims geben, in dem Heinrich Schmidt residiert hat. Versucht dort, so viele Informationen zu sammeln, wie möglich. Klopft bei den Nachbarn an, fragt den Briefträger, klappert die umliegenden Geschäfte ab. Ich muss nachdenken. Und in einer Stunde kommt die Tochter der Villenbesitzerin.«

Peter und Arno erhoben sich. Dabei versetzte Arno Peter einen sanften Schubs. »Sei nicht traurig. Auch für dich finden wir jemanden, der dich anhimmelt.«

Peter reagierte mit einem theatralischen Stöhnen. »Zieht es dich gar auf die andere Seite, Süßer?«

»Raus jetzt!« Nick wedelte mit seinem Arm. Dabei schmunzelte er, doch in seinem Inneren formte sich ein Knoten. Paarungsbereite Russinnen, ein heiratswilliger Rechtsmediziner, zweideutige Beziehungswitzeleien trieben die Erinnerung an Luisa ständig in den Vordergrund seiner Gedanken. *Oder geschieht es automatisch?* Er unterdrückte den plötzlichen Impuls, zum Handy zu greifen und sie anzurufen, ihr zumindest eine Nachricht zu senden und öffnete stattdessen sein Notizfile am Computer.

Noch einmal wollte er die bisherigen Fakten und Erkenntnisse durchgehen und die neuen Informationen ergänzen.

Als Erstes scrollte er zu Hans Schiffler und schrieb: Elena, Ehefrau aus Russland, Flucht aus schlechten Verhältnissen und vor dem Gesetz, ehemalige Prostituierte, keine Prüfung erforderlich, Schamlippenverkleinerung für Ehemann.

Er tippte auf die Eingabetaste und notierte weiter: War Hans Schiffler ein Pädophiler? Wer ist Franzi? Dann markierte Nick die beiden Fragen und färbte sie rot ein.

Franzi? Franzi! Auf Basis Elenas eindeutiger Erklärung hatte er das Aufflackern einer sexuellen Verbindung zwischen Schiffler und dem Anwalt, Franz-Josef Meier, einem möglichen Franzi, sofort verworfen. Elena kannte die Männer und wusste ihr Verhalten und ihre Neigungen einzuschätzen. Sie hatte in jedem Fall die Wahrheit gesagt, dessen war er völlig sicher. Er dachte an Peters Worte von eben. Es stimmte, sie hatte Arno und ihn herausgepickt und ihnen, durchaus geschickt, ein Angebot unterbreitet. Peter hingegen war von ihr geflissentlich ignoriert worden, obwohl er ihr während des Gesprächs mit offener Freundlichkeit entgegengetreten war. Er gehörte nicht zu ihrer Zielgruppe.

Noch wollte sich Nick gedanklich nicht in eine Zwangsjacke stecken. Zumindest fünf der sechs Opfer hatten über ihre Tätigkeiten hinweg in Kontakt zueinander gestanden, daran zweifelte er keine Sekunde. Wie ihre Schicksale allerdings miteinander verwoben waren, lag noch völlig im Dunklen. Der gemeinsame Nenner war das Kinderheim Rotherburg, auch das lag auf der Hand. Ebenso die Tatsache, dass sie überdurchschnittlich gut gelebt hatten.

Langsam formte sich in seinem Kopf, entgegen seines Plans vorerst neutral zu bleiben, ein vages Bild. *Wie passt die Prostituierte in diese Vorstellung?* Von selbst gingen seine Gedanken auf Reisen. *Das kann nicht sein! Es ist viel zu früh, um diese Möglichkeit in Erwägung zu ziehen.* Unvermittelt läuteten seine Alarmglocken, laut und stürmisch. Die Aussage der Exfrau des Anwalts lag in seinen Ohren: Die Richtigen kamen ins Kinderheim Rotherburg.

Mit kräftigen Bewegungen massierte Nick seine Finger. Plötzlich fühlten sich seine Fingerspitzen seltsam kalt und taub an, seine Handflächen waren feucht. Er atmete kräftig durch und drückte den Knopf der Gegensprechanlage. »Sam!«

Es knackte. »Do not disturb! Ich arbeite. – Oder sind dir die Listen auf einmal egal?«

Er ignorierte ihre Antwort. »Ich brauche eine Aufstellung, wann die Prostituierte wo gearbeitet hat, sofern sie in Bordellen oder ähnlichen Häusern beschäftigt war.«

»Kommt sofort.«

Er ließ den Knopf los und lehnte sich zurück. Samantha hatte die Brisanz des Moments sofort erfasst und unterließ störende Zwischenrufe. Unwillkürlich musste er lächeln. Sie war die Beste. Er konnte sich keine geeignetere Assistentin und vertrauenswürdigere Freundin vorstellen. Genau genommen die einzige Person in seinem Leben, die sein uneingeschränktes Vertrauen genoss. Automatisch glitten seine Gedanken wieder zu Luisa. *Warum habe ich es nicht geschafft, ihr diese Form des Vertrauens entgegenzubringen? Bin ich tatsächlich beziehungsunfähig?*

Unwillig schüttelte er den Kopf und verdrängte Luisas Gesicht, zwang sich, wieder auf den Bildschirm zu blicken. Er dachte viel zu oft an sie.

»Nick!« Samanthas Stimme drang durch die Gegensprechanlage.

»Ja?«

»Frau Gardini ist hier.«

Nick warf einen Blick auf seine Armbanduhr. Zu seinem Geburtstag hatte er sich eine Rolex Daytona in Weißgold geleistet. Er liebte sein neuestes Spielzeug und es zeigte ihm mit der Präzision des besonderen Uhrwerks: Die Tochter der Villenbesitzerin war eine halbe Stunde zu früh. »Bring Sie bitte in mein Büro, Sam. Danke.« Ihren rüden Umgangston pflegten sie nur im internen Kreis.

Einen Moment später klopfte es an der Tür, eine höfliche Pseudohandlung Samanthas. Auch das ruppige Verhalten blieb der Allgemeinheit verborgen. Er musste nicht erst »Herein!« rufen. Auf seine Einladung zu warten, wäre doch einen Tick zu viel für seine Assistentin.

Die Tür ging auf und sie betrat sein Büro, gefolgt von einer kleinen, schlanken Frau mit brünettem Pagenkopf. Samantha deutete auf einen Sessel vor seinem Schreibtisch. »Nehmen Sie Platz, Frau Gardini.« Dann machte sie auf der Stelle kehrt und ließ die Tür hinter sich geräuschvoll ins Schloss fallen. Samantha, wie sie leibte und lebte.

Nick erhob sich und streckte der Frau über seinen Schreibtisch hinweg die Hand entgegen, auch sie stand wieder auf. Sofort fielen ihm ihre großen, ausdrucksvollen Augen auf, die ihr schmales Gesicht beherrschten. *Wie die Figur aus einer Comicverfilmung*, fuhr es ihm durch den Kopf.

Sie setzten sich und Nick fragte: »Darf ich Ihnen etwas zu trinken anbieten? Ein Wasser, einen Kaffee?«

Elisabeth Gardini schüttelte zurückhaltend den Kopf. »Nein, danke. Ich habe viel zu erledigen, mein Rückflug ist für morgen geplant.«

Spontan beschloss er, ihr auf einer direkten Ebene zu begegnen. »Sie möchten das Gespräch mit mir so rasch wie möglich hinter sich bringen«, stellte er fest.

»Stellen Sie Ihre Fragen, Herr Doktor Stein.« Mit ihren dunkelblauen Augen musterte sie ihn.

Nick konnte noch nicht genau sagen, ob sich Kälte, Desinteresse oder eine gewisse Unsicherheit darin spiegelte. »Ich sammle Informationen über die Opfer. Je mehr Sie mir über Ihre Mutter erzählen können, desto besser.« *Standardeinleitung.*

»Was wollen Sie wissen?«

»Alles, querbeet.«

»Ich habe mich mit meiner Mutter nie besonders gut verstanden. Sobald es mir möglich war, bin ich ins Ausland gegangen und dort auch geblieben.«

Auf diese Art kam er nicht weiter. Sie brauchte spezifische Fragen. Noch wollte er aber nicht aufgeben. »Warum?«

»Was – warum?«

Nun reichte es. Nick richtete sich in seinem Sessel auf. »Warum haben Sie sich mit Ihrer Mutter nicht verstanden?«

Endlich zeigte sie eine Regung. Automatisch zog sie ihre Mundwinkel nach unten. »Wir waren zu verschieden.« Kurz starrte sie auf einen imaginären Punkt an der Wand, dann platzte sie hervor. »Einen Orden als Vorzeigemutter hätte sie nicht bekommen!«

»Erklären Sie es mir«, bohrte er, nun sanft, weiter.

»Sie war zu sehr mit sich und ihrem Leben sowie ihren Problemen beschäftigt, um ein Kind an ihrer Seite glücklich machen zu können. Sie war nie bewusst böse zu mir, rückblickend würde ich ihr Verhalten als ignorant bezeichnen, ohne Wärme.«

»Was war mit Ihrem Vater?«

»Sie kennen doch sicher meine Geburtsurkunde. Darauf steht: Vater unbekannt.« Wieder verschloss sie sich.

Er blieb auf seiner sanften Welle. Damit würde er mehr erreichen. »Die kenne ich natürlich. Ich möchte von Ihnen wissen, ob Sie wussten, wer er war. Und wenn ja, ob Sie Kontakt zu ihm hatten?«

Einen Moment lang wirkte sie unschlüssig, wie sie reagieren sollte. Endlich antwortete sie: »Meine Mutter hat nie über meinen Vater gesprochen. Ich bin sicher, sie war mit der Situation ...«, ein Schimmer von Verständnis huschte über ihr Gesicht, »unglücklich. Keine Ahnung, ob sie ihn geliebt hat, aber es war wohl nicht einfach für sie, allein mit einem Kind.«

»Hatte Sie finanzielle Probleme?« Nick wusste, dass Geldnöte nicht das Thema der Villenbesitzerin gewesen waren, doch wollte er wissen, wie die Tochter darauf reagierte.

»Seit ich zurückdenken kann, hat es mir an nichts gefehlt, zumindest nicht an Dingen, die man kaufen konnte.« Es folgte eine Pause.

Er schwieg und ließ ihr die Zeit, die sie benötigte.

Zögerlich sprach sie schließlich weiter. »Herr Stein, werde ich in irgendeiner Form verdächtigt, meiner Mutter das angetan zu haben?«

Entschieden schüttelte er den Kopf. »Definitiv nicht.«

Langsam senkte Elisabeth Gardini den Kopf. Als sie wieder aufblickte und ihn ansah, meinte er, die Farbe ihrer Augen hätte sich verändert, von dem dunklen Blau zu einem helleren Ton, ins Grau gehend. »Als Kind habe ich heimlich die Unterlagen meiner Mutter durchsucht. Ich glaube, mein Vater war dieser Anwalt, Franz-Josef Meier.«

Nick ließ sich seine Anspannung nicht anmerken. Ruhig antwortete er: »Wären Sie bereit, eine Vergleichsprobe abzugeben?«

15

Nick und Samantha hatten das Wochenende im Bundeskriminalamt verbracht. Während Samantha die vier Beamten in den Archiven mit der Peitsche angetrieben hatte, war Nick die Unterlagen wieder und wieder durchgegangen. Mittlerweile konnte er sich von jedem Opfer ein gewisses Bild machen. Teilweise noch unscharf und durchsetzt von den subjektiven Meinungen Angehöriger und Bekannter, jedoch klar genug, um ansetzen zu können.

Die vier hatten es sich im Besprechungszimmer bequem gemacht. Samantha sorgte für Kaffee, Peter war mit einer Schachtel Donuts im Büro erschienen und Arno steuerte Jour-Gebäck mit Speckfüllung bei. Als die Lobpreisungen auf Peters Donuts, Arnos herzhaftes Pendant sowie Samanthas Kaffeekochkünste verebbten, begann Nick die Morgenbesprechung: »Wir haben zwei Programmpunkte. Als Erstes möchte ich mit euch die letzten Erkenntnisse durchgehen. Danach …«, er zeigte auf einen Stapel Papiere vor Samantha, »teilen wir die Heiminsassen auf.«

»Du hast sie schon beisammen?« Peter starrte Samantha an. Er hatte mit vollen Backen gesprochen und schluckte die Reste seines Donuts rasch hinunter. »Entschuldigung.«

Sie reckte ihr Kinn. »Die vier fleißigen Bienchen haben eifrig Honig gesammelt und zur Queen gebracht.« Sie klopfte sich auf die Brust und fixierte ihrerseits Nick. »Darf ich die Bombe platzen lassen? Please!«

Er streckte seine Arme in ihre Richtung aus und drehte die Handflächen nach oben, ohne seinen Donut abzulegen. Den Kringel hielt er zwischen Daumen und Zeigefinger fest. »Bitte.«

Sie verneigte sich hoheitsvoll, nahm das oberste Blatt von dem Stapel und schwenkte es hin und her. »Über Nicks Gespräch mit der Tochter der Villenbesitzerin seid ihr ja im Bilde. Zum Glück hat sie sich ohne Getue bereit erklärt, eine DNA-Probe abzugeben. Nun ist das Ergebnis da!« Wie ein Geschichtenerzähler vor der großen Pointe pausierte sie und blickte zuerst Peter, dann Arno eindringlich an.

»Und? Spann uns nicht auf die Folter!« Arno, der sich mit einem Glas Wasser begnügte, spielte ihre kleine Aufführung bereits perfekt mit.

»Franz-Josef Maier, unser Anwaltsopfer, ist …«, mit ihren beiden Zeigefingern erzeugte sie einen Trommelwirbel, »der Vater von Elisabeth Gardini.«

»Wow!« Peter ließ sich in seinen Sessel zurückfallen, wobei er sein letztes Stück Donut auf die Serviette vor sich warf. »Das heißt, er hatte nicht nur das kolportierte Verhältnis mit unserer Grazerin, sondern auch – und dies fix – mit Maria Gutensteiner.« Er drehte sich Nick zu. »Die Witwe?«

»Zuerst interviewen wir die ehemaligen Heimkinder. Für die Anwaltswitwe brauche ich so viel Zündstoff wie möglich. Es wird nicht einfach werden, sie zu knacken. Wenn es überhaupt nötig sein wird.«

»Verdammtes altes Weib.« Samantha zog ihre Brauen zusammen.

»Sie ist eine Gefangene sowohl ihrer Generation als auch ihres Standes. Eher verreckt sie, als einen Skandal in den eigenen Reihen zuzulassen.« Arno hatte die Worte mit einem deutlichen Anflug von Bitterkeit regelrecht ausgespien.

Nick brauchte keine psychologische Ausbildung, um zu erkennen, dass der Hüne aus eigener Erfahrung sprach. Die Welt des religiösen Fanatismus seiner Eltern musste wahrlich schwer für ihn zu ertragen gewesen sein. »Du hast völlig recht, Arno. Ich habe nur eine Chance, sie aus der Reserve zu locken, wenn ich sie kalt erwische. Und dazu brauche ich Material von den Rotherburg-Kindern. Ihren Spruch hat sie nicht umsonst losgelassen. Sie weiß etwas, das ihr wie ein Stein auf dem Herzen liegt. Ich glaube nicht, dass es allein die Affären ihres Exmannes sind.« Er zeigte auf Samantha.

Sie nickte und übernahm. »Ich habe die Insassen nach verschiedenen Kriterien sortiert.« Sie legte die Hand auf die Papiere vor sich. »Vorerst habe ich eine Liste aller Heiminsassen erstellt, die wir in den Archiven finden konnten. Diese habe ich nach den Kindern durchsucht, die von 1969 bis zur Schließung 1975 in Rotherburg gewohnt haben, aus dem Ergebnis habe ich wiederum – hier wird es interessant – die herausgefiltert, die von Meier nach Rotherburg geschickt worden sind. Dabei hat mir die bereits bestehende Aufstellung geholfen, die ich nach der Identifizierung des Anwalts erstellt habe. Zudem gut für einen Vergleich, da die Daten aus einer anderen Quelle stammen. By the way: Diese Liste gestaltet sich erfreulich übersichtlich.«

»Sobald wir hier fertig sind, klemmt sich Sam ans Telefon und macht Termine bei den betreffenden Personen aus. Während wir drei uns die kleine Aufstellung vornehmen, die eindeutig vorrangige, schicken wir Beamte zu den anderen. Sie sammeln Informationen, übergeben diese an Sam, die sämtliche Angaben aufbereitet«, informierte Nick.

»Wie ›klein‹ ist unsere Liste?«, fragte Arno.

Samantha ergriff wieder das Wort. »Ich habe Kopien für euch.« Über den Tisch hinweg schob sie jedem drei zusammengeklammerte Blätter zu. Sie wartete, bis alle die Aufstellung in Händen hielten. »Ich habe alles notiert, was ich in der kurzen Zeit herausfinden konnte: natürlich das Geburtsdatum, Eintritt ins Kinderheim und den Grund, Beruf, Wohnadresse –«

Peter unterbrach sie. »Wohnen die Betreffenden in der Nähe?«

Statt einer Antwort nahm sie ihr Exemplar zur Hand. »Ich zähle sie euch in alphabetischer Reihenfolge auf, wobei ihr nicht jeden auf dieser Liste besuchen müsst. Etwa Hermann Grosberger, er gehört nur der Ordnung halber dazu, starb 1988, Suizid, hing sich an einem viel zu niedrigen Fenster am Griff auf. Das heißt, er stieß keinen Sessel um, sondern musste sich förmlich in den Strick hineinfallen lassen. Seine damalige Frau lebt heute in Deutschland.« Sie blies die Backen auf. »Dann haben wir eine gewisse Susanne Haurer, Visagistin, arbeitet halbtags in einem Kosmetikstudio und geht dem Beruf auch selbstständig nach, lebt in Wien. Robert Haus, er arbeitet als Lkw-Fahrer in einem Steinbruch, irgendwo da draußen, in deiner alten Heimat … Mödling.« Sie zeigte auf Nick.

Er quittierte die Information mit einem Nicken und winkte sie weiter. »Der Bauunternehmer Lukas Krander, die Firma ist im nördlichen Wien gelegen. Franziska Küner.« Sie stockte kurz. »Sie gibt mir noch Rätsel auf, verschwindet von einem Moment auf den anderen spurlos von meinem Monitor – nicht wortwörtlich gemeint natürlich. Hier muss ich noch einige Anrufe tätigen, am Wochenende wäre es sinnlos gewesen.« Ihr Finger rutschte auf der Liste zum nächsten Namen. »Kevin Lauensteiner, Metallbauer, arbeitet und lebt in Wien. Jetzt wird es interessant: Liliana Lorenzi, *Astrologin*, sie hat ihr Geschäft in Korneuburg am Hauptplatz.« Die Berufsbezeichnung betonte sie auffällig und grinste verschmitzt. Ihre Gedanken waren unschwer zu erraten: Männer und Astrologie, das passte aus ihrer Sicht nicht zusammen. »Dann noch Eva Montan, Krankenschwester an einer dermatologischen Abteilung in Wien, Roswitha Praier, sie lebt seit vielen Jahren in den USA und Anton Wesener, Heilmasseur, einer von diesen Klappbett-Typen, die ins Haus kommen.«

»Wenn wir uns – wie gesagt – aufteilen, haben wir die Personen in ein, maximal zwei Tagen abgearbeitet «, bemerkte Nick.

Arno massierte seine Schläfen und legte kurz den Kopf in den Nacken. »Ich kann euch nicht sagen warum, aber gefühlsmäßig hätte ich mehr Personen erwartet.«

»Zwei Namen habe ich euch unterschlagen.« Sam kramte in ihren Unterlagen. »Sie starben noch während ihres Aufenthalts in Rotherburg, deshalb habe ich sie nicht aufgenommen.«

»Woran?«, fragte Arno.

»Ein Junge an einer Hirnhautentzündung, das Mädchen bei einem Unfall. In den Akten ist eine Rangelei unter den Insassen vermerkt, bei der die Kleine die Treppe hinabstürzte und an den Folgen starb. Beteiligte Personen sind keine notiert, es führte also ins Leere, hier nachzuhaken. Maximal könnten wir versuchen, Verwandte zu finden oder die zu Befragenden gezielt darauf ansprechen. Soll ich Weisung an die Beamten weitergeben?«

»Mit Sicherheit erhielten wir nur Vermutungen. Kümmern wir uns vorrangig um die Lebenden vor Ort! Ich fahre nach Norden und nehme die Astrologin in Korneuburg und den Bauunternehmer«, bestimmte Nick und ignorierte Samanthas prüfenden Blick. Er wusste, was sie dachte. Korneuburg war weit genug entfernt von seiner Heimatgegend.

Arno tippte auf die Liste vor sich. »Der Einfachheit halber für mich die beiden Ersten: die Visagistin und den Lkw-Fahrer.«

»Dann bleiben noch der Metallbauer und die Krankenschwester«, legte Peter seine zu befragenden Personen fest.

»Der Heilmasseur ist noch offen. Und was machen wir mit der Amerikanerin und der Frau des Selbstmörders?«, erkundigte sich Samantha.

Nick hob die Hand. »Den Heilmasseur nehme ich noch mit. Mit der Amerikanerin und der Deutschen nimmst du telefonisch Kontakt auf, nachdem du die Termine für uns fixiert hast.«

Samantha erhob sich. »Action!«

16

Selbst ein erfahrener Ermittler und Rechtspsychologe wie Nick war nicht davor gefeit, einer Person voreingenommen gegenüberzutreten. Das Leben bewies es ihm am laufenden Band, er musste nur an Arno und Beni Blue denken.

Sein Termin bei dem Bauunternehmer Lukas Krander war gleich in vielerlei Hinsicht anders verlaufen, als er es erwartet hatte. Es begann bei der Visualisierung eines Mannes dieses Berufs. In seiner Vorstellung sprach Nick mit einem kernigen Mann, dem man auf den ersten Blick ansah, dass er es verstand, Dinge anzupacken. Tatsächlich hatte ein beinahe androgyner Typ vor ihm gestanden, dessen feinen und edlen Gesichtszügen das Alter nichts anhaben konnte. Sein heller Teint harmonierte mit seinen wasserblauen Augen, die, umrahmt von hellen Wimpern, einen träumerischen Eindruck vermittelten. Er war groß, feingliedrig und vollführte elegante Bewegungen.

So falsch sich Nick Lukas Krander vorgestellt hatte, so gänzlich anders als gedacht verlief auch ihr Gespräch.

Ruhig und mit gewählten Worten sprach der Mann von seiner Arbeit und erzählte freudig von seinem Hobby, der Landschaftsfotografie. Sie fanden sich schließlich bei ihrer Begeisterung für gutes Essen und ein Glas erlesenen Weins in Verbindung mit einem anregenden Gesprächspartner. Als Nick, mit Bedacht, auf das Kinderheim Rotherburg zu sprechen kam, ging eine eigentümliche Verwandlung mit Lukas Krander vonstatten. Nick hätte nicht sagen können, dass der Mann sich zurückzog und zumachte, vielmehr schien er plötzlich wie entrückt, ohne dabei sein Denken abzuschalten. Es sei eine schwierige Zeit gewesen, doch sie liege weit zurück und nur der Sohn des Herrn kenne die Wahrheit, erklärte Lukas Krander. Dabei massierte er mit seinem rechten Daumen jenes Dreieck an der linken Hand, das entstand, wenn man Daumen und Zeigefinger auseinanderstreckte. Erst jetzt war Nick das Tattoo an dieser Stelle aufgefallen: Ein Kreis, aus dessen Mitte sieben Striche über das Rund hinaus verliefen wie die Strahlen der Sonne, jedoch im Zentrum beginnend.

Nick versuchte, die Worte des Mannes zu ergründen, fragte auf verschiedenen Wegen nach, aber er stieß auf beharrliches Schweigen. *Was hat das zu bedeuten: Der Sohn des Herrn kennt die Wahrheit?*

»Sie haben Ihr Ziel erreicht.« Nick fuhr zusammen. Wie in Trance war er den Angaben seines Navis gefolgt, das ihn nun darauf aufmerksam machte, dass er am Korneuburger Hauptplatz angekommen war.

Er suchte einen freien Parkplatz und stellte seinen Wagen ab. Das imposante Rathaus mit seinem hohen Turm prangte inmitten des Platzes. Er stieg aus und blickte nach oben. Es dunkelte bereits. Das Gebäude wirkte im Dämmerlicht auf ihn wie eine wehrhafte Burg.

Das Geschäft der Astrologin, Liliana Lorenzi, lag direkt im Erdgeschoss des Rathauses. Da er nicht wusste, wo genau es sich befand, hielt er sich intuitiv rechts und hatte damit die richtige Seite gewählt. Bereits nach einigen Metern stand er vor dem Eingang. Er stieg wenige Treppen empor. Da er keine Klingel entdeckte, klopfte er. Nichts rührte sich. Schließlich drückte er die Klinke nach unten und öffnete die verglaste Tür, durch die warmes Licht schien.

In seiner Vorstellung fand das Gespräch mit der Astrologin in einem abgedunkelten Raum mit mystischen Zeichnungen an der Wand und geheimnisvollen Dekogegenständen statt. Nichts dergleichen konnte er hier entdecken. Er stand in einem weitläufigen Raum, der etwa in der Mitte durch einen Empfangstresen unterteilt wurde. Vor dem Tresen führte ein Gang nach rechts, den er nicht einsehen konnte. Im Eingangsbereich stand eine bequeme Sitzgruppe mit einem Glastisch davor, auf dem Zeitschriften verstreut lagen, und eine Lampe in der Ecke. Nick hatte das Gefühl, sich in einem bequemen Wohnzimmer zu befinden.

Hinter dem Empfangsbereich entdeckte er einen großen, schwarzen Schreibtisch mit zwei Sesseln davor. Er war kein ausgesprochener Epochen-Spezialist, aber sowohl den Schreibtisch als auch die Sessel ordnete er klar dem Jugendstil zu. Dabei halfen ihm einige Drucke von Gustav Klimt, die hinter dem Schreibtisch an der Wand hingen.

Er überlegte gerade, ob er stehen bleiben oder sich setzen sollte, als aus dem Gang eine hochgewachsene, schlanke Frau trat. Ihre Gestalt unterstrich sie mit hochgestecktem Haar, einem schwarzen, körperbetonten Rock, der knapp über ihre Knie reichte und einem dunkelgrauen Rollkragenpulli. Eine rahmenlose Brille saß auf ihrer kerzengeraden Nase, die beiden Falten neben ihren Mundwinkeln störten weniger, als dass sie ihre vollen Lippen unterstrichen.

»Herr Doktor Stein?« Mit ihrer tiefen, volltönenden Stimme klang sein Name berauschend.

Er machte einige Schritte auf sie zu und streckte ihr seine Hand entgegen. Automatisch deutete er eine Verbeugung an. »Nick Stein.«

Ihre warmen Finger umschlossen seine Hand und drückten wohldosiert zu. »Liliana Lorenzi, ich freue mich. Nehmen wir doch Platz.« Noch während sie seine Hand hielt, hob sie ihren freien Arm und zeigte auf den Schreibtisch.

Nick sah es sofort. Sie trug es an derselben Stelle wie Lukas Krander: das Tattoo. Ein Kreis, aus dessen Mitte sieben Striche über das Rund hinaus verliefen. Er brauchte nur einen Augenblick lang, um eine Entscheidung zu treffen. Während er ihr zum Schreibtisch folgte, fragte er im Plauderton: »Sie kennen Lukas Krander?«

Sie wartete mit einer Antwort, bis sie beide Platz genommen hatten. Offen blickte sie ihn an. »Selbstverständlich, seit meiner Zeit im Kinderheim Rotherburg. Wir gehören beide der ›Sonne Seven‹ an und sehen uns häufig.«

Als sie sprach, hatte er auf jede ihrer Bewegungen geachtet. Sie saß ruhig vor ihm, hielt ihre Hände offen, ihre Pupillen hatten in keiner Ecke des Raumes nach den richtigen Worten gesucht, er fand kein verstohlenes Zucken der Mundwinkel, kein verräterisches Blinzeln. Sie schien völlig entspannt und aufrichtig. *Zu ruhig? Zu entspannt? Zu aufrichtig? Niemand wird gern von einem Kriminalbeamten befragt – niemand,* überlegte er und ermahnte sich im selben Atemzug zur Vorsicht. »Darf ich fragen, was ›Sonne Seven‹ bedeutet?«, erkundigte er sich und legte freundliches Interesse in seine Stimme.

Sie lächelte, verständnisvoll und milde, wie eine Mutter, die ihrem Kind erklärt, warum Wolken ziehen. »Es handelt sich um eine Glaubensgemeinschaft, genau genommen einen Verein, der sich mit Jesus, Gott und der Bibel beschäftigt.«

Spontan beschloss er, ohne Umschweife zu reagieren. Sein Gefühl sagte ihm, dass jede Pseudoantwort fehl am Platz war. »Sie meinen ... eine Art Sekte? – Verzeihen Sie, falls ich das falsche Wort gewählt habe«, setzte er sicherheitshalber nach.

Ihr Lächeln wurde breiter, die Hände öffneten sich einen Tick weiter. »Das Wort Sekte ist in der Tat negativ behaftet. Wir glauben an Gott und seinen Sohn, Jesus. Wir treffen uns und sprechen über die Bibel, analysieren die Schriften und diskutieren die Zusammenhänge. Wir glauben an dieses heilige Buch und wir leben nach dessen Regeln. Wir helfen einander und unterstützen uns in sämtlichen Belangen. Einen Fußballklub würden Sie doch auch nicht als Sekte bezeichnen, nur weil die Mitglieder und Fans zusammenhalten und daran glauben, ihr Verein sei der beste?«

Unwillkürlich musste er schmunzeln, auf den Fußballklub-Vergleich ging er dennoch nicht ein. »Sie haben recht«, entgegnete er knapp. Das Gespräch verlief völlig anders, als er erwartet hatte. Binnen weniger Minuten war er inmitten einer offenbar sehr persönlichen Thematik gelandet. Damit hatte er nicht gerechnet. Deutlich spürte er, wie ihm die Führung entglitt. Mit einem unmerklichen Seufzer ließ er es geschehen. Manchmal musste man sich zurücklehnen und den Dingen ihren Lauf lassen. Er war gespannt, wohin es führen würde.

Liliana Lorenzi hob ihre linke Hand und präsentierte ihr Tattoo. »Das ist das Symbol unserer Zusammengehörigkeit.« In ihren Worten lag Stolz, nicht die Form von Hoffart und Arroganz, vielmehr ein warmes, würdevolles Selbstvertrauen.

»Mir ist das gemeinsame Tattoo aufgefallen. Deshalb habe ich gefragt, ob Sie Lukas Krander kennen. Natürlich muss er Ihnen unabhängig von Rotherburg bekannt sein, es wäre ein zu großer Zufall, zumal es sich um kein alltägliches Bild handelt.«

Wieder ihr Lächeln. »Sie sind sehr aufmerksam, Herr Doktor Stein.« Einen Moment lang schwieg sie, dann erst sprach sie weiter:

»Sie wollen von mir Informationen über meine Zeit im Kinderheim Rotherburg. – Das sagte zumindest die Dame am Telefon.«

»Ja, bitte.« Hatte Nick die Gesprächsführung erst einmal abgegeben, wollte er sie auch nicht mehr zurückholen.

Die Frau beugte sich etwas vor. Ihre Stimme schien leiser geworden zu sein. »Ich kann Ihnen nicht sagen, wie es heute in Kinderheimen zugeht. Zu meiner Zeit lebte es sich …«, sie überlegte, »ich möchte sagen … es lebte sich nicht leicht in solch einer Einrichtung.« Kurz pausierte sie. »Die Regeln waren streng, dagegen lässt sich prinzipiell nichts sagen. Es lag eher am Durchsetzen dieser Regeln, das es für uns damals schwierig machte.«

»Sie meinen, es geschah mit Härte?«

Sie nickte. »Teils mit Härte, teils mit Missachtung. Aus heutiger Sicht kann ich Ihnen nicht sagen, welche Form schlimmer war.« Wieder Pause. »Was hat Ihnen Lukas erzählt?«

»Zusammengefasst: Dass er im Grunde ordentlich behandelt wurde, es jedoch an Zuneigung fehlte.« Er wollte sie nicht durch lange Reden oder andere Aussagen beeinflussen. Da sie aber die Frage gestellt hatte, antwortete er mit einer ehrlichen Zusammenfassung.

Liliana Lorenzi neigte ihren Kopf. Prüfend musterte sie ihn. »Darf ich Ihnen ein Angebot unterbreiten?«

»Natürlich.« Er zeigte seine Verwirrung nicht. *Ein Angebot? In welcher Position sieht sie sich, um mir ein Angebot zu unterbreiten?*

»Von Natur aus empfinde ich es als unangenehm, ausgefragt zu werden. Als Astrologin bin ich es zudem gewöhnt, den Menschen etwas über sich zu erzählen, nicht über mich. Was halten Sie von einem Quidproquo?«

Es kostete Nick einiges an Schauspielkunst, sein Erstaunen zu verbergen. Betont gelassen fragte er: »Ich soll Ihnen im Gegenzug von meiner Jugend erzählen?«

Sie lachte, charmant und verzaubernd. »Aber nein! Vielmehr interessieren mich Ihre Geburtsdaten. Vergessen Sie nicht, ich bin Astrologin. Meine Welt zeigt mir Ihr wahres Ich.«

Er starrte sie entgeistert an und schaffte es nicht mehr, die neutrale Fassade aufrechtzuerhalten. Es geschah selten, dass ihn etwas aus dem Gleichgewicht brachte. Diese Frau hatte es fraglos mit wenigen Worten geschafft. *Ich hätte diesen Termin Peter aufhalsen sollen!*, fuhr es ihm durch den Kopf. Astrologie war de facto nicht sein Thema. Samanthas Betonung fiel ihm ein, sie war wirklich eine schlaue Frau.

Natürlich war er im Laufe der Jahre immer wieder darauf gestoßen. »Wann bist du geboren?«, »Kennst du deinen Aszendenten?«, waren nicht selten Fragen, die er von diversen Damen gestellt bekommen hatte. Nannte er sein Sternzeichen, seinen Aszendenten kannte er nicht, folgte wahlweise ein erleichtertes Aufatmen gefolgt von »Wir passen zusammen.«, ein Monolog über seine Eigenschaften oder gar ein resigniertes »Oje«. Er hatte nie verstanden, wie man auf Basis von zwölf Klassifikationen charakterisiert werden sollte, aber er hatte schon als Teenager begriffen, dass sie im Kopf vieler Frauen einen gewissen Stellenwert besaßen.

Trotz des völligen Unverständnisses scheute er sich im Verborgenen vor dieser Thematik. Was, wenn wider Erwarten etwas dahintersteckte? *Blödsinn!*, schalt er sich in Gedanken.

»Nun? Herr Stein ...« Liliana Lorenzi befand sich zweifelsfrei auf sicherem Terrain.

Er seufzte. »Wir haben einen Deal.«

Sie lehnte sich zurück. »Ich danke Ihnen. Sie erleichtern mir meine Pflicht.«

»Ihre Pflicht?«

»Sie wollen doch etwas über die Opfer erfahren.«

Die Frau erstaunte ihn immer mehr. Ihre Direktheit erschien ihm nahezu wie eine Waffe, die sie gezielt einsetzte. Nichtsdestoweniger fand er sie sympathisch, trotz ihres Alters attraktiv und anziehend noch dazu. »Das möchte ich, ja«, entgegnete er schlicht.

Mit ihrem typischen Lächeln klappte sie den Deckel ihres Laptops hoch und drückte auf eine Taste. Sie wartete und tippte etwas auf der Tastatur. Dann öffnete sie eine Lade, holte einen A5-Block sowie einen Kugelschreiber hervor und schob ihm die beiden Gegenstände zu. »Ich benötige Ihr Geburtsdatum, den Geburtsort und Ihre genaue Geburtszeit, sofern Sie diese wissen.«

Er griff nach dem Kugelschreiber und notierte seine Daten, dabei erklärte er: »Meine Mutter gehörte zu jener Sorte Frau, die mir mit Begeisterung von meiner Geburt erzählte. So häufig, dass sich alles in meinem Gehirn fest eingebrannt hat, inklusive meiner Geburtszeit.« *Wie bringt sie es nur fertig, dass ich mit persönlichen Informationen so freizügig umgehe?* Er überreichte ihr den Block.

Liliana Lorenzi warf einen Blick darauf und legte ihn zur Seite, dabei murmelte sie: »Interessant.« Mit Schwung beugte sie sich nach einem Moment der Besinnung vor, stützte ihre Ellbogen auf dem Tisch ab und legte ihr Kinn in die Grube, die ihre gefalteten Finger bildeten. »Ich kann Ihnen nicht über alle Opfer etwas erzählen. Nur über die, die im Kinderheim beschäftigt waren.«

»Die Erzieher Maria Gutensteiner und Heinrich Schmidt, den Hausmeister Hans Schiffler. Kannten Sie auch den Anwalt, Franz-Josef Meier?«, warf er ein.

Sie nickte. »Den Anwalt habe ich damals aber nur einmal gesehen, Wochen, bevor ich überstellt wurde. Er war nicht mehr als ein Mann mit Anzug und Krawatte für mich, der Dinge sagte, die ich nicht verstand.« Sie löste ihre Finger und ließ die Arme wieder auf die Tischplatte sinken. »Das Meiste kann ich Ihnen über Maria sagen. Sie betreute meine Mädchengruppe.« Nachdenklich blickte sie ihn an. »Es ist so lang her. Meine Eindrücke sind nicht objektiv. Ich war ein Kind, das heißt, ein Mädchen. Vieles habe ich erst als Erwachsene für mich selbst nachvollziehen müssen.«

Er hob beschwichtigend die Hände. »Machen Sie sich diesbezüglich keine Gedanken. Der Zeitfaktor ist mir bewusst. Beschreiben Sie mir einfach, wie Sie die Personen damals empfunden haben.«

Sie nickte bedächtig und begann zu erzählen: »Am Besten kenne ich wie gesagt Maria Gutensteiner. Sie arbeitete als Erzieherin, ich war ihrer Gruppe zugeteilt«, wiederholte sie. Es diente ihr offensichtlich als Einleitung. Endlich schweiften ihre Augen ab und blieben an einem imaginären Punkt im vorderen Bereich des Raums hinter ihm hängen. »Kennen Sie den Film ›Mädchen in Uniform‹ mit Romy Schneider?«

Er verneinte.

Ihre Augen waren wieder ganz bei ihm. »Schade, es hätte mir geholfen, Ihnen ein Bild zu vermitteln.« Sie hob den Zeigefinger und tippte damit auf ihr Kinn. »Der Film – ich glaube er stammt aus den Fünfzigerjahren – spielt in einem Mädcheninternat, einem streng autoritär geführten Internat. Eine Lehrerin versucht, entgegen den Methoden der Leiterin des Pensionats, Menschlichkeit und Liebe in diese triste Welt zu bringen. Nun, Maria Gutensteiner beherbergte beide Wesen in sich. Einerseits die liebevolle Lehrerin, andererseits die gnadenlose Leiterin. Aus heutiger Sicht würde ich sagen, sie war ihrer Aufgabe schlicht nicht gewachsen. An einem Tag hat sie förmlich die Welt inklusive uns Mädchen umarmt, an einem anderen waren wir nicht mehr als lästige Kakerlaken und sie hat uns mit einer Härte und Herabwürdigung behandelt, dass ich jetzt noch eine Gänsehaut bekomme, wenn ich daran denke.«

»Wie unsere Recherchen zeigen, haben zu Ihrer Zeit mitunter nicht geeignet ausgebildete Personen als Erzieher gearbeitet«, bemerkte er.

»Das erklärt einiges. Dessen ungeachtet war es für uns Mädchen schwierig. Morgens wussten wir nie, weckte uns Jekyll oder hatten wir es mit Hyde zu tun.«

»Wurden Sie geschlagen?«

Sie seufzte. »Ach, wissen Sie, Herr Stein, es gibt vielerlei Formen der Züchtigung und Unterdrückung, eine Ohrfeige erscheint mir in diesem Zusammenhang noch die direkteste und klarste Form der Machtausübung.«

»Wie darf ich das verstehen?«

»Wie ich es gesagt habe.« Zum ersten Mal klang ihre Stimme unwirsch. Sie schüttelte energisch den Kopf und ging zur nächsten Person über. »Heinrich Schmidt fungierte als Erzieher bei den Jungen. Lukas etwa war in seiner Gruppe. Natürlich habe ich ihn gekannt, wobei meine Berührungspunkte naturgemäß um ein Vielfaches geringer waren, als die mit Maria Gutensteiner.«

»Welchen Eindruck hatten Sie von ihm?«, fragte er in neutralem Ton.

»Er war ein unsicherer Mann.«

»Was meinen Sie mit unsicher?« Er wartete gespannt, ob sie auf diese Frage ebenfalls gereizt reagieren würde.

Sie antwortete ruhig, ohne Aggression. »Damals war er für uns der Nette, wenn Sie wissen, was ich meine. Rückblickend, wieder aus meiner Sicht als Erwachsene, würde ich sagen: Er war leicht zu manipulieren. Oft hat er Verstöße der Insassen vor seinen Kollegen verborgen, wenn die Jungs nur lange genug geweint haben. Er hat Situationen ignoriert, wo er als Erzieher hätte eingreifen müssen. Heimlich hat er uns – auch den Mädchen – Kleinigkeiten zugesteckt, ein Stück Schokolade oder eine andere Süßigkeit.«

Unmerklich zog Nick die Brauen hoch. »Hat er dafür etwas verlangt?«

Sie verstand sofort, worauf er hinauswollte. »Nein. Es war seine Art, sich bei uns zu entschuldigen.«

»Entschuldigen … wofür?«

»Dafür, welch tristes Leben wir führen mussten«, entgegnete sie zögerlich. »Besser er hätte die Schokolade weggelassen und offiziell vor den anderen für uns eingestanden. Aber das hat er sich nicht getraut. Er ist mit dem Strom geschwommen, hat sich – wie ich gesagt habe – manipulieren lassen.«

»Und der Hausmeister?«

Sie stieß einen abfälligen Ton aus. »Über ihn kann ich nicht viel mehr sagen, als dass er es offensichtlich sehr genossen hat, unter vielen jungen Mensch zu arbeiten, die er betrachten konnte.«

»Sie meinen …?« Er vermied es bewusst, seinen Satz zu vollenden.

»Er war ein Spanner, wie er im Buche steht.«

»Gab es Vorfälle?« Auch bei dieser Frage wollte er nicht zu spezifisch werden.

Sie schüttelte den Kopf. »Er hat seine Arbeit gut gemacht, denke ich, und gern Teenager begafft. Niemand hat ihn wegen Schauens zurechtgewiesen.«

Er ließ nicht locker. »Wissen Sie von Übergriffen auf Heiminsassen?«

»Reicht es nicht aus, sich durch Blicke ausgezogen zu fühlen?« Herausfordernd sah sie ihn an.

Ihm reichte ihre Antwort, auch wenn ihn das Gefühl nicht losließ, dass sie nicht die ganze Wahrheit gesagt hatte. Lebhaft konnte er sich gewisse Szenen vorstellen, die unter den Tisch gekehrt worden waren, um einen reibungslosen Ablauf nicht zu stören. Er würde nicht weiter in sie vordringen. Es brachte weniger, als dass es die Gesprächsführung störte.

Mit einem dankbaren Blick honorierte sie sein Schweigen. »Sehen wir uns nun Ihr Horoskop an.« Sie schob den Zettel mit seinen Geburtsdaten rechts neben ihren Laptop und tippte etwas auf der Tastatur. »Es dauert nur einen Moment«, informierte sie ihn und widmete sich wieder ihrem Computer.

Mit einem Mal beschlich ihn ein unangenehmes Gefühl. Als stünde er mit nackten Füßen auf einem kalten Boden, kroch die Anspannung in ihm hoch. Am liebsten wäre er aufgestanden und gegangen. Doch er hatte in das Quidproquo eingewilligt und würde die Vereinbarung nicht brechen. Nach seinem Ermessen hatte sie offen und ehrlich gesprochen. Er würde ihren Aussagen Rechnung tragen und sich dem stellen, was nun auf ihn zukam. *Mach dich nicht lächerlich!*, tönte es in seinem Kopf. *Du hast noch niemals an solch einen Schwachsinn geglaubt. Lass ihr ihren Willen, du hast auch bekommen, was du wolltest.* Hatte er das wirklich?

»Es ist soweit.« Ihre Stimme glich einem sanften Sommerregen. Sie drehte ihren Laptop so, dass er das seltsame Gebilde auf dem Bildschirm betrachten konnte. Sie tippte auf eine Stelle. »Ich möchte mit Ihrem Aszendenten beginnen: Sie sind Skorpion. Ein Mensch, der es liebt, Geheimnisse aufzudecken und hinter die Kulissen zu blicken. Dabei lassen Sie sich nicht in die Karten schauen. Offenbar haben Sie den richtigen Beruf gewählt.« Sie schmunzelte. »Ihre Beobachtungsgabe ist herausragend und Sie verstehen es, andere Menschen aus der Reserve zu locken, dabei gehen Sie vehement vor und können sich richtig in eine Sache verbeißen. Mit dem Aszendenten Skorpion liegt Ihre Himmelsmitte in der Jungfrau. Viele Menschen mit diesen Voraussetzungen beschäftigen sich in irgendeiner Form mit Medizin.« Sie unterbrach und blickte ihn prüfend an. »Darf ich Sie fragen, welche Ausbildung Sie haben?«

»Ich bin Rechtspsychologe.«

Ihre Lippen formten ein bestätigendes Lächeln. Sie zeigte auf ein weiteres Symbol. »Ihr Sternzeichen ist Schütze. Schützen sind wortgewandte Menschen und Gerechtigkeitsfanatiker. Mit Ihrem Aszendenten in Skorpion steht die Sonne im ersten Haus. Ihr selbstbewusstes Auftreten ist unverkennbar, selbst wenn ich Sie mit meinen Erklärungen gerade etwas aus der Fassung bringe. Habe ich recht?« Wieder ihr Schmunzeln.

»Ich fühle mich zugegebenermaßen etwas ausgezogen, wenn ich das so formulieren darf.«

»Ausgezogen ist ein gutes Stichwort. Damit kommen wir zu Ihrem Mond: Löwe. Zeigen Sie mir das Innere Ihres Sakkos, ich bin überzeugt, eine bekannte, teure Marke zu finden.«

»Versace«, gab er zu.

»Und welches Auto fahren Sie?«

»Einen Range Rover.«

»Sehen Sie, das ist der Löwe im Mond.« Sie hob die Arme. »Sie sprühen vor Charme. Dies ist mir trotz des schweren Themas unseres Gesprächs nicht verborgen geblieben.«

»Was ist mit der Liebe?« Automatisch kamen die Worte über seine Lippen. Am liebsten hätte er sich auf den Mund geschlagen, beugte sich aber stattdessen interessiert vor.

»Es liegt allein an Ihnen, in der Liebe das Glück zu finden. Der Löwe in Ihnen ist ständig auf der Suche nach Liebesabenteuern. Ich würde mich nicht wundern, wenn Sie auf eine Reihe von Affären und One-Night-Stands zurückblicken können. Mit dem Skorpion dazu sind Sie leidenschaftlich und tragen eine gehörige Portion Begierde in sich. Ich will nicht sagen, Sie sind triebgesteuert, doch zeigen Sie durchaus entsprechende Tendenzen. Dabei«, sie hob den Zeigefinger, »sind Sie auf der Suche nach der Richtigen, denn in Ihnen steckt auch ein wahrer Romantiker. Diesen wird jedoch nur eine Frau kennenlernen, die es aus Ihrer Sicht wirklich wert ist. Achten Sie darauf, Herr Stein, zu erkennen. Ihr Blick ist mitunter getrübt.«

Blitzartig erschien Luisas Bild vor seinen Augen. Eilig rieb er mit den Fingern über seine Lider und fuhr zu beiden Seiten seines

Gesichts bis zum Hals hinunter. »Zugegeben, ich bin beeindruckt«, brachte er hervor.

»Ich wünsche Ihnen alles Gute, Herr Stein, sowohl bei der Suche nach der Richtigen als auch beim Finden der Wahrheit. Sehen Sie genau hin und versuchen Sie zu verstehen.«

Bezieht sich ihr letzter Satz jetzt auf den Fall oder Luisa – oder beides? »Ich danke Ihnen, für Ihre Wünsche und Ihre offenen Worte die Opfer betreffend.« Er erhob sich. Der Fluchtgedanke war nach wie vor existent.

Liliana Lorenzi stand ebenfalls auf. »Ich hoffe, ich konnte Ihnen helfen«, entgegnete sie.

Gemeinsam verließen sie den Beratungsbereich. Bevor sie den vorderen Teil erreichten, fragte er: »Wo geht es hier hin?« Er zeigte in den schmalen Gang, der nach wenigen Metern nach links führte.

»Ach, das verwende ich nur als Lagerort und hinten habe ich eine kleine Küche eingerichtet. Man gelangt auch in den Keller des Rathauses. Der wird allerdings von niemandem genutzt«, erklärte sie bereitwillig, während sie ihn in Richtung der Eingangstür lotste.

Sie reichten sich die Hände und Nick griff nach der Türklinke. Auf dem Absatz wandte er sich zu ihr um. »Darf ich Ihnen eine persönliche Frage stellen, Frau Lorenzi?«

»Selbstverständlich, nur zu!«

»Wie passen Ihr Beruf und dieser Verein zusammen?«

Unvermittelt warf sie den Kopf in den Nacken und lachte. »Wie ich meine Hingabe zu Gott und Jesus mit der Astrologie in Einklang bringen kann?« Sie wartete keine Antwort ab. »Gab uns Gott nicht die Sterne und unser Geburtsdatum, um diese beiden zu verbinden und damit fragenden Menschen zu helfen? Die Astrologie wie die Zahlensymbolik, beides eng miteinander verknüpft, sind Geschenke des Herrn, die wir zu achten und im positiven Sinne zu nutzen haben.«

»Zahlensymbolik … meinen Sie damit die Numerologie?«

»Die meine ich, ja. In der Bibel finden wir unendlich viele Stellen, die uns anhand von Zahlen das Gute und das Böse offenbaren.«

»Sie haben keinen bibelfesten Menschen vor sich«, erwiderte er. Seine Hand ruhte weiter auf dem Türgriff.

»Ich möchte Ihnen ein Beispiel nennen: In der Offenbarung 13, 18 steht geschrieben: ›Hier ist die Weisheit! Wer Verstand hat, berechne die Zahl des Tieres, denn es ist eines Menschen Zahl; und seine Zahl ist sechshundertsechsundsechzig.‹ Beachten Sie die Zahl! Die Sechs ist die des Bösen. Geben wir einen Einser hinzu, die Zahl der absoluten Vollkommenheit und Einheit, sprich die Zahl des Herrn, so kommen wir auf die Sieben. Und diese Zahl präsentiert die Vollkommenheit und Harmonie in Gottes Plänen und Taten. – Nehmen Sie das mit, Herr Stein. Ihr Drang, die Wahrheit zu finden, ist ehrenwert, doch zweifeln Sie nie an Gottes Taten, wir sind seine Handlanger.« Sie faltete die Hände und verbeugte sich leicht vor ihm. »Vielleicht gestatten Sie, einmal erleuchtet zu werden. An der Astrologie zweifeln Sie ja nun nicht mehr, oder?«

Endgültig öffnete er die Tür und verließ den Raum. Am liebsten wäre er zu seinem Auto gerannt.

17

Nick war es gewohnt, früh aufzustehen. Heute brauchte er allerdings länger als üblich, um in die Gänge zu kommen. Trotz des dritten Espressos kämpfte er noch gegen die Müdigkeit an. Die Worte der Astrologin hatten ihn bis in seine Träume verfolgt. Immer wieder war er schweißgebadet aufgewacht und hatte eine gefühlte Ewigkeit gebraucht, bis er wieder einschlafen konnte.

Erst nach einer kalten Dusche kehrten seine Lebensgeister zurück. Er wählte einen dunkelgrauen Armani-Anzug, dazu ein schwarzes Hemd, keine Krawatte, und legte seine Armbanduhr an. Er warf einen Blick auf das Thermometer und zog seinen Herbstmantel über, steckte seine Geldbörse und die Polizeimarke ein, nahm die Autoschlüssel und verließ die Wohnung.

Auf dem Weg zum Bundeskriminalamt versuchte er, seine Gedanken zu ordnen. Liliana Lorenzi hatte ihn verwirrt. Ihre Aussage war bedeutungsvoll, dessen war er sich sicher, jedoch hatte ihn die Charakterisierung seiner Person dermaßen irritiert, dass er das Gefühl nicht loswurde, etwas Wichtigem nicht die nötige Aufmerksamkeit beigemessen zu haben. Die Bibelstelle kam ihm in den Sinn. In seiner Verblüffung hatte er sich die dazugehörigen Zahlen nicht gemerkt, dafür einen Teil des Textes.

Sofort nach dem geplanten Gespräch mit Anton Wesener, dem fahrenden Heilmasseur, würden Peter, Arno, Samantha und er die Ergebnisse ihrer Interviews vergleichen. Vielleicht konnte Arno durch sein Bibelwissen mit dem bruchstückhaften Text etwas anfangen.

Als Nick im Bundeskriminalamt auf sein Büro zusteuerte, sah er bereits Samantha, die auf dem Gang mit einem großen, kräftigen Mann angeregt plauderte.

Sie winkte ihm zu. »Good morning, Boss!« Samantha war sichtlich bester Laune. Sie deutete auf ihr Vis-à-vis. »Anton Wesener«, stellte sie vor.

Nick reichte dem Mann die Hand, der fest zudrückte. Seine Statur glich der Arnos, groß und muskulös mit breiten Schultern, allerdings älter. Sein Gesicht musste in seiner Jugend markant und anziehend gewesen sein, dies bezeugten die kräftigen Wangenknochen und das in harmonischem Maß vorstehende Kinn. Er hatte schön geformte Lippen und eine etwas zu breite, gerade Nase. Die blauen Augen lachten, jedoch ohne Glanz. Nick konnte sich vorstellen, wie diese strahlen und einnehmen konnten. Auf den ersten Blick machte der Mann einen durchaus gewinnenden Eindruck.

»Gehen wir in den Besprechungsraum. Dürfen wir Ihnen etwas anbieten? Kaffee oder Tee?« Nick selbst konnte Tee nicht ausstehen, aber Geschmäcker waren bekanntlich verschieden.

Anton Wesener schüttelte den Kopf. »Weder, noch. Ein Glas Wasser wäre sehr nett.«

»Ein Wasser ... und Kaffee.« Samantha brauchte Nick nicht explizit zu fragen. Sie eilte mit erstaunlich federnden Schritten davon.

Nick setzte sich in Bewegung. Der Besprechungsraum lag nur wenige Türen entfernt. Anton Wesener folgte ihm. Nachdem sie Platz genommen, einige belanglos freundliche Worte gewechselt hatten und Samantha das Wasser und den Kaffee serviert hatte, dabei unauffällig eine dünne Akte auf dem Tisch platzierte, eröffnete Nick das Gespräch in der üblichen Form. Er ging kurz auf die Opfer und das Kinderheim Rotherburg ein und bat den Mann, ihm seine damaligen Eindrücke zu schildern.

Anton Wesener nahm sich einen Moment Zeit, bis er antwortete. Dabei wirkte er nicht wie ein Mensch, der nach Ausreden oder einer geeigneten Geschichte suchte, vielmehr wie jemand, der nachdachte, um sich exakt auszudrücken. »Es reißt alte Wunden auf«, begann er schließlich. »Meine Jahre in Rotherburg waren die schlimmsten meines Lebens. Ich habe eine Ewigkeit benötigt, um sie zu vergessen ... oder zu verdrängen.«

»Was ist dort geschehen?«, fragte Nick mit betont neutraler Stimme.

»Ich war immer ein Einzelgänger, müssen Sie wissen. Ich habe schon gern mit Menschen zu tun, will aber alles andere als zu einer Gruppe gehören, egal ob es sich um Sport, Stammtischtreffen oder sonst etwas handelt. Also hatte ich es in Rotherburg doppelt schwer.

Auf der einen Seite die Erzieher, auf der anderen Seite die Heimkinder. Von oben wirst du gequält und gedrillt, von links und rechts wirst du aufgefordert, dazuzugehören, obwohl du das nicht möchtest.« Er hob den Kopf und blickte Nick offen an. »Ich war der klassische Außenseiter, ohne Freunde.«

»Können Sie sich an die Opfer erinnern?«

»Aber ja! Ich unterstand Heinrich Schmidt, den Hauswart habe ich natürlich auch gekannt und die Mädchen-Betreuerin, Maria Gutensteiner.« Er nahm einen kräftigen Schluck Wasser. Das halbe Glas war leer. »Schmidt war ein klassisches Weichtier. Ein Mitläufer, der es allen recht machen wollte, selbst mir. Und Gutensteiner, sie war eine Schlange.«

Nick beschloss, direkt zu fragen: »Der Hausmeister, Hans Schiffler … Wir haben Informationen erhalten, dass er Insassen sexuell belästigt hätte. Wissen Sie davon?«

»Er hat sich gern die Mädchen angeschaut, das war ein offenes Geheimnis, sonst kann ich Ihnen nichts darüber sagen.« Wieder griff Anton Wesener nach seinem Glas und trank es aus. »Informationen? Sie haben also bereits mit anderen Ehemaligen gesprochen?«

»Ja. Ich selbst habe gestern Lukas Krander und Liliana Lorenzi interviewt. Meine Kollegen haben mit einigen anderen gesprochen.«

»Aha.« Anton Wesener spitzte die Lippen und pfiff. »Dann haben Sie wahrscheinlich die ganze Kerzenschlucker-Gruppe beisammen.«

»Kerzenschlucker-Gruppe?« Nick horchte auf.

»Lukas und Liliana gehören unter anderem dazu, zur ›Sonne Seven‹.« Der Mann schien die letzten Worte auszuspucken. »Sie haben bereits im Heim damit begonnen, beten, Händchen halten, heilige Lieder singen und das ganze Zeug. Sie wollten unbedingt, dass ich dazugehöre: ›Toni, Jesus gibt dir die Kraft, das alles zu überstehen. Toni, nur Gott wird dir helfen. Toni, komm zu uns.‹ Bis heute geben sie keine Ruhe. Wie das Amen im Gebet vergeht kein Jahr, wo sie sich nicht an mich wenden. Aber wie ich eingangs erwähnt habe, ich bin ein Einzelgänger. Die Kinderheimzeit wollte ich einfach überstehen und das habe ich getan, ohne Jesus und ohne

Gott. Allein habe ich es hinter mich gebracht.« Auf seiner Stirn hatte sich eine Zornesfalte gebildet.

Betont gelassen öffnete Nick den Aktenordner und linste hinein. »Meine Kollegen haben gestern mit Susanne Haurer, Robert Haus, Kevin Lauensteiner und Eva Montan gesprochen. Meine Assistentin hat mit Roswitha Praier telefoniert, sie lebt in den USA.«

»Roswitha ist in Ordnung, sie hatte sich damals der Bet-Gruppe angeschlossen, ist aber schnell geflüchtet. Ich habe seit Jahren nichts von ihr gehört, aber eine Zeit lang hatten wir Kontakt, damals, als sie nach Amerika ging. Und die anderen … sie gehören alle zu diesem Haufen.«

»Können Sie sich an Hermann Grosberger erinnern?«

Anton Wesener nickte. »Er war nett, ist aber mit der Situation im Heim nicht klargekommen. Hat er sich nicht später umgebracht?«

»Ja, 1988.«

»Er war einfach übersensibel. Der eine übersteht es, der andere nicht. Ihn hat die Zeit im Heim gebrochen.« In seiner Stimme lag kein Hohn. Er presste die Lippen aufeinander.

Auf der Stelle wusste Nick, dass er das Gespräch in eine andere Richtung, weg von einzelnen Personen und deren Schicksalen, lenken musste. Gern hätte er Anton Wesener noch zu den beiden Todesfällen im Kinderheim und der verschollenen Franziska Küner befragt, unterließ es aber und sagte stattdessen: »›Sonne Seven‹ … die Gruppe setzt sich also nur aus diesen wenigen Personen zusammen.«

Einen Moment lang starrte der Mann Nick entgeistert an. Schließlich fing er sich. »Sie wissen es nicht?«

»Gestern Abend habe ich diesen Namen von Liliana Lorenzi zum ersten Mal gehört.«

Anton Wesener beugte sich vor. »Dann lassen Sie mich Ihnen sagen: Die ›Sonne Seven‹ ist eine richtige Sekte. Ich weiß nicht, wie viele Mitglieder sie hat, aber die Zahl ist gewaltig. David König hat aus den Jesus-Kindern aus dem Heim ein kleines Imperium geschaffen.«

Auch Nick kam näher. »Wer ist David König?«

»Für mich der eigentliche Sektengründer. Er hat sich den Glauben dieser kleinen Gruppe zunutze gemacht und eine Sekte daraus formiert. So einfach.«

»Sie kennen ihn?«

Wesener sah ihn verwirrt an. »Natürlich kenne ich ihn.« Er schüttelte irritiert den Kopf. »Es ist auch für Sie nicht schwer, ihn zu finden. Er hat in Wien, im siebenten Bezirk, sein Geschäft.«

»Sie meinen, dort ist der Sitz der Sekte?«

»Aber nein! Die Sekte ist seine Freizeitbeschäftigung, wahrscheinlich eine einträgliche. Im Siebenten hat er einen – wie er es nennt – High Quality Denim Store. Er selbst produziert Lederwaren: Gürtel, Geldbörsen und so weiter. Ausgezeichnete Ware, seine Gürtel sind einzigartig, kann ich Ihnen sagen.«

»Wie heißt das Geschäft?« Nick rückte vor, so weit es der Tisch zuließ.

»LD Store.«

18

Kaum hatte Anton Wesener sich verabschiedet und den Raum verlassen, als Samantha, Peter und Arno eintraten. In ihren Augen stand die blanke Neugierde und das offensichtliche Bedürfnis, ihre neuen Informationen loszuwerden.

Als Erstes berichtete Nick von seinen drei Gesprächen, wobei er einige Details zwar anriss, aber die Klärung auf später verschob. Auch seine astrologische Analyse und seine daraus resultierende Verwirrung verschwieg er nicht. In diesem Fall konnte falsche Scham fatale Folgen haben. Da er schon nicht fähig gewesen war, sein Können voll einzusetzen, mussten seine Mitarbeiter nun im Nachhinein als Augen und Ohren fungieren. Als er geendet hatte, wandte er sich an Samantha. »Was ist bei deinen Telefonaten herausgekommen? Konntest du etwas über Franziska Küner herausfinden?«

Sie nickte. »Zuerst habe ich mit der Frau von Grosberger, dem Selbstmörder, telefoniert. Dead loss! Sie hätte ihn sehr geliebt, er wäre ein Mann mit großen Problemen gewesen, sie hätte die Zeit mit ihm weit hinter sich gelassen und demnach gäbe es nichts dazu zu sagen. That's it.« Sie zog ihre Mundwinkel nach unten und präsentierte eine grimmige Miene. Dann hellte sich ihr Gesicht auf. »Das Gespräch mit der Amerikanerin war eindeutig besser, leider nicht besonders aussagekräftig. Ihre Zeit im Kinderheim war schwer gewesen. Mit neunzehn Jahren nutzte sie eine ihr gebotene Gelegenheit und wanderte aus. Sie sagte, das wäre ihr größtes Glück gewesen.« Samanthas Finger trommelten auf den Tisch. »Über ihre Zeit in Rotherburg redete sie nicht viel, aber sie erwähnte eine Gemeinschaft, die ihr geholfen hätte, die Zeit zu überstehen. Das würde zu dieser ›Sonne Seven‹ passen, obwohl sie diesen Namen nicht nannte.«

»Wie ich es verstanden habe, hieß diese Gruppe damals auch noch nicht ›Sonne Seven‹. Einige Kinder und Jugendliche halfen sich gegenseitig, indem sie an etwas glaubten und sich Kraft gaben.

›Sonne Seven‹ entstand erst danach, durch diesen ominösen … Wie heißt er?«, warf Arno ein und setzte trocken nach: »Ich habe gehört, dass Religion auch positive Aspekte haben soll.«

»David König«, erinnerte ihn Nick an den Namen. »Danke Sam. Arno, mach du gleich weiter.«

Arno richtete seinen Oberkörper auf und nickte. »Ich habe Susanne Haurer, die Visagistin, und Robert Haus, den Lkw-Fahrer, besucht.« Er blicke Nick an. »Natürlich kenne ich Mödling und die Gegend rundherum. Zum ersten Mal habe ich allerdings bewusst darauf geachtet. Du hast dir einen wirklich hübschen Flecken zum Aufwachsen ausgesucht.«

Nick verzog den Mund, erwiderte jedoch nichts.

Arno sprach ungerührt weiter. »Gleich vorweg: Beide tragen dieses eigenartige Zeichen auf der linken Hand und beide brauchten nicht länger als zehn Minuten, um mir von der ›Sonne Seven‹ zu erzählen.« Er schmunzelte. »Vor allem Susanne Haurer hat sich von mir und meinen Bibelkenntnissen äußerst fasziniert gezeigt. Ich habe sie in dem Glauben gelassen, ein getreuer Anhänger Gottes zu sein, und wurde von ihr sogar eingeladen, ein Treffen zu besuchen.«

»Welchen Eindruck hattest du von den beiden? Und was haben sie über ihre Kinderheimzeit gesagt?«, fragte Nick.

»Im Grunde habe ich dasselbe gehört wie du: schwierige Zeit, Zusammenhalt, eine Erzieherin mit Stimmungsschwankungen, ein Loser-Erzieher und ein Spanner. Den Anwalt, die Verwaltungsangestellte und die Prostituierte kannten sie nicht, wobei ihnen der Anwalt zumindest ein Begriff war.« Er strich sich über das Kinn. »Susanne Haurer ist eine gepflegte, überaus freundliche Frau. Sie muss eine wahre Schönheit im Marilyn Monroe-Stil gewesen sein. Genau genommen ist sie auch heute noch wunderschön für ihr Alter.«

»Und der Lkw-Fahrer?« Arnos letzte Worte ließen Nick aufhorchen.

»Ein Bild von einem Mann, ebenfalls trotz seines Alters, der Typ kanadischer Holzfäller. Weißt du, was ich meine?«

»Ich kann es mir vorstellen. Peter, wie verliefen deine Interviews?«

»Könnte ich den Sinn verstehen, würde ich behaupten, sie hätten sich abgesprochen«, begann Peter. »Ich habe Kevin Lauensteiner, den Metallbauer, besucht und Eva Montan, sie arbeitet als Krankenschwester, dermatologische Abteilung.« Er machte eine kurze Pause, bevor er weitersprach: »Das Zeichen konnte ich sowohl an Lauensteiners als auch an Montans Hand sehen, ich habe danach gefragt und jeweils eine ausführliche Auskunft erhalten. Ich wurde zwar nicht ausdrücklich eingeladen, an einer Versammlung teilzunehmen, Montan hat jedoch eingeworfen, dass auch Homosexuelle bei der ›Sonne Seven‹ einen Platz finden.«

»Hast du ihr gesagt, dass du schwul bist?«, erkundigte sich Samantha. Dabei nestelte sie an ihrem Ringfinger.

»Nein. Ich bin der Meinung, mich nicht auffällig schwul verhalten zu haben. Sie muss irgendwelche Schwingungen gespürt haben oder was weiß ich. Aus meiner Sicht habe ich jedenfalls nichts gesagt oder getan, um darauf hinzuweisen. Es soll Menschen mit dem sechsten Sinn geben, vielleicht gehört sie dazu. Erkundigungen wird sie ja wohl nicht über mich eingeholt haben.« Er schob die Unterlippe vor. »Denkt an Elena! Wobei ich bei ihr das Erkennen meiner Neigung nicht als ›sechsten Sinn‹ bezeichnen würde.«

»Wie sahen Lauensteiner und Montan aus?« Gespannt wartete Nick auf die Antwort. Wenngleich er nicht darauf einging, hatte er einen Satz Peters gespeichert: »Erkundigungen wird sie ja wohl nicht über mich eingeholt haben.«

»Die Krankenschwester erinnert an eine Elfe. Feingliedrig und zart, mit großen, verträumten, hellgrünen Augen, unglaublich, einem Stubsnäschen und herrlichen Lippen. Trotz der Fältchen um Mund und Augen ist sie sehr attraktiv, auf eine liebliche Art. Und der Metallbauer sieht aus wie Keanu Reeves älterer Bruder.« Er fixierte Nick. »Warum interessiert es dich so, wie sie aussehen?«

»Fällt es euch nicht auf?« Nick blickte von einem zum anderen.

»Was denn?« Samantha wirkte genervt. Noch immer spielte sie an ihrem Ringfinger herum.

»Wir haben sieben Personen interviewt und unabhängig von der Tatsache, dass sechs davon eine spezielle Tätowierung tragen, sind sie alle äußerst attraktive und auf ihre Art anmutige

Menschen.« Während er sprach, warf er einen verstohlenen Blick auf Samanthas Hand. Was war mit ihr los? Heute morgen hatte sie sich auffallend beschwingt gezeigt, jetzt war sie ungeduldig und nahezu gestresst. Dann sah er ihn: Den Ring an ihrem Ringfinger. Sie hatte den Stein nach unten gedreht, sodass nur die schmale Rundung zu sehen war. Deshalb hatte er ihn nicht sofort bemerkt!

»Es fällt auf, obwohl sie nicht mehr jung sind«, warf Peter ein.

»Vollkommen richtig.« Nick fasste zusammen: »Im Wesentlichen erzählen sie uns alle dasselbe, sind anziehend, sehen blendend aus und gehören bis auf eine Person einer religiösen Gruppe an. Ich sage bewusst nicht Sekte.«

»Dieser fucking Fall strotzt vor Zufällen, die keine sein können«, merkte Samantha an.

»Dass diese Menschen etwas wissen und uns verschweigen, steht außer Frage. Und man muss weder Psychologe noch Hellseher sein, um behaupten zu können, es hat etwas mit dem Kinderheim Rotherburg zu tun. Es ist aber zu früh, um in eine einzige Richtung zu denken, selbst wenn wir alle dasselbe vermuten.« Widerwillig zeigten die drei Verständnis. Nick ahnte den Zwiespalt, in dem sie sich befanden, ging es ihm doch genauso. Nichtsdestoweniger lag es an ihm, die Übersicht zu behalten und ohne Scheuklappen zu agieren, schwierig, aber unerlässlich. »Sam, du bist sie zuerst übergangen: Franziska Küner. – Und sei nicht ungeduldig, deine Neuigkeit wird das finale Highlight unserer Sitzung.«

Als Antwort fauchte sie ihn an, bevor sie zu ihrer Sachlichkeit zurückkehrte. »An Franziska Küner bin ich dran, brauche aber noch etwas Zeit. Sie verschwand ein halbes Jahr vor der Schließung des Heims. Ihre Akte trägt den knappen Vermerk, dass sie in eine psychiatrische Anstalt überstellt wurde, die es schon lange nicht mehr gibt. In den dortigen Unterlagen lautet die Diagnose: manisch-depressive Psychose.«

»Man nennt diese Krankheit heute bipolare affektive Störung«, warf Nick ein.

»Wie auch immer! Von dort wurde sie in eine andere Einrichtung überstellt, die ebenfalls nicht mehr existiert, von dort in eine andere und so weiter. Franziska Küner hat eine richtige Odyssee durchgemacht. Ein Jahr hier, ein halbes Jahr dort. Und dazu kam eine ganze Reihe an weiteren Diagnosen.«

»Wo befindet sie sich jetzt?«

Samantha zog die Augenbrauen hoch und zuckte mit ihren Schultern. »Von einem Tag auf den anderen verschwand sie aus den staatlichen Krankenhäusern. Äußerst mysteriös, aber ich komme dahinter. Von der letzten Einrichtung muss es zumindest einen Entlassungs- oder Überstellungsbericht geben.«

»Und ... wo ist dieser Bericht?«, fragte Nick.

»Dabei handelt es sich um ein reines Zeitproblem. Die Entlassung liegt Jahre zurück, die alten Akten wurden nicht in das Computersystem übernommen. Die rechtliche Seite ist abgedeckt, aber das Archiv der Einrichtung ist groß und offenbar nicht einheitlich sortiert. Ich bin aber sicher, meine ›neue Freundin‹ vor Ort findet die Unterlagen.« Sie zwinkerte verräterisch. »In zwei Tagen treffe ich mich mit ihr auf einen Kaffeetratsch unter Frauen.« Sie fixierte Arno. »Du bist doch Single oder irre ich mich da? Sie ist zweiundvierzig, hat eine hübsche Stimme und ist auf der Suche nach Mister Right.«

»Nicht ganz«, entgegnete Arno kryptisch und bekundete mit einer resoluten Geste, dass mit dieser Aussage das Thema für ihn abgeschlossen war.

Als Antwort verzog Samantha das Gesicht und blies verächtlich in seine Richtung. Wieder nestelte sie an ihrem Finger herum und sah Nick fragend, beinahe flehentlich an.

Kaum merklich schüttelte er den Kopf. »Wir haben nur mehr einen Punkt abzuarbeiten. Ein wenig Geduld musst du noch aufbringen, Sam.« Er lehnte sich zurück und streckte seine Arme in die Höhe, dann ließ er die Innenflächen seiner Hände auf den Tisch sinken. Eine Übung, die nicht nur seiner Wirbelsäule gut tat, sondern auch seine Aufmerksamkeit schärfte. »Wie ich eingangs erwähnt habe, hat Liliana Lorenzi einen Bibelspruch verwendet, den ich leider nur bruchstückhaft aufgenommen habe. Es handelt sich um die Offenbarung ...? Die Zahlen dahinter habe ich mir nicht gemerkt.«

»Vielleicht erkenne ich ihn«, sagte Arno.

»Es war etwas mit ›Weisheit‹ und ›wer Verstand hat‹ oder so ähnlich. Und es ging um eine Zahl, die man berechnen solle: die ›sechshundertsechsundsechzig‹.«

»Die Offenbarung des Johannes 13, 18! ›Hier ist die Weisheit! Wer Verstand hat, berechne die Zahl des Tieres, denn es ist eines Menschen Zahl; und seine Zahl ist sechshundertsechsundsechzig.‹«, antwortete Arno wie aus der Pistole geschossen.

»Genau!« Nick blickte ihn achtungsvoll an. »Und was hat das im Klartext zu bedeuten? Was ist mit dieser Zahl?«

»Es ist die Zahl des Antichristen«, entgegnete Arno schlicht.

»Sie hat danach jedoch nicht von der Zahl sechshundertsechsundsechzig, sondern von der Zahl sechs gesprochen und dass das die Zahl des Bösen wäre. Sie sagte, wenn man die Zahl eins hinzufügt, die des Herrn, käme die Sieben heraus und die wiederum ist das Synonym für …«, er versuchte sich die genauen Worte der Astrologin ins Gedächtnis zu rufen, »die Vollkommenheit von Gottes Plänen und Taten.« Kurz legte er den Kopf in den Nacken. »Vielleicht habe ich das eine oder andere Wort vergessen, aber im Wesentlichen hat sie genau das von sich gegeben.«

Arno seufzte. »Es klingt für mich ein wenig ungeordnet. Aber wenn man die Deutungsvielfalt bedenkt und dazu die Tatsache, dass die Frau quasi Sekten-gebrieft ist, ergibt die Aussage durchaus Sinn. Noch dazu, wenn man eine gewisse Neigung zur Zahlendeutung impliziert. Gar nicht so selten übrigens.«

»Meint ihr, die Äußerung ist bedeutungsvoll?«, fragte Peter.

»Wenn ich dir die Frage klar beantworten könnte, wäre mir leichter«, antwortete Nick. »Wir müssen dringend mit diesem David König sprechen.«

Peter zog seinen linken Mundwinkel zur Seite. »Ich bilde mir ein, den Namen schon einmal gehört zu haben. Was weißt du über ihn?«

»Laut dem Heilmasseur ist er der eigentliche Gründer der ›Sonne Seven‹. Er betreibt ein Geschäft im siebenten Wiener Bezirk, wo er offenbar Jeansprodukte verkauft. Und er produziert Lederwaren, Gürtel und andere Artikel.«

Arnos Finger trommelten auf den Tisch, in seinen Gedanken schien sich etwas zu formen. »›Sonne Seven‹. Wieder die Zahl sieben. Ob das ein Zufall –«

»Das ist es!« Peters Ausruf unterbrach Arnos Ausführung. »Der LD-Store!«

»Ja, richtig. Woher weißt du das?«

»David König! Er macht die schönsten und besten Gürtel und Lederaccessoires weit und breit. Dieser Mann ist in unseren Kreisen eine Legende.«

»Hast du einen Gürtel von ihm?«, erkundigte sich Samantha.

»Noch nicht. Die Betonung liegt auf noch!« Er grinste. »Bei diesem Termin will ich unbedingt dabei sein.«

»Diesen Termin werden wir ohnehin zu dritt wahrnehmen«, entschied Nick. »Ich habe das untrügliche Gefühl, Wichtiges zu erfahren.« Er wandte sich Samantha zu. »Du findest so viel wie möglich über die ›Sonne Seven‹ heraus und vereinbarst einen Termin bei David König, gleich morgen.« Sein Blick fiel auf ihren Finger. »Und jetzt: Zu deiner Neuigkeit!«

Auf einen Schlag wirkte die sonst so toughe Samantha wie ein siebzehnjähriges Mädchen vor ihrem ersten Ball. Sie zog ihre Schultern hoch und lächelte verlegen. »Robert hat um meine Hand angehalten. Ich bin verlobt«, wisperte sie. Die Reaktion der Männer wartete sie nicht ab, sie riss ihre Hand hoch, drehte den Stein nach oben und präsentierte das Symbol ihrer Verbindung. »Schaut euch dieses Prachtstück an!« Ihre Stimme donnerte durch den Raum. Weg war es, das siebzehnjährige Mädchen.

19

Auf dem Heimweg ließ Nick sämtliche Punkte noch einmal Revue passieren. Dass es sich um einen hochkomplexen Fall handelte, war von Anfang an klar gewesen. Nicht umsonst war er von Dubai zurückbeordert worden. Es stand außer Frage, dass der Ursprung des Mordes an diesen sechs Pensionisten in der Vergangenheit liegen musste, dass die Wurzel, tief unter den Mauern des ehemaligen Kinderheims Rotherburg vergraben war. Aber wie sollte er dahinterkommen, wenn eben diese Mauern auch heute noch standen, nun rund um die Insassen, die sie um sich errichtet hatten? Und was hatte die ›Sonne Seven‹ und darüber hinaus der merkwürdige Fingerzeig auf geheimnisvolle Zahlenspiele mit alldem zu tun? Er sträubte sich, in eine bestimmte Richtung zu denken, aber die Anzeichen waren so deutlich, dass selbst er keinen anderen Weg einzuschlagen vermochte.

Sechs Menschen, gefangen gehalten, gefoltert, grausam ermordet. Zumindest fünf von ihnen standen in Verbindung zu Rotherburg. Sechs Heiminsassen, die einer aus der Kinderheimzeit entstandenen Gruppierung angehörten und einhellige Aussagen tätigten. Zwar jeder mit eigenen Worten und auf unterschiedliche Art, aber mit derselben Grundinformation. Nicht zu vergessen die auffällige Attraktivität dieser Ehemaligen. Konnte es Zufall sein, so viele schöne Kinder beziehungsweise Jugendliche an einen bestimmten Ort zu schicken? Wie ein Blitzschlag durchzuckte eine Erinnerung seine Gedanken, die ihm auf der Stelle eine Gänsehaut auf Rücken und Armen bescherte. Es handelte sich um ein Buch, das er vor vielen Jahren gelesen hatte: »Die hundertzwanzig Tage von Sodom«, geschrieben von Marquis de Sade vor über zweihundert Jahren.

Unvermittelt nahm Nick eine Hand vom Lenkrad und zog sein Handy aus der Innentasche seines Sakkos. Fiebrig suchte er im Telefonbuch, bis er die Nummer gefunden hatte, und drückte auf das Display.

Sie meldete sich sofort. »Nick!«

»Luisa.« Mit einem Mal wusste er nicht, was er sagen sollte.

Sie half ihm aus der Verlegenheit. »Du arbeitest an dem Kreuzmord-Fall. Die Zeitungen und Nachrichten sind voll damit.«

Der Kreuzmord-Fall! Die Medien hatten in der Tat nicht lang gebraucht, um einen passenden Namen zu finden. Nick versuchte, ihn hartnäckig zu ignorieren. Die mitunter reißerische Berichterstattung ärgerte ihn nur unnötig. »Ja.« Er fühlte sich wie der Schuljunge, der er nie gewesen war, verunsichert, ängstlich. Als Teenager hatte er nämlich geglaubt, die Welt gehörte ihm. »Luisa, hast du Zeit? Können wir uns treffen?«

Einen Moment lang herrschte Schweigen. »Meinst du … jetzt?«

»Jetzt oder ein anderes Mal, wie du willst – wenn du überhaupt willst.« *Ich hätte es lassen sollen! Warum habe ich Idiot sie nur angerufen,* fuhr es ihm durch den Kopf. Auf der anderen Seite, wie sehr er es genoss, allein ihre Stimme wieder einmal zu hören.

»Ich habe frei. In einer halben Stunde könnte ich …«, sie schluckte lautstark, »in der Event Lounge sein.«

Nun war es Nick, der schlucken musste, um den Knoten loszuwerden, der sich plötzlich in seinem Hals gebildet hatte. In der Event Lounge, einer Bar in Perchtoldsdorf, hatten sie sich zum ersten Mal und im Laufe ihrer Beziehung noch häufiger getroffen. Seit der Trennung von Luisa war er allerdings nicht mehr dort gewesen.

»In Ordnung. Bis gleich.« Hastig drückte er den Auflegen-Button. In dreißig Minuten würde er Luisa wiedersehen! Eine Flut von widersprüchlichen Gefühlen übermannte ihn. Einerseits eine sehnsüchtige Freude, andererseits ein beklemmendes Abwehrempfinden, dazwischen jede Menge Grautöne.

Als er die Event Lounge betrat, hatte er ein Déjà-vu. Luisa saß auf demselben Barhocker, auf dem sie auch bei ihrem ersten Date gesessen hatte. Seitdem war viel geschehen. Ein Aperol Spritzer stand vor ihr auf der Theke. Damals war es ein Mineralwasser gewesen, er wusste es wie heute.

Einer plötzlichen Eingebung folgend wollte er sich auf der Stelle umdrehen und davonlaufen, in irgendein fremdes Lokal gehen und dort die erstbeste Frau aufreißen, die sich willig zeigte. Einfach alles vergessen und sein altes Leben wieder aufnehmen, er war nicht der Typ für eine lange Beziehung oder für eine Ehe. *Warum aber zittern dann meine Hände? Warum überkommt mich das Bedürfnis, Luisa vom Barhocker herunter in meine Arme zu ziehen?*

In diesem Moment drehte sie sich ihm zu. Sie lächelte, wobei ihre langen roten Locken ihr hübsches Gesicht wie eine sonnenbeschienene Schäfchenwolke umrahmten. Die erstbeste Frau in irgendeinem Lokal war schlagartig vergessen.

Nick ging auf sie zu und küsste sie auf beide Wangen. »Schön, dich zu sehen.« Beinahe wäre ihm ihr Kosename entschlüpft: Babe. Er setzte sich auf den Barhocker neben ihr. »Wie geht es dir?«, fragte er.

»Viel Arbeit im Krankenhaus. Ich habe gute Chancen, Stellvertreterin des Primararztes zu werden. Aber du kannst dir vorstellen, welcher Kampf um diesen Posten ausgetragen wird. Ich versuche es auf meine Weise, mit guter Arbeit und Durchhaltevermögen, die Ellbogentechnik liegt mir weniger, wie du weißt.« Sie zwinkerte ihm zu und blickte ihn offen an.

»Du wirst es schaffen, bleib bei dir und verstell dich nicht.« Er meinte es völlig ernst. Wie sie in ihrer für ihn bezaubernden Natürlichkeit vor ihm saß und frei erzählte, spontan und ohne jegliche Berechnung, war purer Balsam für seine Seele. Einem plötzlichen Impuls folgend frage er: »Was hältst du davon, stoßen wir auf unser Wiedersehen mit einem guten Gläschen an?«

»Ich bin leider mit dem Auto hier.«

»Dann nehmen wir uns ein Taxi.« Er wartete ihre Antwort nicht ab und wandte sich der Besitzerin des Lokals zu, die hinter der Bar geduldig auf seine Bestellung gewartet hatte. »Maria, wie geht es dir?«

Die attraktive, dunkelhaarige Frau lächelte. »Danke, sehr gut. Es freut mich, euch wieder einmal *gemeinsam* hier zu sehen.« Vielsagend zog sie ihre harmonisch geschwungenen Brauen hoch.

Ihm war die Betonung in ihrem Satz nicht entgangen. »Bist du öfter hier?«, fragte er daher Luisa.

Sie nickte. »Ich komme gern auf einen Drink nach der Arbeit und wir plaudern.« Sie zeigte auf Maria.

Nun war es Nick, der seine Brauen hob. »Ich verstehe …« Lebhaft konnte er sich vorstellen, welche Gespräche die beiden Frauen führten. »Wie schlecht komme ich dabei weg?«

Luisa und Maria zwinkerten sich zu. »Mach dir keine Gedanken darüber«, entgegnete Maria. »Was willst du trinken, Nick?«

»Machst du uns bitte eine Flasche Champagner auf?«

»Gobillard Rosé?«

»Hervorragend.«

Während Maria die Flasche öffnete und zwei Gläser vorbereitete, schwiegen Nick und Luisa. Erst als die Inhaberin der Event Lounge sich dezent zurückgezogen hatte und mit einem anderen Gast plauderte, nahmen sie das Gespräch wieder auf.

»Die Fakten deines neuen Falls sind schrecklich«, eröffnete Luisa.

»Er macht mir schwer zu schaffen«, gab Nick zu. Beinahe hatte er vergessen, wie offen und unkompliziert er mit ihr reden konnte. Deutlich spürte er, dass sie nichts von seinem Vertrauen eingebüßt hatte.

»Bist du schon weitergekommen? Die Medien spielen zwar täglich alles hoch, aber mir scheint, sie bringen keine echten Neuigkeiten.«

Er seufzte und beschloss, seine Gedanken und Sorgen loszuwerden. Luisa war die Richtige dafür. *Die Richtige,* wurde er sich seiner mehrdeutigen Überlegung bewusst. »Es gibt eine Menge Informationen und Erkenntnisse, die ich noch nicht gänzlich einordnen kann. Du kennst mich, ich möchte nicht zu früh in eine bestimmte Richtung blicken. Das Verzwickte an diesem Fall ist, im Grunde gibt es aber nur eine Richtung, in die ich gehen kann.«

»Und die wäre?«

»Alles läuft in der Vergangenheit zusammen. Im Kinderheim Rotherburg müssen Dinge geschehen sein, die mit der Ermordung dieser Menschen zu tun haben.«

»Habt ihr schon mit den damaligen Kindern aus diesem Heim gesprochen?«, fragte sie mit unverblümtem Interesse.

Er liebte diesen Wesenszug an ihr. Sie zeigte klar ihre Gefühle, machte keine Winkelzüge. Dabei waren ihre Fragen sinnvoll und brachten die Dinge auf den Punkt. *Ist das mein Problem gewesen? Hat sie zu klar definiert, was sie will und wie sie empfindet? Wie sehr mir das fehlt – heute!* »Wir haben die Heiminsassen in einen inneren und einen äußeren Kreis geteilt. Den inneren bearbeite ich mit meinen Mitarbeitern, den äußeren übernehmen Beamte. Sie haben eine Liste mit Standardfragen erhalten und wurden entsprechend instruiert.«

»Was hat sich bis jetzt daraus ergeben?«

»Die Interviews durch die Beamten laufen noch. Bis jetzt haben sie nichts Interessantes hervorgebracht. Einige Befragte gaben an, sie glaubten, gesehen zu haben, dass einige der Kinder und Jugendlichen ab und zu in der Nacht verschwanden. Keiner konnte jedoch mit Sicherheit sagen, ob dies nur ein Eindruck war oder tatsächlich stattfand.« Er gab einen undefinierbaren Ton von sich. »Die Befragungen, die wir durchgeführt haben, zeigten sich ergiebiger, verwirren mich aber zusehends.«

»Du musst mir schon mehr erzählen, wenn ich dir helfen soll.« Sie sprach so ungezwungen, als wäre es das Selbstverständlichste auf der Welt, ihm beim Ordnen seiner Gedanken zur Seite zu stehen.

Kurz zögerte er, doch dann sprudelten die Worte wie von selbst aus ihm heraus. Einige Details ließ er, aus Rücksicht und seiner Verschwiegenheitspflicht folgend, außen vor, alles andere berichtete er ihr vorbehaltlos.

Als er geendet hatte, schwieg Luisa eine ganze Weile, bevor sie schließlich antwortete: »Vor Jahren hat sich einer meiner Cousins einer solchen christlichen Gruppierung angeschlossen. Er hat mich so lange drangsaliert, bis ich zu einer Messe mitgegangen bin.«

»Du hast mir nie davon erzählt. Welcher Cousin?«

»Robert, der Dünne mit den schütteren Haaren, der Sohn der Schwester meiner Mutter. Du hast ihn nur einmal gesehen, beim Runden meines Vaters.« Sie nahm einen Schluck Champagner. »Und warum ich dir das nie erzählt habe? Weil es sich nie ergeben hat und unwichtig ist. Genau genommen habe ich keinen Kontakt zu ihm. Außerdem wird diese Tatsache in der Familie totgeschwiegen. Anfänglich hat sich seine Mutter intensiv mit der Materie beschäftigt und versucht, auf ihn einzuwirken. Es war vergeblich.« Wieder griff sie nach dem Glas. »Ich selbst habe die Infos von meiner Mutter. Meine Tante hat ihr damals das Herz ausgeschüttet. Selbst die im besten Sinne gegründeten Vereinigungen bergen Gefahren unfassbaren Ausmaßes. Stur und ohne Hinterfragen halten die Mitglieder an ihrem Glauben und den damit verbundenen Regeln fest. Automatisch wird den Angehörigen ein bestimmtes Weltbild aufgedrückt.« Energisch schüttelte sie den Kopf. »Mehr oder weniger wird dir vorgeschrieben, was du sagen und tun darfst und was nicht. Du verlierst deine Individualität!« Noch einmal trank sie.

Maria schenkte nach und zog sich sofort wieder zurück.

»Du meinst, dass die Informationen, die ich von den Ehemaligen bekommen habe, nicht mehr als einstudierte Sätze waren?«, fragte er.

»Das weiß ich nicht. Ich würde nicht sagen einstudiert, ich glaube eher an eben dieses globale Denken, das sie alle dasselbe sagen lässt. Wenn du die Tatsache miteinbeziehst, dass sie bereits als Kinder in dieser Art miteinander verbunden waren, zwar ohne Struktur, ist ein gewisses einheitliches Verhalten und Denken doch nur logisch.«

»Und dass sie ein Geheimnis verbergen?«

»Du meinst sexuellen Missbrauch, den sie versuchen zu verheimlichen? Es geschieht tagtäglich. Als Assistenzärztin in der Kinderabteilung habe ich selbst Einiges gesehen, das ich lieber vergessen würde.« Kurz schloss sie die Augen. Die traurige Erinnerung ließ ihre Mundwinkel nach unten zucken.

Automatisch legte er seine Hand auf ihren Oberschenkel. »Deine Worte bestätigen meine Überlegungen. Jedoch bin ich gedanklich bereits einen gewaltigen Schritt weiter.«

Luisa brauchte einen Moment, um zu antworten. Ihre Augen fixierten seine Hand auf ihrem Schenkel. Sie wirkte irritiert. »Meine Worte? Und welchen Schritt bist du weiter?«

Er nahm seine Hand nicht weg. »Was, wenn es sich um eine organisierte …« Er stockte.

Maria war herangetreten. »Wollt ihr noch eine Flasche?«

»Ist unsere schon leer?« Jetzt schien Luisa richtig durcheinander. Sie blickte ihn fragend an.

Er schüttelte den Kopf, dabei ließ er sie nicht aus den Augen. »Nein danke, ich möchte zahlen. Und … rufst du uns bitte ein Taxi, Maria.«

20

Im Taxi saßen sie schweigend nebeneinander. Nick unterdrückte das Gefühl, seinen Arm um Luisa legen zu wollen, und starrte aus dem Wagenfenster. Als sie vor seinem Wohnhaus hielten, stieg Luisa automatisch mit ihm aus. Ebenfalls ohne ein Wort zu sagen, betraten sie das Foyer und bestiegen den Lift. Luisas letzte Worte im Zuge der Trennung gingen ihm durch den Kopf: »Du wirst mich nie wieder berühren!«, hatte sie ihm zornig und voller Enttäuschung entgegengeschleudert. *Was bedeutet es, dass sie mit mir ausgestiegen ist? Hat ihr der Champagner die Sinne vernebelt? Will sie einfach nur auf meiner Couch schlafen? Oder …* Er wollte den Gedanken nicht zu Ende führen.

Er sperrte seine Wohnungstür auf und ließ sie ein. Sie machte zwei Schritte hinein und blieb stehen, sah ihn mit großen Augen an. Er meinte, in ihren Pupillen zu ertrinken. Unvermittelt brach es wie eine Welle über ihn herein. Er riss sie in seine Arme, vergrub sein Gesicht in ihren dichten Locken. Dann nahm er ihr Gesicht in seine Hände und, endlich, berührte er ihre Lippen. Sanft küsste er sie, spürte, wie sie erschauerte, und nahm ihr leises Stöhnen wahr.

Wie in Trance bewegte er sich mit ihr in seinen Armen in Richtung Schlafzimmer. Die Tür stand offen und sie ließ sich rittlings auf das Bett fallen. Auf der Stelle war er über ihr, fuhr mit gespreizten Fingern in ihr Haar und küsste sie abermals, jetzt leidenschaftlich. Er spürte, wie Luisa ihm ihr Becken entgegen schob, und drückte instinktiv seine Lenden durch.

»Luisa … Luisa, Babe.« Seine Stimme war kaum lauter als ein Flüstern.

»Nick.« Sie lächelte und strich über seine Wange. »Fick mich«, hauchte sie.

Ein Schauer lief über seinen Körper. Er kannte das gehauchte »Fick mich« so gut. Wie oft hatte sie diese Worte in seinen Armen gewispert, ihn voller Verlangen angefleht oder lautstark aufgefordert. Es lag nichts Ordinäres darin, vielmehr drückte sie damit ihre Sehnsucht nach ihm aus; eine Aufforderung, eine Bitte, eine verbale Liebkosung.

Einen Moment lang wollte er sämtliche Hemmungen über Bord werfen, sich auf sie stürzen und ihr leises Flehen erfüllen, doch erneut drangen ihre Worte an die Oberfläche: »Du wirst mich nie wieder berühren!« Er wusste, sie hatte sie im Zorn ausgestoßen, eine emotionale Reaktion auf sein damaliges Verhalten. Mit allen Mitteln hatte sie versucht, ihn aus der Reserve zu locken, er aber war verschlossen und nach außen hin kühl geblieben. Dabei barg er alle Gefühle für sie in sich, die für eine Beziehung notwendig waren, er hätte sie nur aussprechen müssen.

Sanft fuhr er ihr über den Hals, folgte der Linie bis zum Oberarm. »Keine Sorge, das werde ich. Aber nicht jetzt.« Klar lag es vor ihm. Einmal wollte er in Bezug auf Frauen das Richtige tun. Sein Kopf war randvoll mit sechs tragisch ermordeten Menschen. Wenn schon nicht die Lösung, so lag zumindest die Ursache direkt vor ihm, formierte sich.

Er würde nicht blindlings in Luisas Arme zurückstolpern und sie wieder links liegen lassen, weil seine Gedankenwelt gefangen war. Zuerst musste er diesen Fall lösen, dann war er frei und würde ihr endlich sagen können, was ihm schon so lange auf der Zunge lag: »Ich liebe dich.«

Luisa blickte ihn verunsichert an. Ihre Verwirrung war offenkundig. Eine Träne löste sich aus ihrem Augenwinkel und rann über ihre Wange. Langsam drehte sie sich von ihm weg, schwang ihre Beine über den Bettrand und stand auf. »Ich rufe mir ein Taxi.«

»Du verstehst es falsch …«, setzte er an.

Entschieden hob sie die Hand und gebot ihm zu schweigen. »Ich weiß nicht, was ich daran falsch verstehen soll.«

»Gib mit Zeit!« Er stoppte kurz und flüsterte: »Ich … liebe dich.«

Er war nicht sicher, ob sie seine letzten Worte gehört hatte, doch sie drehte sich an der Türschwelle zu ihm um und lächelte. Dann war sie verschwunden.

Als Nick am nächsten Morgen sein Büro betrat, meinte er, noch immer Luisas Lippen auf seinen zu spüren. Einerseits hoffte er, dass sie seine Liebeserklärung gehört hatte, andererseits schalt er sich einen Idioten, sie in solch einer verfahrenen Situation ausgesprochen zu haben.

Obwohl er nach ihrem Abgang kaum Schlaf gefunden hatte, fühlte er sich erholt und voller Tatendrang. Er musste endlich den Tatsachen ins Auge sehen: Er genoss Luisas Gegenwart uneingeschränkt, er hatte sie vermisst und er liebte sie. *Ich liebe sie!* Vielleicht war er sich dessen nie so bewusst gewesen wie jetzt. Er würde alles daransetzen, sie zurückzuholen, nachdem er den Fall abgeschlossen hatte.

Das Geräusch der Tür ließ ihn aufschrecken. Samantha trat mit einer Tasse Kaffee ein und stellte sie, wie üblich, lautstark auf seinem Schreibtisch ab. Prüfend musterte sie ihn. »Du strahlst«, stellte sie pragmatisch fest.

Er war noch zu sehr in seinen Gedanken verfangen, um zu leugnen. »Ja«, gab er schlicht zu.

»Eine neue Flamme?« Samantha grinste. Aber als sie seine Miene registrierte, verschwand ihr Grinsen. »Sag bloß, du hast dich mit Luisa getroffen?«

»Das habe ich.« Er lächelte kläglich.

Ungefragt zog sie sich einen Stuhl zurecht und ließ sich hineinfallen. »Erzähl!«

»Es war eine spontane Eingebung. Plötzlich hatte ich das Handy in der Hand und habe ihre Nummer gewählt.« Er zuckte mit den Schultern.

»Du hast ihre Meinung gebraucht.« Sie wusste genau, wie gut Luisa ihm getan hatte und wie inspirierend sie mit ihrer Art für ihn gewesen war. Wieder schmunzelte sie.

Er grinste ebenfalls. Er kannte seine Assistentin und Freundin genauso gut wie sie ihn. Sicher hatte sie sich schon längst gefragt, wann er wieder Kontakt zu Luisa aufnehmen würde.

»Du hast es gewusst, du Teufel?«, fuhr er sie gekünstelt an.

Samantha kräuselte ihre Lippen. »Endlich wird dir klar, dass du nicht mehr suchen musst. Sie ist bereits da. Also warte nicht und hol sie dir!«

Er schüttelte den Kopf und klopfte auf den Aktenberg neben seiner Tastatur. »Erst bringe ich das hier zu Ende. Ich will sie wieder, allerdings ohne belastende Nebentöne.«

»Die beste Triebfeder.« Samantha verstand es, die Dinge auf den Punkt zu bringen. »Wie geht es weiter?«

»David König! Er muss mir einiges erzählen.«

»Von den sechs Tätowierten erfährst du sicher nichts, aber ich lege meine Hand dafür ins Feuer, dass er genau weiß, was damals geschehen ist.« Samantha legte richtig los. »Wie stupid muss man sein, um diese Dinge zu verbergen! Kapieren diese Menschen nicht, dass sie auch anderen damit helfen könnten. Wo kämen wir hin, wenn jede Ungerechtigkeit totgeschwiegen werden würde!«

»Nimm aber nicht die beringte Hand, wenn du zuschlägst. Diamanten können schlimme Wunden verursachen.«

»Asshole«, fauchte sie, kam aber sofort wieder zurück. »Es muss einen Weg geben, diese verschworene Bande zum Sprechen zu bringen.«

Er schlug mit der flachen Hand auf die Tischplatte. »Du hast vollkommen recht. Nimm den Hörer in die Hand und telefonier alle noch einmal durch. Ich will sie hier haben, heute Nachmittag, gleich nach dem König-Termin, egal wie du es anstellst. Den Heilmasseur brauche ich ebenfalls, aber den stellen wir hinten an. Und komm endlich bei Franziska Küner weiter.«

Wie ein Soldat salutierte sie und erhob sich.

»Ich bin richtig aufgeregt«, flötete Peter betont tuntig. »Gleich lerne ich den großen David König kennen. Wahnsinn!«

Nick, der am Steuer saß, blickte kurz in den Rückspiegel. »Du spielst den Schwulen nicht schlecht.«

»Du wolltest es so. Ich übe nur«, entgegnete Peter, wieder völlig normal.

»Und ich mime den Bigotten.« Arno verzog keine Miene, seine Stimmlage jedoch sagte alles.

»Dafür bin ich der böse Bulle«, konterte Nick und zog die Stirn kraus.

»Du glaubst, dieser König wird eine harte Nuss.« Peter beugte sich vor, sein Kopf erschien zwischen den beiden vorderen Autositzen.

»Davon bin ich überzeugt, ja. – Mein Auto hat auch hinten Sicherheitsgurte. Würdest du dich bitte anschnallen. Du bist immerhin Polizist und ein Vorbild.«

»Und ein Kind der Achtziger, Sicherheitsgurte, vor allem hinten, sind der pure Luxus.«

Arno deutete nach vorn. »Da ist ein Parkplatz. Das Geschäft muss hier ganz in der Nähe sein.«

Nick parkte ein. Die Männer stiegen aus und gingen die Straße entlang.

»Da!« Peter zeigte geradeaus auf ein kreisrundes, auffälliges Schild, noch gute hundert Meter von ihnen entfernt.

»Sieht cool aus«, bemerkte Arno.

Nick bestätigte mit einem knappen Nicken. Das Design war tatsächlich ansprechend. Die schwarzen Buchstaben LD, höhenversetzt, rundherum ein schwarzer Kreis. Mittlerweile hatten sie den Laden erreicht.

Peter öffnete die Tür und trat ein. Die beiden anderen folgten.

Nick sah sich um. Obwohl auf einer Stange einige Frauenkleider hingen, handelte es sich eindeutig um einen Männer-Shop, einen der echten Sorte. Arnos Bemerkung über das Schild traf auch auf das Innere des Geschäfts zu: cool. Nick ergänzte es im Geiste noch um die Eigenschaften kühl und geradlinig. Eine schnörkellose, schwarze Ledercouch in der Mitte des Raumes, mannshohe Spiegel, rechter Hand eine Metallstiege in den ersten Stock. Geradeaus erblickte er eine Art Werkbank, auf der Lederteile und verschiedene Arbeitsgegenstände lagen, rechts hingen große Häute in verschiedenen Farben.

»Ich komme sofort«, tönte eine tiefe, klangvolle Stimme aus dem ersten Stock. Wenige Sekunden später erschien ein Mann auf dem Treppenabsatz. Mit geschmeidigen Bewegungen stieg er die Stufen hinab, wobei seine Boots bei jedem Schritt einen klackenden Ton erzeugten.

Weil Nick ohnehin den Bösen spielte, musterte er den Mann unverhohlen. Er war etwa in Arnos Größe, jedoch schlank und drahtig, hatte ein interessantes Gesicht, männlich und markant, mit edel geschwungenen Lippen, die seinem Antlitz etwas Liebliches verliehen. Seine Augen strahlten in einem hellen Blau und waren von dunklen Wimpern umrahmt, die einen romantisch-verträumten Eindruck erzeugten. Seine Beine steckten in dunklen Jeans, darüber hing lässig ein kariertes Wollhemd. Am Handgelenk trug er mehrere Lederbänder. An der üblichen Stelle zierte das Kreis-Strich-Tattoo seine Hand. Nicks erstes Empfinden war unzweideutig: Er fand diesen Mann sympathisch und überaus anziehend, nicht jene Anziehungskraft, die eine schöne Frau auf ihn ausübte, sondern eine Art Magnetismus, den er nicht in Worte hätte fassen können.

Der Mann schenkte den Neuankömmlingen einen freundlichen Blick und reichte jedem reihum die Hand. »Ich nehme an, Sie sind die Herren von der Polizei. Mein Name ist David König.«

Intuitiv wollte Nicks Gesicht lächeln, seiner Rolle entsprechend schaffte er es gerade noch, den Impuls zu unterdrücken. »Doktor Nick Stein, Sonderermittler vom Bundeskriminalamt und mit dem Fall der Kreuzmorde betraut. Meine Kollegen Peter Westernschmidt und Arno Hammer«, stellte er vor.

»Im Zuge Ihrer Ermittlungen sind Sie auf meine sechs Schützlinge aus dem ehemaligen Kinderheim Rotherburg gestoßen. Und nun hoffen Sie, ich könnte Licht in die Sache bringen«, stellte David König sachlich fest. Dieser Mann wollte augenscheinlich nicht um den heißen Brei herumreden.

Noch während Nick nach einer versteckten Süffisanz respektive einem Hinterhalt suchte, antwortete Peter: »Ich für meinen Teil möchte die Gelegenheit auch nutzen, um mir einen Gürtel bei Ihnen zu bestellen. Schon lang will ich mir ein solches Prachtstück gönnen, habe aber nie die Zeit gefunden, herzukommen.« Peter sprach in einer leicht erhöhten Tonlage und modulierte die Sätze stärker, ohne dabei zu übertreiben.

David König zog die Augenbrauen hoch und nickte wissend. »Ich freue mich. Wollen wir uns setzen und die traurige Angelegenheit besprechen, danach beschäftigen wir uns mit Ihrem Gürtel. – Welche Farbe stellen Sie sich denn vor?«, fragte er Peter, während sie auf der Ledercouch Platz nahmen.

»Dunkelblau, mit schwarzer Schnalle.«

»Hervorragende Wahl! Erst unlängst habe ich einen solchen Gürtel gemacht, allerdings mit silberfarbener Schnalle. Der Kunde war begeistert«, bemerkte David König. Damit war das Thema für ihn vorerst erledigt. Wieder blickte er von einem zum anderen und leitete das Gespräch mit erlesener Höflichkeit ein: »Ich stehe für all Ihre Fragen sehr gerne zur Verfügung.«

»Herr König, wie wir in Erfahrung bringen konnten, entstand Ihre Vereinigung ›Sonne Seven‹ aus einer Gemeinschaft von ein paar Jugendlichen zu deren Zeit im Kinderheim Rotherburg.« Nick sprach ernst, mit einem Anflug von Feindseligkeit. Ihm entging David Königs Geste nicht, die er bereits bei Peters Gürtel-Verzückung ausgeführt hatte: Das Hochziehen der Augenbrauen. Es handelte sich um kein erstauntes, auffälliges Heben, vielmehr ein kurzes Zucken. Nick würde darauf achten.

»Ganz genau. Susanne Haurer, Eva Montan, Robert Haus, Lukas Krander, Kevin Lauensteiner und Liliana Lorenzi. Während ihrer Zeit im Kinderheim gab es noch weitere, die sich gegenseitig durch die Liebe zu Jesus und Gott unterstützten, aber diese sechs armen Seelen blieben übrig.«

»Wie lernten Sie sich kennen?«, fragte Nick weiter.

»Wir trafen durch Zufall aufeinander. Rasch ergab sich ein Gespräch auf religiöser Ebene. Ich selbst beschäftige mich seit meiner Kindheit mit Gott, der Bibel und zwangsläufig mit der Kirche. Ich gebe offen zu, dass mich einiges an der Kirche stört. Es müssen der Glaube und die gegenseitige Hilfe im Vordergrund stehen, nicht Macht, Politik und Gesetze.«

Arno richtete sich auf. »Aus diesem Grund haben Sie eine eigene Gruppe mit Ihren Ideologien gegründet und Menschen um sich geschart. Woran glauben Sie?«

An dieser Stelle brauchte David König einen Moment, bis er antwortete. Seine Miene blieb freundlich. »Ich glaube an Gott und seinen Sohn Jesus, ich glaube daran, dass Menschen sich in diesem Kontext gegenseitig helfen und Unterstützung angedeihen lassen, ich glaube an die Magie der Zahlen, ich glaube an Gerechtigkeit, Frieden und Vergeltung, ich glaube an die Bibel. Und …«, er hob weisend seinen Zeigefinger, »ich habe nicht Menschen um mich geschart! Sie kamen zu mir, zu uns, gepeinigte Seelen, die nach einem geistigen Heim und einem Halt suchten.«

»Wie erhält sich die ›Sonne Seven‹?«, fragte Nick dazwischen. Ein Aufzählungspunkt hatte ihn aufhorchen lassen. Er selbst wollte aus Mangel an Wissen nur im Notfall darauf eingehen, hoffte aber, dass Arno ihn ebenfalls registriert hatte und demgemäß reagieren würde.

»Sie meinen, ob ich den Mitgliedern Geld abnehme, um mir ein schönes Leben zu ermöglichen?« Er lehnte sich zurück und verschränkte seine Arme hinter dem Kopf. »Wir sind ein eingetragener Verein, verfügen über klare Statuten und haben Buchführungspflicht. Aber soweit sind Sie sicherlich bereits vorgedrungen. Somit erübrigt sich Ihre Frage.«

In Königs Stimme schwang nichts als Höflichkeit, so sehr Nick sich auch bemühte, Überheblichkeit oder Sarkasmus herauszuhören. Auch wenn er sich dagegen sträubte, er fand diesen Mann immer liebenswürdiger. Nichtsdestoweniger durfte er sein ruppiges Verhalten nicht ändern. »Die sechs von Ihnen aufgezählten Damen und Herren berichteten uns einhellig von ihrer schweren Zeit im Kinderheim. Sicherlich gab es mit Ihnen ausführliche Gespräche …« Nick setzte seinem Satz, wie er es gern tat, keinen Punkt.

»Sie erwarten nicht ernsthaft von mir, etwaige intern ausgesprochene Erlebnisse vor Ihnen auszubreiten? Es obliegt nicht mir, darüber zu berichten … sofern ich etwas wüsste.« Wieder erlesene Höflichkeit. Kurz schien er zu überlegen, bevor er weitersprach. »Ich möchte Ihnen unter dem Gesichtspunkt der Verschwiegenheit hinaus nur so viel sagen: Diese Menschen haben in jungen Jahren die Hölle auf Erden durchgemacht.«

»Erzählen Sie!« Nicks Worte sausten wie ein Peitschenschlag durch die Luft.

»Sie würden auch nicht wollen, dass ich Geheimnisse Ihrer Jugend preisgebe. Ebenso betone ich hier nochmals: Sofern ich welche wüsste.«

Droht er mir?, noch bevor er antworten konnte, sprang Arno ein: »Sie sagten, Sie glauben an die Magie der Zahlen.« Arno hatte Königs Aussage ebenfalls registriert und reagierte darauf. Hoffentlich verfolgte er das richtige Ziel.

David König nickte. »In der Tat. Sehen Sie, mein Buch ist die Bibel. Sie ist gespickt von Zahlen, die Sinn, Wert und eine geistige Bedeutung bergen. Vielleicht versteckt sich genau hinter diesen Zahlen die eigentliche Aussage. – Ich gehe nicht davon aus, dass Sie die Bibel kennen.« Er hob die Hand, um zu erklären, was er mit seiner Schlussaussage meinte. »Natürlich absolvieren wir ›Religion‹ in der Schule, haben Geschichten aus dem Alten und Neuen Testament im Kopf, das bedeutet aber noch lange nicht, die Bibel zu kennen.«

Arnos Lippen erzitterten. »›Hier ist die Weisheit! Wer Verstand hat, berechne die Zahl des Tieres, denn es ist eines Menschen Zahl; und seine Zahl ist sechshundertsechsundsechzig.‹«

Königs Augenbrauen zuckten nach oben. »Offenbarung 13, 18. Das Mal des Antichristen: sechshundertsechsundsechzig.«

»Es war aber um die sechste Stunde; und es kam eine Finsternis über das ganze Land«, legte Arno nach.

König antwortete prompt. »Lukas 23, 44.«

Scheinbar nachdenklich fuhr sich Arno über sein Kinn. »Die Zahl sechs als Symbol des Bösen. Wir haben sechs Opfer …« Es schien, als wäre Arno der Gedanke eben erst gekommen.

»Der Herr schenkt uns besondere Erkenntnisse in seltsamen Momenten«, entgegnete David König. Er wirkte wie der Prediger, der er zweifelsfrei war.

»Die ›Sonne Seven‹ baut auf sechs Personen auf«, fuhr Nick dazwischen. Am liebsten hätte er Arno für seine geschickte Überleitung umarmt.

David Königs Kopf ruckte hoch. »›Sonne Seven‹ … seven, sieben!«

Für einen Augenblick glaubte Nick, David König um Contenance ringen zu sehen. Der Eindruck war bereits in der nächsten Sekunde verschwunden. »Wer ist die siebente Person?«, fragte er.

Jetzt sah er es, deutlich. David König rang um Fassung. Nichtsdestotrotz antwortete er fest und klar: »Vergessen Sie nicht den symbolischen Wert. Die Zahl sieben steht für Gottes Vollkommenheit. Sie steckt in seinem Wollen, seinen Handlungen und in seinen Taten.«

»Und Gott hatte am siebenten Tag sein Werk vollendet, das er gemacht hatte. Und er ruhte am siebenten Tag«, warf Arno ein und sah ihn dabei verständnisvoll an.

David König lächelte ihm zu. »Sie bringen es auf den Punkt, Herr Hammer. Ich bin erstaunt, in den Reihen der Polizei einen Menschen zu finden, der die Bibel kennt.«

»Auch meine Passion seit Kindesbeinen.«

»Nun gut«, Nick schlug sich demonstrativ auf seine Schenkel und stand auf. Peter und Arno folgten seinem Beispiel.

Auch David König erhob sich. »Herr Westernschmidt …«

»Jetzt ist mein Gürtel an der Reihe«, frohlockte Peter.

21

Kaum hatten die drei den LD-Store verlassen, als Nick sein Handy zückte und Samanthas Kurzwahlnummer drückte. »Hast du es geschafft? Sind sie da?«

Er lauschte und antwortete: »Setz die Sechs in den Besprechungsraum. Und gleich danach will ich die Witwe des Anwalts befragen. Lass keine Ausreden gelten. Zur Not schick ihr einen Wagen zum Abholen.« Er beendete das Gespräch. »Peter, Arno ... mein Kompliment.« Er hob seine Daumen und deutete in Richtung LD-Store.

»Du hast eine Spur«, erwiderte Peter, Nicks Kompliment ignorierend. Seine Stimme klang wieder normal männlich und das überzeichnete Gehabe war verschwunden. »Ich kenne Nick. Jetzt passen Intuition und Logik zusammen. Wie man sieht, geschieht es mitunter blitzartig.«, erklärte er Arno, als wäre Nick nicht anwesend.

»Erstens: David König ist ein charismatischer Narzisst, der geborene Führer. Zweitens: Verein hin, Verein her, er lebt bestens von seinen Schäfchen. Drittens: Es muss eine andere Verbindung zwischen ihm und den sechs Heiminsassen geben. Die Geschichte vom zufälligen Aufeinandertreffen kauf ich ihm nicht ab. Viertens: Sexueller Missbrauch steht für mich außer Frage. Fünftens: Es gibt dieses siebente Element. Und dabei handelt es sich keineswegs um Gott. Wir müssen die Person finden. Sechstens: Ich bin mir nicht sicher, ob wir überprüft wurden.« Nick sprach schnell und monoton.

»Moment!« Peter hob die Hand. Mittlerweile waren sie bei Nicks Wagen angelangt und stiegen ein. »Die Punkte eins bis vier unterschreibe ich, aber was meinst du mit fünftens?«

»König ist ein Bibelfreak der schlimmen Sorte und zudem Numerologe. Ich kenne solche Typen«, entgegnete Arno.

»Der schlimmen Sorte? Was meinst du damit? Und dass er auf Zahlen steht, ist mir schon klar, aber was hilft uns das beim Weiterkommen?«, fragte Peter.

Arno, der wieder vorne saß, drehte sich zu ihm um. »Er ist von der schlimmen Sorte, weil er ein Verfechter des gerechten Gottes ist, genaugenommen des rächenden, davon bin ich überzeugt. ›Leben für Leben, Auge für Auge, Zahn für Zahn, Hand für Hand, Fuß für Fuß, Brandmal für Brandmal, Wunde für Wunde, Strieme für Strieme.‹«, zitierte er.

Nick startete den Wagen und fuhr los. »Sein Zahlentick sagt uns, dass er seine Gruppe niemals ›Sonne Seven‹ nennen würde, wenn es nicht tatsächlich eine siebente Person geben würde. Auf die böse Sechs hätte er sich nie eingelassen.«

»Und wenn er selbst die siebente Person ist?«, überlegte Peter.

»Nein, ganz sicher nicht. Das hätte er uns gesagt. Ich vermute eher, er sieht sich in diesem Konstrukt als die Sonne.«

Im Bundeskriminalamt bedeutete Nick Peter und Arno, sie sollten sich zu der Sechsergruppe im Besprechungsraum gesellen und eine ungezwungene Plauderei in Gang setzen. Er selbst ging zu Samantha. »Kommt die Witwe?«

»Sie schien nicht einmal überrascht. Dafür zeigt sich das Sextett ungehalten, wenn man eine solch stoische Entrüstung überhaupt als ungehalten bezeichnen kann«, informierte sie ihn.

»Ich habe Arno und Peter zu ihnen geschickt, zum Auflockern. In zehn Minuten stoße ich dazu.«

Samantha grinste. »Und du fährst dann hinein wie ein Orkan.«

»Das habe ich vor, ja. – Sam,«, automatisch senkte Nick seine Stimme, »ich habe einen Verdacht. Zumindest glaube ich, den Grund für die Folterungen gefunden zu haben. Setz dich, ich erzähl dir alles.« Während Nick berichtete, sah er immer wieder auf seine Uhr. Die zehn Minuten waren genau der richtige Zeitrahmen, um ein Gespräch beginnen zu können, in das er hineinplatzen würde. Diese Personen stellten eine verschwiegene Einheit dar, ihrer gemeinsamen Jugend wegen und weil sie einer Sekte angehörten. Er hatte nur eine einzige, geringe Chance. Er musste sie überrumpeln. Sie durften nicht darauf vorbereitet sein, was auf sie zukam. Ein nahezu unmögliches Unterfangen, wie er sehr wohl wusste.

Nachdem er geendet hatte, brauchte Samantha einen Moment lang, bis sie antwortete. »Und du glaubst wirklich, dass diese Menschen, die vermutlich so viel Schreckliches erlebt haben …?«

»Es ist nur eine Frage der Zeit, bis ich die restlichen Puzzleteile zusammengetragen habe und die Beweise dafür finde, was damals geschehen ist. Der Rest stellt im Augenblick eine reine Vermutung dar.«

»Selbst die Prostituierte würde damit auf erschreckende Weise Sinn ergeben, damals wie heute«, sinnierte Samantha. »Aber … glaubst du es wirklich?«

»Ich weiß es nicht. Mein Gefühl tendiert in diese Richtung, die Logik hält sich zurück und wartet mit einem ellenlangen Fragenkatalog auf.« Er erhob sich. »Behalte es für dich, Darling.«

»Of course.«

Er spürte ihren Blick im Rücken. Mit festen Schritten ging er auf den Besprechungsraum zu. Kurz verharrte er vor der Tür und legte seine Hand auf die Klinke. Schließlich drückte er sie energisch herunter und betrat das Zimmer. Die sechs Ehemaligen saßen, immer abwechselnd eine Frau und ein Mann, mit geraden Rücken und freundlichen Mienen da. Sie hatten sich so platziert, dass kein Sessel zwischen ihnen frei geblieben war und sie alle zur Tür sehen konnten. *Es fehlt nur, dass sie sich an den Händen halten und zu beten beginnen!*

»Doktor Nick Stein, der Ermittlungsleiter. Manche von Ihnen kennen ihn ja bereits.« Peter stand auf und rückte Nick einen Stuhl zurecht. Er wirkte ehrerbietig.

Peter ist perfekt! Noch keinen Tag habe ich es bereut, ihn damals zu mir geholt zu haben, dachte Nick, schüttelte jedem die Hand, registrierte die Namen und nahm auf dem dargebotenen Sessel Platz.

Peter sprach weiter: »Leider gab es teilweise Probleme wegen dieses Termins.«

»Zum Glück konnte ein Kollege meine geplante Fuhre übernehmen. Gern sieht das mein Chef aber nicht.«, bemerkte Robert Haus, der Lkw-Fahrer.

»Und ich musste extra einen Termin absagen, Herr Stein.«

Weder die Meldung von Robert Haus, dem Lkw-Fahrer, noch die von Liliana Lorenzi klangen angriffslustig. Sie zeigten keine Aggression oder Wut, brachten vielmehr nur ihre Situation dar.

»Dafür möchte ich mich entschuldigen. Wir werden selbstverständlich entsprechende Schriftstücke zur möglichen Vorlage für Ihre Arbeitgeber vorbereiten«, entgegnete Nick. Es folgte eine Pause. Er richtete sich auf. »Die Qualen, die Ihnen in Rotherburg widerfuhren, sind nicht wiedergutzumachen. Kein Mensch, der nicht Ähnliches erlebt hat, kann nachvollziehen, was sie durchmachen mussten. Auch der Hass auf die Menschen, die Ihnen das angetan haben, muss enorm sein.« Wieder pausierte er, dabei achtete er genau auf die Gesichter. *Fragen sie sich, wer von ihnen zu viel gesagt hat?* Die Mienen blieben jedoch freundlich-starr und unergründlich. Er fand keinen Anflug von gegenseitigem Misstrauen. »Dennoch,« er schlug mit der flachen Hand auf den Tisch, »es sind sechs Morde geschehen und Sie schweigen!« Abermals Pause. »Ich will ... auf der Stelle ... von Ihnen erfahren, was damals genau geschehen ist.« Er ließ sich zurück in den Sessel fallen, verschränkte demonstrativ die Arme und bemühte sich um einen erbosten Ausdruck.

Die Astrologin beugte sich vor. »Herr Stein, wir hatten ein langes Gespräch und ich verstehe Ihre berufsmäßigen wie inneren Beweggründe wohl besser als jeder andere in diesem Raum. Lassen Sie mich Ihnen sagen: Wir tragen keinen Hass in uns. Gott beschützt uns. Gott bringt Gerechtigkeit und Gott zeigt uns den Weg.«

Lukas Krander beugte sich ebenfalls vor. »Gestatten Sie uns, die Dinge auf unsere Art zu verarbeiten.«

Nick beobachtete genau. Die beiden Personen, die ihn bereits kannten, waren offenbar automatisch zu den Sprechern erkoren worden. Sie griffen auf die gemeinsame Basis zurück. Obwohl Lukas Krander die Aufmerksamkeit auf sich gelenkt hatte, war Nick der schnelle Seitenblick nicht entgangen, den Liliana Lorenzi der Krankenschwester, Eva Montan, zugeworfen hatte. »Ich gestatte nicht. So leid es mir tut, auf Ihre persönlichen Beweggründe kann ich keine Rücksicht nehmen.« Während Nick den ersten Satz hart und laut geradewegs donnerte, modulierte er den zweiten sanft.

»Ich wurde … wurde … mit Gonorrhoe angesteckt.« Eva Montan sprach zögerlich. Ihre ohnehin sanfte Stimme schien zu zerbrechen. »Ich war keine zwölf Jahre alt.«

»Wir sehen uns außer Stande, Ihnen Details über unser Leben und Leiden im Kinderheim Rotherburg zu nennen.« Lukas Krander schüttelte, seine Worte unterstützend, den Kopf.

Betont schwerfällig, augenscheinlich kapitulierend, schob Nick seinen Sessel zurück und stand auf. »Danke für Ihr Erscheinen. Wir werden uns gegebenenfalls bei Ihnen melden. Sollte es notwendig sein, werden Ihnen Einladungen zugestellt.«

Auch die anderen erhoben sich. Nick fing fragende Blicke von Peter und Arno auf. Mit einer knappen Geste bedeutete er seinen Kollegen, dass alles in Ordnung war. Der Reihe nach verabschiedeten sich die sechs ehemaligen Heiminsassen. Zuletzt ergriff er Eva Montans Hand. »Es tut mir sehr leid«, flüsterte er ihr zu.

»Gott wacht über mich, Herr Doktor Stein. Was geschah, ist sein Werk.« Sie blinzelte eine Träne weg. »Es ist ohnehin vorbei«, antwortete sie leise und verließ hinter den anderen den Raum.

Als die Schritte im Gang verhallt waren, schloss Peter die Tür. »Was hat sie dir zugeflüstert? Wessen Werk und was ist vorbei?«

»Sie sagte: ›Gott wacht über mich. Was geschah, ist sein Werk.‹ Und dann: ›Es ist ohnehin vorbei.‹«, wiederholte Nick den Wortlaut der Krankenschwester.

»Es ist Gottes Werk, dass Kinder sexuell missbraucht werden? So ein Schwachsinn!« Peter schnaubte.

»Ich glaube nicht, dass sie die Vergangenheit meinte, ich denke, sie sprach vom Mord –«

»Am Antichristen«, unterbrach Arno ihn.

Die Männer blickten sich an. Nick sah förmlich die Knoten in Peters und Arnos Hals, ein dritter schnürte ihm die Kehle zu und dieser war eben explosionsartig gewachsen.

22

»Vielen Dank, dass Sie sich die Zeit nehmen, mit mir zu sprechen.« Nick nahm vis-à-vis der alten Dame Platz. Er grollte ihr nicht. Hätte sie bei seinem Besuch gesprochen, wäre er zwar schneller vorangekommen, doch er wusste, sie hatte nicht aus Bösartigkeit oder hinterhältigen Gedanken geschwiegen, sondern weil sie eine Gefangene ihrer Lebens, der Gepflogenheiten ihrer Zeit war.

Maria Meiers Miene blieb starr. Sie antwortete elegant und unterließ es, ihre Zwangsvorführung zu beklagen: »Ich stehe Ihnen selbstverständlich zur Verfügung und danke Ihnen für den Wagen.«

»Frau Meier, als ich Sie besuchte, riefen Sie mir abschließend einen bedeutungsvollen Satz zu.« Er sah sie eindringlich an. »Wie bedeutsam Ihre Information tatsächlich war, habe ich nicht sofort begriffen. Ich möchte Ihnen dafür danken.«

Noch immer zeigte Maria Meier keine Regung. »Es freut mich, Ihnen weitergeholfen zu haben.«

Auf diese Weise würde er nicht weiterkommen. Es reichte gerade für die Einleitung. Und die harte Tour erzeugte bei ihr nur eine noch stärkere Mauer, dessen war er sicher. »Ich verstehe, wie schwer es Ihnen gefallen sein muss, mir dies zu sagen.«

Leicht zuckten ihre Mundwinkel. »Jeder Mensch trägt Dinge in sich, die im Grunde besser unter Verschluss bleiben sollten.«

»Manchmal ist es allerdings notwendig und unerlässlich, Vergrabenes hochzuholen. – Ich möchte Ihnen eine Frage stellen.«

Sie schenkte ihm einen eigentümlichen Blick, den er nicht klar zu deuten wusste. *Ist es Verbundenheit?* Eine verdrehte Form von Dank dafür, dass er den Schein wahrte und so tat, als könnte sie entscheiden, zu antworten oder nicht.

»Selbstverständlich, stellen Sie Ihre Frage, Herr Doktor Stein.«

»Wer wollte die Scheidung?«

Die Antwort kam prompt. »Mein Mann.«

Er senkte den Kopf. Der gordische Knoten war gelöst. Er musste nur die richtigen Worte finden. »Im Leben jedes Menschen gibt es

Punkte, die man lieber bedeckt halten möchte. Ich kann Ihren Wunsch verstehen, eine nach außen hin heile Welt zu präsentieren. Ihr Mann hat die Vereinbarung jedoch gebrochen, indem er sich scheiden ließ. Frau Meier, der Zeitpunkt zu sprechen ist gekommen.« Demonstrativ schob er einen geschlossenen Aktenordner, auf dem ein Schreibblock und ein Kugelschreiber lagen, zur Seite. »Ich verspreche Ihnen, Ihre Aufrichtigkeit nicht an die Öffentlichkeit zu bringen.«

Ihre Schultern sanken ein Stück nach vorn. Kurz schien sie zu hadern, dann begann sie zu sprechen: »Sie müssen mir glauben, Herr Doktor Stein, ich bin kein schlechter Mensch. Niemals war es mein Bestreben, ein Verbrechen zu decken. Es lastet auf meiner Seele.«

»Dessen bin ich mir bewusst.« Sie brauchte noch einen Schubs. »Ich habe ein klares Bild davon, was damals geschehen ist. Mir geht es zum jetzigen Zeitpunkt allein darum, bestätigt zu bekommen, dass mein Verdacht den Tatsachen entspricht. Erst dann kann ich mich daran machen, Beweise zu finden, sowohl für das damalige Verbrechen als auch für das aktuelle.«

»Was geschieht mit dem Namen?«

Er wusste sofort, was sie damit meinte. »Der Name Ihres Mannes ist bereits in den Medien. Er wird auch in Verbindung mit dem Kinderheim Rotherburg genannt werden. Ihr Name bleibt völlig unbelastet und rein. Sie haben mein Wort.«

Tief atmete sie durch. »Ich werde Ihr Bild bestätigen, sofern es den Tatsachen entspricht.«

Sie wollte nicht von sich aus erzählen, aber sie würde antworten. Das war alles, was er wollte: eine Bestätigung, ein schlichtes Ja. »Gemeinsam mit Lydia Brettenauer von der Stadtverwaltung führte Ihr Mann geeignete Jugendliche dem Kinderheim Rotherburg zu. Mit geeignet meine ich optisch anziehende Kinder.«

»Das stimmt.«

»Im Kinderheim Rotherburg standen Maria Gutensteiner als Erzieherin, Heinrich Schmidt, Erzieher bei den Jungen, und der Hauswart Hans Schiffler bereit, um die Mädchen und Buben entsprechend vorzubereiten und den Kunden zuzuführen.«

»Ja.«

»Ich habe mich lange gefragt, wie die Prostituierte in mein Bild passt. Sie fungierte als Lehrerin«, sprach er in neutralem Ton weiter.

»Sie haben wohl recht.«

Einen Moment lang meinte er, nicht mehr atmen zu können. Innerhalb weniger Minuten bewahrheiteten sich all seine Vermutungen. Eine furchtbare Annahme zu verfolgen, war eine Sache, diese These bekräftigt zu bekommen, eine ganz andere. Während seine logische Seite einen geistigen Haken unter seine Spekulationen setzte und den Erfolg bejubelte, wallte seine Gefühlswelt hoch und tiefes Mitleid krampfte seine Eingeweide zusammen. *Was müssen diese Kinder miterlebt haben!* Kaum eine Stunde zuvor hatten sie vor ihm gesessen, sechs Menschen, die Unvorstellbares durchgemacht hatten und eine nicht nachvollziehbare Erinnerung in sich trugen. *Und nicht nur diese sechs! Der Selbstmörder, die Frau in Amerika, die beiden damals verstorbenen Jugendlichen und der Heilmasseur – sind sie alle Opfer gewesen?* Er unterdrückte das schmerzende Mitleid. »Darf ich Sie fragen, wie Sie dahintergekommen sind?«

Maria Meier sah ihn offen an. Ihre Augen glänzten. Als sie antwortete, klang ihre Stimme erstickt. »Mein Mann hatte Affären. Ich vermutete ein Verhältnis mit dieser Person von der Stadtverwaltung und wollte Gewissheit. Was ich herausfand, neben seinen ekelhaften Liebschaften, waren die schrecklichen Geschäfte, in die er verwickelt war.«

»Fanden Sie Beweise?«

»Ich belauschte Telefonate, fand handschriftliche Aufzeichnungen … und als ich ihn zur Rede stellte, gab er freimütig alles zu.« Eine Träne löste sich aus ihrem Augenwinkel und lief über ihre Wange. »Wie Sie es eingangs formulierten, trafen wir eine Vereinbarung. Ich schwieg, führte mein Leben weiter, behielt die Sicherheit und wahrte die Fassade, bis er sein Versprechen brach –«

»Und sich scheiden ließ«, vollendete Nick ihren Satz.

Mit einer energischen Geste wischte sie die Träne weg und straffte ihre niedergesunkenen Schultern. »Ich habe meine Würde behalten.«

Hauptsache du hast deine Würde behalten, alte Schnalle, vielleicht hättest du damals den Kindern helfen können und damit jetzt ein Drama verhindert, durchfuhr es ihn. Gern hätte er ihr seine Gedanken an den Kopf geworfen. Stattdessen setzte er ein künstliches Lächeln auf. »Ich danke Ihnen für Ihre Aufrichtigkeit. Der Wagen wird Sie nach Hause bringen.« Er informierte Samantha, überließ Maria Meier seiner Assistentin und ging in sein Büro.

Als er endlich allein war, ließ er sich in seinen Stuhl fallen und verbarg sein Gesicht in den Händen. Er musste seine Mitarbeiter informieren, dass sich sein Verdacht bestätigt hatte. Aber erst einmal brauchte er Zeit, um seine Gefühle unter Kontrolle zu bringen, um nachzudenken und seine nächsten Schritte abzuwägen.

Die nötige Ruhe war ihm allerdings nicht vergönnt. Samantha riss die Tür auf und stürmte in sein Zimmer. »Ich hab sie!«

Noch in seinen Gedanken verfangen, hob er irritiert den Kopf. »Wen?«

»Franziska Küner! Sie ist –« Samantha brach ihren Satz ab, als sie seinen Gesichtsausdruck sah. »Oh my god! Was ist denn bloß los mit dir?«

»Hol die anderen. Es ist wahr, sie hat mir gerade alles bestätigt.«

23

Hätte Nick nicht gewusst, was sich hinter den Wänden dieser großen, alten Villa verbarg, wäre er nie auf den Gedanken gekommen, dass es sich um eine private Einrichtung zur Betreuung psychisch kranker Menschen handeln könnte. Nicht einmal der Zaun präsentierte sich auffällig, sondern bestand aus einem schmiedeeisernen Gittergeflecht, das von hohen Stehern getragen wurde, die jeweils in einer Spitze mündeten. Dem genauen Betrachter würden vielleicht die vielen Kameras auffallen, die man jedoch auch mit einem ängstlichen Besitzer statt mit einer Privatklinik in Verbindung bringen konnte.

Nick betätigte die Glocke und wartete. Kurz darauf wurde die Haustür geöffnet und ein Mann in weißer Kleidung erschien. Gemächlich schritt er über den Kiesweg, bis er auf der anderen Seite des Tors breitbeinig in Position ging. »Ja, bitte?«

»Doktor Nick Stein, ich habe einen Termin.«

»Zeigen Sie mir bitte Ihren Ausweis.«

Er reichte dem Mann seine Erkennungsmarke durch das Gitter und harrte schweigend aus, bis der Wächter das Tor entriegelte und ihn einließ. »Bitte, folgen Sie mir.« Er gab ihm seine Marke zurück und marschierte in Richtung des Gebäudes los.

Nick folgte ihm und betrat hinter dem Mann das Gebäude, der die Tür von Innen mit mehreren Sicherheitsschlössern verriegelte. Rechts neben dem Eingang befand sich ein Raum mit verglaster, schiebbarer Front, ähnlich einem Portierbereich. Der Mann langte durch die Öffnung. Nick konnte nicht sehen, was er tat, wurde jedoch aufgeklärt: »Ich habe Frau Doktor Richter verständigt. Sie kommt gleich.«

Nick bedankte sich. Während er wartete, nahm er seine Umgebung auf, die nicht viel hergab. Weiße Wände, hellgrauer Fliesenboden, weiße Türen zur Linken und zur Rechten, am Ende des Eingangsbereichs ein Lift, Kameras, zwei Fenster, außen mit Gittern versehen.

In diesem Moment öffnete sich die Aufzugstür und eine kleine, rundliche Frau im weißen Mantel erschien. Sie machte ein freundliches Gesicht und ging mit federnden Schritten auf Nick zu. Ihre rosafarbenen Crocs knirschten bei jedem Schritt. Schon aus der Entfernung streckte sie ihre Hand zum Gruß aus. »Eveline Richter. Sie sind Herr Doktor Stein.«

Nicks erste Empfindung war: Das ist eine lustige Person. Ihre hellbraunen Augen – eine seltene Kolorierung der Iris, beinahe honigfarben – stachen hervor, die ausgeprägten Lachfalten zogen sich bis zum Haaransatz und ihre Mundwinkel zeigten auch ohne Lächeln nach oben. Auf ihrer Stirn zeigte sich nicht einmal die Andeutung einer Zornesfalte. »Ich bin gekommen, um mit Franziska Küner zu sprechen.«

Doktor Richter nickte. »Ich habe die Freigabe erhalten. – Lassen Sie uns zuvor darüber sprechen.« Kurz presste sie ihre Lippen aufeinander. »Ich muss Ihnen noch einige Anweisungen geben und Ihnen ein wenig über Franziska erzählen, damit Sie vorbereitet sind.« Sie zeigte auf eine der weißen Türen und setzte sich in Bewegung. Sie zog einen Schlüsselbund hervor und sperrte die Tür auf.

Der Raum kontrastierte zum nüchternen Eingangsbereich. Gelb gestrichene Wände, einige Bilder mit Sonnenblumen, ein kleiner Tisch mit sechs Sesseln in hellem Holz, eine beigefarbene Sitzgruppe, davor ein Glastischchen mit Zeitschriften darauf. In einem Eck stand eine Glasvitrine mit Schalen und Gläsern darin, im anderen ein Fernseher. Zarte Vorhänge, ebenfalls in warmem Gelb, rahmten das Fenster ein. Der Raum erweckte mehr den Eindruck eines Wartezimmers einer privaten Zahnarztpraxis als eines Besprechungsraums, der er zweifelsfrei war. Hier wie dort legte man Wert auf eine angenehme Atmosphäre, die es den Menschen leichter machen sollte, das Unausweichliche zu ertragen.

»Ich bin neugierig. Darf ich Sie fragen, welche Art Doktor Sie sind?« Sie sprach ohne sichtliche Scham, frei heraus, während sie auf der Couch Platz nahmen.

»Selbstverständlich. Ich bin Rechtspsychologe.«

»Sehr gut, dann werden Sie verstehen.« Sie strahlte und erzählte im Plauderton: »Das ist der Raum für die Gespräche mit den Angehörigen. Oft ist die Situation für Verwandte schon schwer genug. Die freundliche Umgebung hilft, ihnen ein besseren Gefühl zu geben und, Sie werden lachen, offener zu erzählen.«

»Ich lache keineswegs. Als ich hereinkam, fiel mir sofort der Vergleich mit einer Zahnarztpraxis ein, einer privaten.« Es war unkompliziert, mit ihr zu plaudern.

»Sie haben auch Ihre Tricks?«

Er hob die Hände und zog seine Schultern in einer »Mein Name ist Hase, ich weiß von nichts«-Geste zurück. »Ich verfüge über die eine oder andere Technik.«

»Das kann ich mir gut vorstellen.« Sie schmunzelte. »Aber zum Thema: Franziska Küner.« Sie faltete die Hände in ihrem Schoß und seufzte. »Franziska ist seit vielen Jahren in unserer Betreuungseinrichtung. Seit ich mich ihrer annehme, das ist mittlerweile seit knapp drei Jahren, habe ich es nicht geschafft, in irgendeiner Weise zu ihr vorzudringen. Ich meine damit, auch nur eine Gefühlsregung außer Angst zu entdecken, geschweige denn einen klaren Satz aus ihr herauszubekommen.«

»Versteht sie Sie?«, erkundigte er sich.

»Ich habe den Eindruck, sie versteht mich, zumindest teilweise. Jedoch hat sie einen Sicherheitswall um sich errichtet, den niemand niederzureißen vermag. Vielleicht ist es für ihre Seele auch besser so, wer weiß, was hervorträte – entschuldigen Sie, das war jetzt eine rein persönliche Aussage.«

Sicherheitswall, Mauer! Er hatte für die sechs ehemaligen Heiminsassen in seinen Gedanken dieselbe Metapher verwendet. Und die Quintessenz deren Aussagen war sehr wohl bis zu ihm vorgedrungen, sie deckte sich mit der Ansicht der Ärztin: Oft war es besser, Dinge im Verborgenen zu belassen. »Erhält sie Medikamente?«

»Ja, natürlich. Aber weder die Medis noch die Dosierung erklären ihr Verhalten. Wir haben sie nicht ruhiggestellt, wenn Sie wissen, was ich meine.«

Er nickte. »Glauben Sie, sie wird mit mir sprechen?«

Die Frau lachte trocken auf. »Sie spricht ja nicht einmal mit mir. – Es sollte nicht hochnäsig klingen«, setzte sie nach.

»Können Sie mir etwas sagen, das mir helfen könnte?«, fragte er.

»Leider nein, das Gegenteil ist der Fall. Sie reagiert äußerst negativ auf Männer, ich meine, speziell auf Männer. Sprechen Sie leise und machen Sie keine abrupten Handbewegungen. Sie ist sehr ängstlich. Es ist das Einzige, das ich Ihnen raten kann.«

»Speziell negativ auf Männer?«, hakte er nach.

»Bei Frauen zieht sie sich geistig in ihr Schneckenhaus zurück, bei Männern ebenfalls, mit dem Unterschied, dass sie zusätzlich einen körperlichen Rückzug vollzieht. Ich kann es Ihnen nicht besser erklären. Sie rollt sich zusammen, schlingt die Arme um sich, als wollte sie ihren Körper schützen.«

Einen Augenblick lang schwieg er. Die Pause diente ihm dazu, ein neues Thema anzuschneiden. »Ich möchte Sie etwas Organisatorisches fragen. Ihre Betreuungseinrichtung ist privat und sicherlich nicht billig. Wer bezahlt den Aufenthalt von Frau Küner?«

»Ich weiß nicht, ob ich Ihnen diese Auskunft ohne weiteres geben darf«, entgegnete sie. Es lag kein Misstrauen in ihrer Formulierung, sie hatte nur ihre Bedenken geäußert.

Er antwortete im selben Ton. »Ich kann die Antwort problemlos über offizielle Wege ausheben lassen. Es bringt einen geringen Aufwand mit sich, aber es kostet mitunter wertvolle Zeit.« Er sah förmlich, wie ihr Gehirn zu rattern begann.

»Sie haben zweifelsfrei recht«, sagte sie schließlich. »Franziskas Aufenthalt wird von einem Verein bezahlt. Er heißt ...« Sie ballte die Hand zur Faust und schlug sich damit sanft auf die Stirn.

Er half ihr beim Überlegen. »›Sonne Seven‹?«

Ihre Hand öffnete sich. »Ja! Genau. Der Verein ›Sonne Seven‹.« Entschuldigend zuckte sie mit den Schultern. »Als zuständige Betreuerin weiß ich natürlich grundlegend über alle Belange Bescheid. Als Ärztin ist es für mich allerdings weniger wichtig, wer bezahlt, sondern wie ich ihr helfen kann. – Soll ich sie jetzt holen lassen?«

»Ja, bitte. Werden Sie im Raum bleiben?«

»Das muss ich. Es tut mir leid, doch die Vorschriften sind streng. Keiner unserer Schützlinge darf mit einer fremden Person allein gelassen werden, ohne den behandelnden Arzt geht gar nichts. Aber ich verspreche Ihnen, ich halte mich im Hintergrund und greife nur im Notfall ein.« Eveline Richter erhob sich und schob den Vorhang im Eck etwas zur Seite. Ein Telefonapparat kam zum Vorschein. Sie wählte eine Nummer und gab leise entsprechende Anweisungen.

Er konnte die Regel nachvollziehen. Eine abweichende Vorgehensweise hätte ihn erstaunt. »Wo soll ich Franziska Küner befragen? Hier auf der Couch?«, fragte er.

»Ja, bleiben Sie einfach sitzen. Franziska wird sich meinen Platz nehmen. Der Tisch bietet eine Pufferzone. Die braucht sie.«

Es dauerte noch einige Minuten, bis die Tür sich endlich öffnete. Eine Frau in weißer Anstaltskleidung trat ein, Franziska Küner folgte. Automatisch hielt er den Atem an. Noch nie hatte er eine dermaßen schöne Frau gesehen. Seine Luisa war ein spezieller Typ, anziehend und hübsch, die Russin, Elena, ein klassisch heißer Feger, überhaupt hatten attraktive Frauen ihn durch die Jahre begleitet, doch diese Gestalt war kaum mit Worten zu beschreiben. Elfenhaft und engelsgleich, fiel ihm ein, aber das traf es bei Weitem noch nicht. Er musterte ihr Gesicht. Trotz des Alters war es glatt, zeigte keine einzige Falte. Die Erkenntnis traf ihn wie ein Blitz: Das jugendliche Aussehen musste daher rühren, dass diese Frau ohne jegliche Mimik durchs Leben ging. Sie sprach nicht, verzog niemals den Mund, hob keine Augenbraue. Es glich einer Maske, die über das eigentliche Antlitz gezogen worden war: unecht, leblos. Er musste sich bemühen, sein unvermutet aufkeimendes Mitleid zu ersticken und sich auf seine Rolle zu konzentrieren. Vielleicht schaffte er das Unglaubliche und brachte sie zum Sprechen. Seine Chancen schätzte er auf eins zu einer Million.

Franziska Küner schritt mit steifen Beinen auf die Couch zu und setzte sich. Wie die Ärztin es vorausgesagt hatte, wählte sie deren Platz. Sie hielt den Blick gesenkt und verschränkte ihre Arme fest vor der Brust.

Er rührte sich nicht und gab ihr Zeit. Schließlich begann er leise zu sprechen: »Meine Name ist Nick Stein. Ich bin von der Polizei. Meine Aufgabe ist es, zwei schreckliche Verbrechen aufzuklären. Eines liegt weit zurück, das andere geschah kürzlich. Ich hoffe, Sie können mir helfen.«

Franziska Küner zog die Arme fester um ihren Körper.

Er redete weiter. »Ich werde einige Worte sagen, die wahrscheinlich eine schlimme Erinnerung in Ihnen hervorrufen.«

Kurz blickte sie hoch, senkte jedoch sofort wieder ihre Lider.

»Sie waren im Kinderheim Rotherburg.« Er sah geradezu, wie sich ihre Muskeln anspannten. Sie blieb starr, doch alles in ihr schien sich zu verkrampfen. Als einzige Regung verlor sie sämtliche Gesichtsfarbe, im wahrsten Sinne des Wortes wurde sie kreidebleich.

Er warf einen schnellen Seitenblick zu Eveline Richter und schüttelte verhalten den Kopf. Dafür erhielt er ein Lächeln.

Die Ärztin erhob sich und ging zu Franziska Küner. Sie berührte die verkrampfte Frau sanft an der Schulter und sagte leise: »Komm mit mir.«

Franziska Küner stand auf, ohne dabei ihre Körperhaltung zu verändern, und bewegte sich wie eine Puppe neben Eveline Richter aus dem Raum.

Nick blieb allein zurück. Er hatte es nicht geschafft. Mit einer aufbrausenden, wilden Person wäre er zurechtgekommen, doch diese schweigsame, unsagbare Qual vor sich zu sehen, war für ihn wie tausend Messerstiche in seine Eingeweide. Es gab einen Punkt, an dem die Menschlichkeit über der Gerechtigkeit stand. *Wozu sollte ich Franziska Küner weitere Schmerzen zufügen? Sie hat genug gelitten. Weiß ich nicht ohnehin bereits alles?*

Während seiner Fahrt zurück zum Bundeskriminalamt ordnete Nick seine Gedanken. Gänzlich schaffte er es nicht, Franziska Küner und sein Mitleid von sich zu schieben. Die Aussage Eva Montans, der Krankenschwester, kam ihm in den Sinn: »Es ist ohnehin vorbei.« Mochten sie und die anderen fünf Ehemaligen einen Weg gefunden haben, in einer Gemeinschaft, war sie auch noch so fragwürdig, mit ihrer Vergangenheit fertig zu werden, Franziska Küners Dasein hatte sie zerstört. Diese wunderschöne Frau schien nur mehr aus einer Hülle zu bestehen, die nichts in sich barg als Angstgefühle. Jedes seiner Worte, jede seiner zaghaften Bewegungen hatten dazu geführt, diese tiefsitzende Angst mehr und mehr hervorzuholen. Keine Sekunde haderte er damit, das Gespräch abgebrochen zu haben.

Er warf einen Blick auf die Uhr. Als nächstes kam das Gespräch mit dem Heilmasseur an die Reihe. Weder die Sechs noch Franziska Küner wollten oder konnten wirklich offen sprechen. Die Bestätigung der Anwaltswitwe war nicht mehr, als das Bezeugen seiner eigenen Überlegungen. Handfeste Beweise und Zeugen fehlten ihm. Er hoffte inständig, der Heilmasseur würde ihm weiterhelfen.

Nick stellte den Range Rover auf seinem Parkplatz ab und begab sich direkt zu Samantha.

»Er wartet schon. Willst du einen Kaffee?«, begrüßte sie ihn.

»Ausnahmsweise nein.« Er wollte keine Unterbrechung des Gesprächs herbeiführen. »Ich gehe gleich zu ihm.« Er ließ ihre Bürotür offen stehen und ging zum Besprechungsraum.

»Hast du Perlenvorhänge zu Hause?«, rief sie ihm nach.

Langsam, jedoch darauf bedacht, Geräusche zu erzeugen, öffnete er die Tür des Besprechungsraums. Anton Wesener hob sofort den Kopf. Vor ihm stand eine dampfende Teetasse. Samantha hatte endlich einen Abnehmer für ihr heiß geliebtes Gesöff gefunden.

»Vielen Dank, Herr Wesener, dass Sie sich nochmals Zeit für mich nehmen«, startete er das Gespräch und nahm Platz.

»Kein Problem. Ich bin flexibel.«

Bereits im Auto hatte Nick beschlossen, bei dem Mann nicht um den heißen Brei herumzureden. Anton Wesener war gemäß seinen eigenen Angaben ein Einzelkämpfer und stand nicht in Verbindung zur »Sonne Seven«. Er unterlag keiner Gruppendynamik, die ihm etwaige Aussagen verwehrte. »Ich weiß, was damals im Kinderheim geschehen ist. Sie sind der Einzige, der mir weiterhelfen kann.«

Anton Wesener blies die Backen auf, dabei nickte er. Träge ließ er die Luft durch seine Lippen entweichen. »Es war nur eine Frage der Zeit.«

»Warum haben Sie es mir nicht erzählt?«

»Darüber spricht man nicht so einfach.« Wieder blies er die Backen auf. »Ich hab ein schlechtes Gewissen, glauben Sie mir, aber wenn Sie durch diese Hölle gegangen wären, würden Sie sich auch wünschen, die ganze Scheiße zu vergessen, und wollten darüber nicht wie über den letzten Urlaub plaudern. Ich bin seit meinem fünfundzwanzigsten Lebensjahr in Behandlung deswegen, wahrscheinlich hätte ich mich sonst längst umgebracht. Zwar habe ich meinen Weg gefunden, aber verschwinden, verschwinden wird es nie.«

»Ich verstehe Sie und sähe ich eine andere Möglichkeit, glauben Sie mir, ich würde sie ergreifen.«

»Die halten dicht, was?«

»Sie meinen …?«

»Liliana, Lukas und die anderen, ganz genau, die meine ich. – Wie haben Sie es erfahren?«

»Das darf ich Ihnen leider nicht sagen.«

Der Heilmasseur kratzte sich am Nasenrücken. Er faltete seine Hände und legte sie in dieser Art auf dem Tisch ab. Es dauerte eine Minute, bis er antwortete. »Wissen Sie was, ich werde Ihnen helfen.« Es folgte eine weitere Pause. »Die Details kennt bis heute nur meine Therapeutin.«

»Danke.« Nick meinte es aufrichtig. Er wählte seine erste Frage mit Bedacht. *Nicht sofort ans Eingemachte gehen, aber direkt und unverblümt nachhaken.* »Sie wurden im Kinderheim sexuell missbraucht?«

»So ist es.«

Kurz wartete er, ob noch etwas folgte. Schließlich stellte er seine zweite Frage, trotz der Informationen, die er von der Witwe erhalten hatte. »Fanden die Übergriffe durch das Personal statt?«

»Nein.«

Wieder harrte Nick aus, bis der Heilmasseur endlich zu sprechen begann. »Unsere *lieben* Betreuer agierten als Aufpasser und Zuführer, diese *verdammten Schweine.* Sie waren unsere Puffmütter, wenn man es so nennen will.«

»Es handelte sich um eine organisierte Angelegenheit«, warf Nick ein. Gewollt verzichtete er an dieser Stelle auf eindeutige Bezeichnungen.

»Ja. Das Kinderheim Rotherburg war nichts weiter als ein Gott verfluchtes Bordell. Über den Ablauf und woher unsere Kunden kamen, kann ich Ihnen nichts sagen, aber ich schwöre, die verdienten allesamt gutes Geld damit, dass wir … ich …« Er stieß einen verzweifelten Laut aus. »Ich hatte drei Stammkunden, müssen Sie sich vorstellen, und zwischendurch Einzelerlebnisse mit Fremden. – Dabei war ich ein Kind … in Wahrheit eine kleine, männliche Nutte!« All sein Hass und Schmerz lagen in diesem Satz. Doch jetzt, wo er den Anfang gefunden hatte, sprudelte es aus ihm heraus. »Alle drei sind mittlerweile verstorben. Sie können sich nicht vorstellen, was da ablief. Der eine war harmlos, er wollte nichts anderes, als meinen … Penis streicheln und ihn ablecken. Ihn hatte ich – so unvorstellbar es mir heute erscheint – richtig gern. Er schenkte mir Schokolade, drückte mich zum Abschied, nicht auf sexuelle Art, sondern liebevoll, wie ein stolzer Vater seinen Sohn umarmt. Wenn ich weinte, wischte er meine Tränen weg. Wie krank ist das? Ich war in ihn verliebt! In einen Typen, der mich sexuell missbrauchte, der den Schwanz eines Kindes lutschen wollte.«

»Haben Sie darüber mit Ihrer Therapeutin gesprochen? Ich meine, über diese Gefühle«, fragte Nick. Es galt nicht der Ermittlung. Der Knoten in seinem Hals war schier riesig. Sein Herz krampfte sich zusammen.

»Oh ja, natürlich. Sie hat es mir versucht zu erklären, mir lang und breit erörtert, warum ich Liebe für den Typen empfand und dass es eine normale Reaktion auf meine Situation war. Wissen Sie was? Bis heute versteh ich es nicht und könnte mir dafür eine reinhauen.««

»Die anderen beiden Männer?«

Der Heilmasseur stieß einen verkrampft lachenden Ton aus. »Die waren von einem anderen Kaliber. Sie waren nicht an meinem Penis interessiert. Vielmehr daran, ihren geblasen zu bekommen. Und sie fanden größten Spaß daran, mich auf den Knien zu sehen, in der Hundestellung, und meinen … meinen –«

Nick hob beschwichtigend die Hände. »Ich weiß, was Sie meinen.«

»Wenn sie zu heftig an die Sache herangingen, bekam ich danach eine Heilsalbe und durfte einige Tage pausieren. An diesen Tagen fühlte ich mich wie im Paradies.« Er beugte sich vor. »Ich wusste genau, wie ich diese Typen dazu brachte, mich so zu nehmen, dass sie mich verletzten. Der kurze Schmerz war zu ertragen, die Zeit danach herrlich. – Wie ich Ihnen schon gesagt habe: Ich war eine richtige kleine Nutte.« Unvermutet sackte er in sich zusammen, seine Schultern fielen nach vorn und sein Kinn rutsche in Richtung seines Halses. Von einer Sekunde auf die andere schien er um Jahre gealtert zu sein.

Nick erkannte die Anzeichen. Er musste den Mann von sich und seinem persönlichen Schicksal ablenken. »Den anderen erging es wie Ihnen?«

Anton Weseners Kopf ruckte hoch. »Den Sechs, die Sie kennen, dem Hermann, der sich umgebracht hat, der Rosi, sie ist die in Amerika, dem Kevin und der Veronika, sie starben noch zur Kinderheimzeit, und der Franzi, die hat es am schlimmsten getroffen. Manchmal – das heißt, eher selten – wurden auch andere herangezogen, aber wir waren die Elite, die Auserwählten.« Er schnaubte.

»Wer ist Franzi?« Eine Erinnerung blitzte in Nicks Gehirn auf.

»Franziska … Küner. Der Hausmeister war verrückt nach ihr. Damit er seinen Mund hielt und mithalf, durfte er sie benutzen. Und wie ich mich erinnern kann, hat er keine Gelegenheit ausgelassen.«

Franzi? Franzi! Der Hausmeister, Hans Schiffler – natürlich! Die Komplexität und Fülle an Informationen hatte Nick nicht unmittelbar schalten lassen. Sein Gehirn brauchte einige Sekunden, bis es die Verbindung knüpfte. Der Name war während des Interviews mit Elena, der Russin, gefallen. *Wie hat sie es formuliert?* »Ich musste mir einfache, veraltete Kleidung anziehen und vor ihm posieren. In solchen Situationen nannte er mich Franzi.« Er sah Elena noch vor sich, wie sie ihre Abscheu gezeigt hatte. Das Bild verschwamm und vor seinem inneren Auge erschien Franziska Küner, voller Angst und auf entrückte Weise wunderschön, ein Häufchen Elend.

»Ich habe sie besucht«, berichtete Nick automatisch. Deutlich spürte er wieder die Traurigkeit, die er während des Gesprächs mit dieser armen Frau empfunden hatte. Er durfte sich vor diesem Mann nichts anmerken lassen, jedoch wäre er kein fühlendes Wesen, wenn ihm das alles nicht nahegehen würde, näher, als er es sich wünschte.

»Wie geht es ihr?«, fragte Anton Wesener.

Nick schüttelte bloß den Kopf. Eine Geste, die gemeinsam mit seiner Miene mehr besagte, als die berühmten tausend Worte.

»Wenigstens hat sie ihren Bruder. Auch wenn ich persönlich nichts mit ihm zu tun haben will, für sie ist er da. Das ehrt ihn.«

»Franziska Küner hat einen Bruder?« Nick horchte auf. In den Unterlagen stand kein Bruder vermerkt.

»Halbbruder, genau genommen.« Anton Wesener blickte ihn fragend an.

»Von wem sprechen Sie?« Nick spürte die Spannung in sich aufsteigen und hörte seine Alarmglocken, sie schrillten lauter und lauter.

»Nun, von David König.« Verständnislosigkeit schwang in Anton Weseners Stimme. »Wussten Sie es nicht?«

Er ist ihr Bruder!, schrie es in Nick auf. Wie ein Orkan fuhr die Erkenntnis durch seinen Körper, schüttelte alles durcheinander, riss an seinen Nerven. Franziska Küners Unterlagen enthielten keinen Hinweis. In der Geburtsurkunde stand kein Vater vermerkt, auch waren keine offiziellen Zahlungen an die Mutter gegangen. »Nein, ich wusste es nicht«, entgegnete er schließlich tonlos.

»Davids Vater hatte eine Affäre mit Franzis Mutter, die schwanger wurde. Der Vater starb früh an Krebs. Auf dem Sterbebett gestand er dem Sohn seinen Seitensprung, worauf der junge Mann auf die Suche nach seiner Schwester, also Halbschwester ging und sie im Kinderheim Rotherburg fand«, erklärte ihm Anton Wesener. »So ist er doch erst mit uns allen in Kontakt gekommen und die Sache nahm ihren Lauf!«

Abrupt sprang Nick auf. »Herr Wesener, ich weiß nicht, wie ich Ihnen für Ihre Offenheit danken kann. Ihre Informationen zeigen alles in einem neuen Licht.«

Der Heilmasseur hatte offenbar nicht mit einem dermaßen schnellen Ende gerechnet. Er zeigte sich sichtlich erstaunt. »Nichts zu danken, Herr Stein. Und, auch wenn es eigenartig klingt, ich fühle mich erleichtert.«

»Sie haben mir das letzte Puzzleteil übergeben.« *Wenn auch spät!* Nick sprach seinen Gedanken nicht aus. Voller Ungeduld brachte er den Mann zum Lift. Kaum hatte sich die metallene Falttür geschlossen, stürmte er los in Samanthas Büro. Ihre Tür stand noch immer offen. »Wo sind Peter und Arno?«, blaffte er.

»Sie sind zu David König ins Geschäft gefahren, um Peters Gürtel abzuholen. Dabei wollen Sie ihm noch ein wenig auf den Zahn fühlen.« Sie runzelte die Stirn. »Was ist los?«

»Hol sie zurück, schnell.« Er drehte sich abrupt wieder um und eilte aus dem Zimmer. An der Schwelle blieb er kurz stehen. »Ich hab die Lösung, Sam!«

24

Peter und Arno fanden einen Parkplatz unweit des LD-Stores.

»Freust du dich schon auf dein neues Schmuckstück?« Arnos freundlicher Sarkasmus störte Peter nicht.

»Ehrlich? Nein, nicht so richtig.«

»Du warst doch so begeistert«, wunderte sich Arno.

»In meinem Bekanntenkreis sind handgemachte Lederwaren von David König begehrt. Wie sich Frauen an Louis Vuitton-Taschen erfreuen, steht bei uns jeder auf Gürtel, Geldtaschen, Armbändchen und Schlüsselanhänger aus dem LD-Store. Es wäre eine glatte Lüge, wenn ich behaupten würde, dass mir die Arbeiten nicht gefallen, aber dieser David König ist mehr oder weniger ein Verdächtiger. Privat bin ich vollends entzückt, als Polizist ist er für mich eine zweifelhafte Figur.«

»Ich verstehe.«

»Noch vor Kurzem hätte ich mich ehrlich gefreut. Jetzt habe ich den Gürtel nur mehr anfertigen lassen, um näher an ihn heranzukommen, eine Verbindung aufzubauen. Da vergeht einem schlicht die Lust darauf.«

»Du vertraust Nicks Intuitionen«, stellte Arno fest.

»Ohne Einschränkung, voll und ganz. Du hast ihn erst im Zuge dieses Falls kennengelernt. Wenn man länger für ihn arbeitet, kommt man dahinter, wie exakt seine Konstrukte den Tatsachen entsprechen.«

»Mich musst du nicht überzeugen. Vom ersten Tag an glaube ich ihm jedes Wort. Noch nie habe ich einen Ermittler kennengelernt, der den Spagat zwischen Logik und Gespür dermaßen beherrscht, wie Nick. Dabei habe ich nicht das Gefühl, dass wir bloße Statisten und Handlanger sind.«

»Das sind wir auch nicht. Unabhängig von der Arbeitsleistung braucht er unsere Eindrücke. Jedes Wort ist für ihn wichtig. Er baut alles in sein Gesamtbild ein.« Peter schmunzelte. »Wir sind handverlesen, mein Lieber.«

»Nun, vielleicht können wir unserem Sektenführer Schrägstrich Lederdesigner etwas entlocken und unserem Chef liefern.« Arno rieb sich die Hände.

»Good luck, würde Samantha sagen«, bemerkte Peter.

»Eine toughe Lady. Und mir scheint, eine von Nicks Vertrauenspersonen, auch wenn sie oft ruppig miteinander umgehen.«

»Genau genommen ist sie seine einzige Vertraute«, entgegnete Peter ohne Gram. »Als Nick mich aufnahm, hatte er eine Freundin. Sie passte hervorragend zu ihm und ich glaube, auch sie war viel mehr als nur seine Geliebte. Eigentlich dachte ich, er würde sie heiraten. Aber dann war es plötzlich vorbei.«

»Weißt du, warum?«

Peter zuckte mit seinen Schultern. »Ich kann es dir nicht genau sagen. Nick ist ein Schwerenöter, vielleicht hatte er Angst, sein altes Leben endgültig aufgeben zu müssen – wollen wir?« Er deutete auf die Tür des LD-Stores, vor der sie bereits standen.

»Auf geht's!« Schwungvoll öffnete Arno die Tür und trat ein. Peter folgte ihm.

David König stand hinter dem Verkaufspult und telefonierte. Er hob den Kopf, dann den Arm und bat damit um einen Augenblick Geduld. Als er das Gespräch beendet hatte, umrundete er das Pult und begrüßte Arno und Peter jeweils mit einem herzhaften Händeschütteln. »Sind Sie schon gespannt, Herr Westernschmidt?«, fragte er.

Peter ließ seine Finger elegant durch die Luft fliegen. »Oh ja! Ich bin Ihnen sehr dankbar, dass es so schnell ging.«

»In diesem speziellen Fall …« David König vollendete seinen Satz nicht. Es trat nicht klar hervor, ob er auf Peters Beruf oder Homosexualität anspielte. Wollte er Peters vermeintliche Ungeduld befriedigen, sein neues Objekt stolz herzeigen zu können, oder steckte die dezente Form eines Bestechungsversuchs dahinter? Vermutlich eine Kombination aus beidem; sich mit einem Polizisten gut zu stellen, konnte schließlich nie schaden.

Peter lächelte verhalten und wiederholte: »Ich danke Ihnen so sehr.«

»Ich möchte Sie nicht länger auf die Folter spannen. Kommen Sie, Herr Westernschmidt, der Gürtel liegt auf dem Arbeitstisch.«

Gemeinsam gingen sie in den hinteren Bereich des Geschäfts. Dort stand ein erlesen wirkendes Holzkästchen, in dessen Deckel die Initialen LD eingebrannt waren. Behutsam öffnete David König den Kasten. Auf weichem Füllmaterial lag eingerollt Peters Prachtstück .

»Wow!« Peter griff nach dem Gürtel, hob ihn vorsichtig heraus und betrachtete seine neue Errungenschaft. »Er ist wunderbar!« Die Begeisterung musste er nun doch nicht spielen.

David König strahlte. »Die Färbung ist mir perfekt gelungen. Ich bin selbst begeistert. Und die Wahl der schwarzen Schnalle zeugt von Ihrem hervorragenden Geschmack.«

»Darf ich?« Arno nahm den Gürtel und strich über das Leder. »Ein sehr schöner Gürtel, wirklich.« Er zeigte auf das eingestanzte LD-Logo. »Und dies ist der feine Unterschied?«

David König lächelte wissend. »Natürlich ist es notwendig, meine handgemachten Waren entsprechend zu kennzeichnen. Aber glauben Sie mir, es steckt viel mehr in diesem Gürtel als Sie meinen. Darf ich Ihnen die wahren feinen Unterschiede zeigen?«

»Ja, sehr gern. Ich bin gespannt.«

David König nahm Arno den Gürtel aus der Hand und breitete ihn auf dem Arbeitstisch aus. »Es beginnt bei der Wahl des richtigen Leders. Ich verwende nur absolut hochwertige Häute.« Sanft strich er über den Gürtel. »Ich färbe selbst. Um dieses Blau zu erzeugen, bedarf es mehrerer Durchgänge und Lederbearbeitungsschritte. Die Farben sind einzigartig.« Er hob das Ende des Gürtels an und drehte es hin und her. »Selbstverständlich nähe ich alles mit der Hand. Und hier …«, sein Zeigefinger zog die Naht nach. »stoppe ich nicht, sondern nähe den Halbkreis – mein persönliches Erkennungszeichen – in einem durch. Sehen Sie sich die exakte Stichführung an!«

Vorerst war es nur eine leise Ahnung, die in Peter hochstieg. Er nahm seinen Gürtel wieder an sich, wendete ihn, fuhr wie zuvor David König über die exakten Nähte, den benannten Halbkreis entlang. Er nutzte seine vermeintliche Faszination um Zeit zu gewinnen, nachzudenken. Zwar verfügte er über kein fotografisches

Gedächtnis, doch hatte er die Vergleichsobjekte nicht nur in natura an den Kreuzen gesehen, sondern vor allem auf unzähligen Fotos aus allen Perspektiven. Nun rief er sich die Details der Bilder ins Gedächtnis: Großaufnahmen, Gesamtabbildungen, die Nähte, deren Verlauf, die Verschlussform. Ein eiskalter Schauer rann über seinen Rücken, zog sich über seine Arme und Beine und einen Augenblick lang meinte er, platzen zu müssen. Eine seltsame Starre überfiel ihn und nur mit einem enormen Aufwand an Selbstbeherrschung schaffte er es, den Gürtel weiter zu befühlen. Er ermahnte sich, ruhig weiterzuatmen. David König durfte ihm nichts anmerken.

Langsam rollte er den Gürtel in seinen Händen zusammen und legte ihn zurück in das Kästchen. »Ich danke Ihnen vielmals, Herr König. Nun bin ich an der Reihe.« Er wandte sich in Richtung des Verkaufspults und zog seine Geldbörse hervor. Inständig hoffte er, dass seine Stimmlage ihn nicht verraten hatte.

»Darf ich Ihnen noch einen Kaffee oder vielleicht ein Bier anbieten?«, fragte David König in jovialem Ton.

Mit einer schnellen Geste stoppte Peter Arno, der ohne Zweifel zustimmen wollte und antwortete hastig: »Es tut mir sehr leid, ich muss …«

David Königs Augenbrauen wanderten nach oben, er wirkte nachdenklich. Auch Arno musterte seinen Kollegen mit fragendem Blick.

Peter musste eine geeignete Antwort finden, rasch. Er wünschte sich, Nick an seiner Seite zu haben.

Arno half ihm aus der Verlegenheit. »Mein Dienst ist zu Ende. Gegen ein Bier hätte ich nichts einzuwenden. Peter, wenn du willst, nimm den Wagen, ich fahre mit einem Taxi nach Hause«, schlug er vor.

Der Hüne konnte Peters Entdeckung zwar zweifellos nicht folgen, aber er hatte sofort bemerkt, dass etwas geschehen war und entsprechend reagiert.

Peter warf Arno einen dankbaren Blick zu. Zur Erklärung führte er aus: »Ich treffe mich mit jemanden und möchte mich davor noch umziehen.« Mit einem starren Lächeln zeigte er an sich hinab. »Zu diesem Outfit passt der dunkelblaue Gürtel nicht. Ich würde allerdings vorher sterben, als heute ohne mein neues Prachtstück auszugehen.« Inständig hoffte er, die richtigen Worte gewählt zu haben. Er vermochte nicht, David Königs Miene zu deuten.

»Dann hole ich zwei Bier für uns.« Zweimal klopfte David König Arno anerkennend auf den Oberarm.

»Ich muss noch bezahlen«, erinnerte ihn Peter und hob seine Geldbörse.

Nun kam Peters Oberarm an die Reihe. »Betrachten Sie den Gürtel als ein Geschenk von mir.«

»Das kann ich nicht annehmen!« Peter riss in theatralischer Weise die Arme hoch.

»Sie können.« David König nickte entschieden und streckte seine Hand aus. »Auf Wiedersehen, Herr Westernschmidt.«

Peter schüttelte David Königs Hand und verließ eilig den LD-Store. Trotz des mulmigen Gefühls, das ihn beschlich, sprintete er los. Er konnte sich des Eindrucks nicht erwehren: David König hatte ihn plötzlich loswerden wollen.

Noch auf dem Weg zum Auto zückte er sein Handy. »Nick!«, rief er aufgeregt, als der Sonderermittler am anderen Ende das Gespräch annahm.

25

Sie saß an ihrem Schreibtisch, ein leeres Blatt Papier lag vor ihr. Zaghaft hob sie die Hand und begann zu schreiben: »Lieber Herr Doktor Stein!« Sie setzte den Kugelschreiber ab und drehte den Kopf zur Seite. »Ich weiß nicht, wie ich beginnen soll.«

»Es war deine Idee, unsere Beweggründe offen darzulegen.«

»Die Gerechtigkeit hat gesiegt, doch dürfen wir nicht außer Acht lassen, dass ihre Formen mannigfaltige Seiten bergen. Ich will nicht gehen, ohne die Seelen der Beteiligten beruhigt zu wissen. Wir haben es verdient, verstanden zu werden. Und er hat es verdient, die Wahrheit zu erfahren.«

»Er kennt sie doch längst«, bemerkte eine dritte Stimme.

»Es geht nicht nur um Wahrheit und Wissen, es geht auch um Gewissheit ...«

»Und darum, die Gerechtigkeit gänzlich auszuschöpfen«, vollendete die sanfte Männerstimme den Satz.

»Habt ihr die Liste fertiggestellt?«, fragte die Frau mit dem Stift in der Hand, ohne aufzublicken.

»Ja. Sie ist vollständig«, sagte eine weitere Frauenstimme.

»Du musst jetzt schreiben«, forderte der Mann die Sitzende auf. Er legte seine Hand auf ihre Schulter und strich vorsichtig darüber.

Sie lächelte ihn an und beugte sich wieder über das Blatt Papier. Mit schwungvollen Bewegungen schrieb sie den ersten Satz. Sie verharrte kurz, abermals bewegte sich der Kugelschreiber über das Papier. Sie schrieb immer schneller. Nachdem sie den Anfang gefunden hatte, schienen die Worte automatisch zu fließen. Schließlich legte sie den Stift zur Seite und ließ sich in den Sessel zurückfallen. »Ich bin fertig. Wollt ihr lesen, was ich geschrieben habe?«

»Nein, wir vertrauen dir, du wirst die richtigen Worte für uns gefunden haben.«

Sie erhob sich. »Er wird alles verstehen und dass ist mein Ziel.«

»Seid ihr soweit?«, fragte der Mann.

Als Antwort erhielt er einhelliges Nicken.

Sie verließen den großen Raum, gingen durch das schlauchartige Zimmer in den hinteren Bereich und öffneten eine Tür. Noch immer schweigend traten sie hinaus und wandten sich in Richtung der Treppe. Nacheinander stiegen sie hinab. Das Licht flammte auf. Im Gänsemarsch marschierten sie den Gang entlang, ohne Hast, bogen nach links ab. Den dicken Rohren an der Decke, dem alten Fahrrad und den aufeinandergestapelten Stühlen, die in einer Nische gelagert waren, schenkten sie keine Beachtung. Sie passierten einen gewölbeartigen Raum, an einer Wand lehnten mehrere großformatige Bilderrahmen.

Schließlich hielt die Schreiberin an. Sie holte einen Schlüssel aus ihrer Hosentasche und schloss die schwere Tür auf. Gestank schlug ihnen entgegen. Schmutzige Decken lagen auf dem Boden verstreut, ebenso einige vertrocknete Brotstücke und drei leere Plastikflaschen, zwei Kübel standen in einer Ecke. An der hinteren Wand waren nebeneinander fünf Ringe in die Wand geschlagen, daran hingen Handschellen.

Nachdem sie den Raum betreten hatten, zogen sie die Tür hinter sich zu, versperrten sie jedoch nicht von Innen.

Sie bildeten einen Kreis und griffen nach den Händen ihrer Nachbarn. Eine Weile lang verharrten sie in dieser Position, dann lösten sie sich voneinander.

»Ich möchte beginnen«, sagte ein Mann.

»Und ich mache den Abschluss.« Die Frauenstimme klang entschieden.

Es folgte ein scherendes Geräusch und darauf ein metallisches Klicken.

26

»Und Arno ist bei ihm geblieben?«, herrschte Nick Peter an. Der rüde Tonfall war nicht persönlich gemeint.

»Ja! Und – verdammt noch einmal – ich hatte kein gutes Gefühl dabei«, entgegnete Peter und fuhr sich mit einer fahrigen Bewegung über das Gesicht.

»Sam! Versuch nochmals, Arno zu erreichen.«

Sie nickte und zog ihr Handy hervor, drückte in der Anrufliste auf den obersten Listeneintrag. Sie wartete und schüttelte schließlich den Kopf.

Zu Dritt standen sie an der Längsseite des großen Besprechungstischs. Auf der Tischplatte lagen unzählige Fotos verstreut. Sie alle zeigten Aufnahmen der ledernen Fesseln, die an den Kreuzen festgemacht gewesen waren, aus verschiedenen Perspektiven, Übersichtsbilder und Großaufnahmen.

»Ich kann noch immer nicht verstehen, warum er die besondere Nahttechnik seiner Lederwaren auch hier angewendet hat. Er ist doch ein intelligenter Mann, hat offenbar alles über viele Jahre hinweg geplant. Das hier ...«, Peter tippte auf ein Foto, »ist doch wie ein Fingerabdruck!«

»Aus zwei Gründen: Erstens fühlen sich Menschen wie David König unantastbar, er meint, nicht gefasst werden zu können, sieht sich über den Dingen stehend, beinahe selbst als Gott. Und zweitens erwischte ihn seine Eitelkeit. Selbst wenn es für uns unlogisch klingt, es läge unter seiner Würde, ein Werk zu schaffen, das seiner nicht angemessen wäre.« Nick hob abwehrend die Hände und bat damit um Schweigen. Er dachte laut: »Er kann nicht gefasst werden ... steht über den Dingen ... ein intelligenter – ich korrigiere: hochintelligenter – Mann ... hat alles geplant ... kann nicht gefasst werden ... nicht gefasst werden ...« Unvermittelt ließ er seine Arme sinken. Seine plötzliche Anspannung war offenkundig. »Verdammt!« Noch war seine Stimme leise, mit jedem folgenden Wort wurde sie immer lauter: »Sam, auf der Stelle eine Einheit zum LD-Store! Sie sollen David König festnehmen und schauen, wo Arno steckt. Zur Sicherheit lass auch einen Krankenwagen kommen. Peter, wir fahren mit meinem Auto hin. Schnell!«

»Was ist los?« Samanthas Stimme überschlug sich.

»Er hat alles geplant – alles! Bis jetzt. Und genau deswegen weiß er, dass er nicht gefasst werden kann.«

Schon von Weitem sahen sie die Blaulichter. Ein Polizist hielt Nick an der Kreuzung vor dem LD-Store auf. »Entschuldigen Sie, ich muss Sie umleiten. Bitte fahren Sie –«

Nick unterbrach den Mann. »Stein, Sonderermittlung.« Er reichte dem Polizisten seine Marke.

Der Uniformierte trat zur Seite und streckte seine Hand geradeaus. »Fahren Sie ...«

Den Rest hörte Nick nicht mehr, weil er bereits losfuhr. In zweiter Spur stellte er sein Auto so ab, dass er die Einsatzfahrzeuge nicht behinderte, sprang aus dem Wagen und eilte auf den Eingang des LD-Stores zu. Peter folgte ihm.

Obwohl mehrere Beamte auf der Straße und vor dem Geschäft standen, hielt sie niemand auf. Erst als die beiden den LD-Store betraten, kam ein Polizist auf sie zu.

Bevor der Mann zu sprechen ansetzte, wies Nick sich aus. »Nick Stein.« Er hob seine Marke. »Wer ist der Einsatzleiter?«

»Ralf Benzer«, entgegnete der Beamte und wandte sich im selben Moment suchend um. Als er den Mann gefunden hatte, winkte er.

Ein bulliger Typ von etwa fünfzig Jahren löste sich aus einer kleinen Gruppe und kam auf sie zu. »Ja?«, bellte er sichtlich genervt.

Nick streckte ihm die Hand entgegen. »Nick Stein, mein Kollege Peter Westernschmidt.«

»Entschuldigen Sie, ich habe Sie nicht erkannt, Herr Stein.« Sofort wirkte Ralf Benzer freundlicher.

»Haben Sie David König? Und konnten Sie meinen Mitarbeiter Arno Hammer finden?«, fragte Nick.

»Ihr Mitarbeiter liegt hinten in einer Kammer, mit eingeschlagenem Schädel, und –«

»Was?« Peters Gesicht zeigte blankes Entsetzen.

»Beruhigen Sie sich, Kleiner. Er hat bloß eine Beule, sonst ist er heil«, erwiderte der Einsatzleiter und wandte sich wieder an Nick. Peter schenkte er keine weitere Beachtung. »David König konnten wir nicht finden. Aber seine Kassa ist leer.«

Peter hatte von dem mulmigen Gefühl erzählt, das ihn beschlich, als er Arno bei David König gelassen hatte. Sein Empfinden funktionierte einwandfrei, er hatte sich nicht getäuscht und verdiente es, ordentlich behandelt zu werden. Ralf Benzer stand für seine herablassende Art keine freundliche Erwiderung zu. »Wo ist diese Kammer?«, fragte Nick kalt.

»Dort hinten.« Ralf Benzer zeigte geradeaus.

Nick und Peter ließen den Mann einfach stehen und durchquerten den Raum. Dahinter befand sich ein kleines Zimmer, das offenbar als Lagerraum diente.

Arno lag ausgestreckt auf dem Boden, zwei Rettungsleute knieten neben ihm.

Mit zwei weiten Schritten war Peter bei ihm. »Es tut mir so leid!«

Arno versuchte sich aufzurichten und stöhnte. Die Verletzung seitlich an seinem Schädel konnte man dank seiner kurz geschorenen Haare gut sehen. »Es ist alles in Ordnung, nur eine kleine Platzwunde. Ich habe bloß das Gefühl, mein Kopf zerspringt. Ich ...« Wieder stöhnte er auf. »Gibt mir bitte jemand etwas zum Unterlegen für meinen Kopf. Ich habe Infos und kann so nicht reden.«

Einer der Rettungsleute wollte aufbegehren, doch Peter stoppte ihn mit einem einzigen bedeutsamen Blick. Er kniete sich hinter Arno und bettete dessen Kopf auf seine Oberschenkel. »Ein Polster werden wir hier nicht finden. Geht es so?«

»Danke, ja.« Wieder folgte ein Jammerlaut.

»Erzähl!« Nick sprach sanft, jedoch mit Nachdruck.

Arno versuchte zu nicken, es blieb allerdings bei dem Vorhaben. »Ich habe natürlich gemerkt, dass Peter etwas entdeckt hatte und dachte, je schneller er wegkommt, desto besser.« Da der Versuch zu nicken misslungen war, verzichtete er jetzt auf jegliche Kopfbewegung und rollte bloß mit den Augen. »Mit viel habe ich gerechnet, jedoch nicht damit, dass mir König eins überzieht. Er handelte blitzschnell. Ich muss umgefallen sein wie ein Stück Holz. Danach hat er mich wohl hierher gezerrt, denn als ich aufgewacht bin, hab ich mich in diesem Raum wiedergefunden.« Kurz schloss er die Augen. Es fiel ihm sichtlich schwer, sich zu konzentrieren. »König war noch da. Er lehnte hier im Türrahmen und telefonierte. Ich habe mich weiter ohnmächtig gestellt, aber genau gehört, was er gesagt hat.«

»Und?« Obwohl Nick sich bemühte, konnte er die Ungeduld nicht unterdrücken.

»Er erteilte Anweisungen, das konnte ich an seiner Stimmlage erkennen. Er sagte: ›Macht euch bereit.‹ und ›Es ist vollbracht!‹ Der zweite Satz ist aus dem Johannesevangelium.« Noch einmal ließ Arno die Lider sinken. Er hob sie nicht wieder, redete aber weiter: »›Es ist vollbracht! Und er neigte das Haupt und übergab seinen Geist.‹«, rezitierte er.

»Jesus stirbt in diesem Moment am Kreuz«, sprach Nick tonlos. Selbst er kannte diese Bibelstelle. *Es ist ohnehin vorbei!*, zuletzt hatte er nach dem Besuch bei Franziska Küner an die Worte der Krankenschwester gedacht. Er war so sehr auf die Geschehnisse im Kinderheim Rotherburg und das Elend der Frau in der Einrichtung fixiert gewesen, dass er den Satz automatisch darauf bezogen hatte. *Warum ist mir die Mehrdeutigkeit der Formulierung nicht aufgefallen? Habe ich die Abhängigkeit der Beteiligten unterschätzt?*

»Peter!« Er deutete zur Tür.

Vorsichtig zog Peter sich zurück, die beiden Rettungsleute übernahmen, wobei einer der beiden seinen Daumen hochstreckte, eine beruhigende Geste, und sagte: »Gehen Sie. Wir kümmern uns um ihn. Machen Sie sich keine Sorgen.« Arno hielt die Augen weiterhin geschlossen, er schien weggesackt zu sein.

Leise verließen Nick und Peter die Kammer. Nick sprach verhalten, jedoch hastig: »Wir müssen sofort eine Großfahndung nach David König einleiten. Und auf der Stelle Einheiten zu allen sechs Ehemaligen; Arbeitsplatz, Wohnung, wir müssen sie finden. Ich hoffe, es ist noch nicht zu spät. Zur Sicherheit auch zu Franziska Küner und Anton Wesener.«

Peter stellte vorerst keine Fragen und zückte sein Handy.

Peter ließ Nick nicht aus den Augen. Er starrte seinen Chef an, der konzentriert die Stadtautobahn entlangfuhr. »Und warum fahren wir ausgerechnet zum Geschäft der Astrologin?«

»Ich musste mich für eine Stelle entscheiden«, entgegnete Nick. Er spürte die Anspannung mit jeder Faser seines Körpers. Der Spruch, gegen die Zeit zu arbeiten, kam seinem momentanen Gefühl sehr nahe.

»Instinkt?« Peter ließ nicht locker.

»Eine Kombination. Ich werde den Gedanken nicht mehr los, dass nicht nur wir ermittelt haben. Liliana Lorenzi hat es geschickt eingefädelt, mein astrologisches Profil zu erstellen. Sie benutzt ein anderes System als wir, aber nichtsdestoweniger eine Art von Personenanalyse. Sie ist eine Schlüsselfigur.«

»Zu einer Kombination gehören zwei Elemente«, bemerkte Peter.

»Als ich sie besuchte, fand ich ihren Hinweis auf den unbenutzten Keller des Rathauses nicht auffällig. Aus heutiger Sicht ist diese Information durchaus hinweisend.« Er seufzte. »Ich habe die Möglichkeit noch nicht zu Ende gedacht. Vorerst geht es auch nur darum, hoffentlich das Schlimmste verhindern zu können.«

»Wir sind noch nicht in Korneuburg. Nutz die Zeit und erzähl mir, was du denkst.«

Innerlich dankte er seinem Mitarbeiter für die Aufforderung. Es half ihm, seine Gedanken und Annahmen zu ordnen, indem er sie laut aussprach. Im Augenblick allerdings zeigten sich die neuen Erkenntnisse dermaßen mannigfaltig, dass ein Fokussieren schwer war, zumal die Rettungsaktion oberste Priorität hatte. Dennoch versuchte er es. »Die Opfer wurden zu unterschiedlichen Zeiten entführt. In die Badener Villa wurden sie allerdings gemeinsam gebracht, das wissen wir von Beni Blue.«

»Meinst du, sie waren zwischenzeitlich in dem Keller in Korneuburg untergebracht?«

»Liliana Lorenzi ist seit unzähligen Jahren im Rathaus eingemietet. Sie kennt sich dort aus.«

»Und jetzt kehren die Ehemaligen zum Anfang zurück? Aber was ist, wenn sie ins Kinderheim –«

Nick unterbrach ihn. »Das schließe ich aus. Das Kinderheim Rotherburg ist das Symbol ihrer Qual, ihrer Schwäche, die Rache hingegen ihre Stärke. Außerdem wird das Heim-Gebäude heute anderweitig genutzt.« Er reckte das Kinn vor. »Wir sind da.«

Auch am Korneuburger Hauptplatz empfing sie Blaulicht. Einige Schaulustige hatten sich versammelt, die von drei Beamten zurückgehalten wurden. Als sich Nick und Peter dem Geschäft näherten, kam ihnen bereits ein Mann entgegen. »Herr Doktor Stein?«

»Ja.« Nick ließ seine Marke im Sakko stecken.

Während sie gemeinsam das Lokal betraten, berichtete der Mann ohne extra aufgefordert zu werden: »Das Geschäft war nicht abgeschlossen. Es sind keine Personen anwesend. Wir sind gerade dabei, die Räumlichkeiten zu inspizieren.« Zielstrebig marschierte er in Richtung Schreibtisch. »Hier liegt ein Brief für Sie! Wir haben ihn nicht angefasst, da wir wussten, Sie würden jeden Moment hier sein.«

Nick umrundete den Schreibtisch und blickte auf den blassgelben Umschlag, auf dem mit sauberer Handschrift sein Name stand. »Haben Sie Handschuhe?«

»Selbstverständlich.« Der Mann hob die Hand und schnippte. Sofort kam ein Uniformierter. »Wir brauchen Handschuhe«, wies er den Beamten an.

»Durch diesen Gang gelangen Sie in den Keller des Rathauses. Durchsuchen Sie ihn als Erstes!« Nick zeigte auf besagten Durchgang.

Der Mann nickte. »Wir beginnen sofort.« Er wandte sich ab und rief mit einem neuerlichen Schnippen die verfügbaren Beamten zusammen.

Während Nick die Handschuhe entgegennahm und überzog, beobachtete er, wie die Polizisten der Reihe nach in dem Gang verschwanden. Voller Anspannung nahm er den Umschlag und drehte ihn. Bewusst verdrängte er jede aufkeimende Vermutung und ignorierte das krampfähnliche Gefühl in seiner Magengegend. Schließlich öffnete er den Umschlag, entnahm den Bogen Papier und entfaltete ihn.

Lieber Herr Doktor Stein!

Es ist schwer, einen Anfang zu finden, zumal das Ende naht. Als Sie mich besuchten und ich einen Blick auf Ihr Selbst werfen durfte, war mir bereits klar, es würde keine andere Form der Erlösung geben. Dies erhielt ich von oberster Stelle bestätigt.

Es liegt mir viel daran, dass Sie unsere Handlungsweise verstehen. Wir haben der Gerechtigkeit Genüge getan. Betrachten Sie uns als die ausführenden Organe eines höheren Willens. Ich werde keine Bibelstellen nutzen, um unsere Arbeit zu erklären, weil ich denke, es würde Sie verwirren. In Ihrem Fall möchte ich mit strukturierter Stimme sprechen, einer klaren Stimme, die Sie verstehen werden.

Ich weiß nicht, ob dieser Brief all Ihre offenen Fragen beantworten wird, aber lassen Sie mich Ihnen versichern, jedes Wort entspricht der Wahrheit. Folgen Sie Ihrem Gerechtigkeitsdrang! Ich bitte Sie inständig, die entsprechenden Schritte einzuleiten – aber dazu später.

Über die Vergangenheit möchte ich nicht mehr sprechen. Sie wissen längst, was damals geschehen ist, und über die Details lege ich den Mantel des Schweigens. Nur soviel dazu: Es gestaltete sich grauenhafter und erniedrigender, als Sie es sich vorstellen können.

Wir recherchierten lange Zeit, fanden die Zusammenhänge und suchten nach unseren Peinigern. Obwohl Sie die Struktur sicherlich erkannt haben, Herr Stein, möchte ich sie an dieser Stelle darlegen. Wer auf die grundsätzliche Idee kam, wissen wir nicht. Die Vermutung liegt nahe, dass der Anwalt Franz-Josef Meier und die Verwaltungsangestellte Lydia Brettenauer eine Affäre hatten und den Plan entwickelten. Sie sorgten dafür, dass die handverlesenen Kinder und Jugendlichen im Kinderheim Rotherburg landeten. Vor Ort standen drei Personen zur Verfügung: die beiden Erzieher Maria Gutensteiner und Heinrich Schmidt sowie der Hauswart Hans Schiffler. Um den Betroffenen die notwendigen Techniken beizubringen und diese nach Kundenwunsch laufend zu erweitern, wurde eine Prostituierte herangezogen, Anna Heimlich.

Sechs Personen, die eine Unmenschlichkeit begangen und sich daran bereichert haben, wurden bestraft. Die Gerechtigkeit hat gesiegt, wir können nun in Frieden gehen. Sehen Sie unsere Tat nicht als Verbrechen. Unser Leben und unser Können waren immer darauf ausgerichtet, Rache zu üben. Betrachten Sie unsere Berufe, folgen Sie den Spuren, beachten Sie die Details und Sie werden vieles wiederfinden. Wir sind stolz darauf, fair agiert zu haben, wobei ich eine gewisse Symbolhaftigkeit nicht abstreiten möchte. Warum, denken Sie, infizierten wir unsere Peiniger mit dieser tragischen Sexkrankheit? Wir haben es Ihnen mitgeteilt, Ihnen das Schweißtuch gereicht. Ja, Herr Stein, Sie gingen den Kreuzweg, sie gingen unseren Kreuzweg. Schritt für Schritt sind Sie der Marter gefolgt, die wir durchlebten.

Gestatten Sie mir auch ein privates Wort an Sie, lieber Nick. Ihre Natur ist getrieben von Gelüsten, doch steckt auch das Vermögen zu lieben in Ihnen. Konzentrieren Sie sich in Ihrem Leben auf die wahren Werte, lassen Sie sich nicht leiten vom Verlangen, sondern blicken Sie in Ihr Herz und Sie werden erfahren, welcher Weg der beste für Sie ist. Ihre berufliche Seite liegt klar vor mir, Sie können sie nicht ändern. Ihre Gefühlswelt allerdings bietet mehrere Möglichkeiten. Ich wünsche Ihnen aufrichtig, Sie wählen die richtige. Es steht mir nicht zu, Ihnen einen Fingerzeig zu geben.

Abschließend darf ich Sie darüber informieren, dass wir eine umfangreiche Liste unserer damaligen Kunden erstellt haben. Sie finden die Aufstellung hinter dem Kuss-Bild von Gustav Klimt. Sie werden noch lebende, namhafte Personen darunter finden. Ruhen Sie nicht, bis auch diese Individuen ihre gerechte Strafe erhalten haben.

Dies ist unsere Bitte an Sie.

Herzlichst
Liliana Lorenzi

Nick kam es vor, als würde eine schiere Ewigkeit vergehen, bis er sich wieder bewegen konnte. Er reichte Peter den Brief, dabei schüttelte er den Kopf. »Wir sind zu spät. Lies!«

Peter, der mittlerweile ebenfalls Handschuhe trug, nahm das Blatt Papier wortlos an sich und begann zu lesen.

»Der Kuss« hing schräg hinter dem Schreibtisch an der Wand. Nick machte wenige Schritte darauf zu und hob das Bild vom Haken. Mit dem Motiv nach unten legte er den Druck auf den

Schreibtisch. In einer angeklebten Klarsichthülle befand sich ein weiterer Umschlag. Er wollte die Hülle eben lösen, als ein Beamter, völlig außer Atem und auffällig bleich, auf ihn zustürmte. Er brauchte kurz, um sich zu fangen. Sichtlich aufgewühlt japste er: »Herr Doktor Stein! Bitte! Wir haben sie gefunden!«

Nicks Kopf ruckte hoch. »Bringen Sie mich hin.«

Der Mann nickte und versuchte, durch schnelles Einatmen mehr Luft in seine Lungen zu bekommen. »Kommen Sie.« Er sprintete los.

Nick folgte ihm. Sie eilten durch den hinteren Bereich des Geschäfts, passierten die Verbindungstür und stiegen die geschwungene Treppe hinab in den Keller des Rathauses. Der Beamte brauchte einen Moment, um sich zu orientieren, dann marschierten sie im Eilschritt weiter.

»In diesem Raum …« Der Polizist hob den Arm und zeigte in einen Seitengang hinein. Im weißen Kellerlicht erschien sein Gesicht noch blasser. Seine Lippen hielt er fest aufeinander gepresst. Rasselnd atmete er schnell durch die Nase.

Nick erkannte die Anzeichen. »Bleiben Sie hier und beruhigen Sie sich. Ich gehe allein.«

Vor einer nur einen spaltbreit geöffneten Tür standen zwei Polizisten. Auch ihre Gesichter verrieten Entsetzen, Bestürzung und Ekel.

»Nick Stein, bitte treten Sie zur Seite.« Die beiden Männer wussten zwar sicher bereits, wer er war, doch wirkte das demonstrative Erscheinen einer Leitperson oft beruhigend.

Schweigend machten sie den Weg für ihn frei.

Kurz verharrte Nick, atmete tief durch, dann zog er die Tür auf. Schrecklicher Gestank wehte ihm entgegen, eine Mischung mit den Basisnoten Schimmel und Fäkalien, durchsetzt von einem metallenen Geruch – frischem Blut. Der Einsatzleiter und zwei weitere Polizisten standen wie Salzsäulen zwischen den Leichen.

Liliana Lorenzi lag Nick am nächsten. Die Waffe war ihr beim Niederfallen aus der Hand geglitten und lag etwa zehn Zentimeter neben ihren Fingern. Rund um ihren seltsam verdrehten Kopf klebten Blut und Gehirnmasse auf dem Boden. Die anderen fünf Leichen gaben ein ähnliches Bild ab. Körper, die ohne Schutzmechanismus auf den Boden geknallt waren, Blut, ausgeronnene Köpfe, Knochensplitter. Nur mit großer Selbstbeherrschung schaffte es Nick, nach außen hin Ruhe zu bewahren. Er kannte seine Aufgaben. So furchtbar sich dieser Anblick auch darstellte, er hatte als Fels in der Brandung zu fungieren.

»Sie müssen die Waffe der Reihe nach weitergereicht haben. Und sie hat gesehen, wie sich fünf Menschen erschießen«, sprach der Einsatzleiter stockend, dabei zeigte er auf Liliana Lorenzi.

Der Mann hatte recht. Nick nahm in Windeseile den Raum in sich auf. Außer der Waffe, die neben der Astrologin lag, befand sich keine weitere im Zimmer.

Ein Bild erschien vor seinem inneren Auge: Sechs Menschen standen im Kreis. Der erste setzte eine Waffe an seine Schläfen, drückte ab, fiel zu Boden. Der nächste hob die Waffe auf, ein weiterer Schuss knallte. Reihum, bis die übrig gebliebene Person die Pistole an sich nahm. Ein letzter ohrenbetäubender Knall – vorbei.

Er versuchte, die sechs Leichen auszublenden. Seine Augen glitten auf der Suche nach Details durch den Raum. Er sah zusammengeknüllte Decken auf dem Boden, einige Plastikflaschen, zwei Eimer. Ihm gegenüber entdeckte er an der Wand fünf Ringe mit Handschellen daran. Kurz stutzte er, bevor es ihm klar wurde: Hier mussten sie Franz-Josef Meier, Lydia Brettenauer, Hans Schiffler, Heinrich Schmidt und Anna Heimlich nach ihrer Entführung gefangen gehalten haben. Allein Maria Gutensteiner war diesem ersten Martyrium entgangen, ihres hatte in den eigenen vier Wänden begonnen.

Nick vergegenwärtigte sich Beni Blues Worte. *Welche der vor mir liegenden Frauen hat als erste die Schwelle der Villa in Baden überschritten? Ist es Liliana Lorenzi gewesen?* Ihr traute er es zu.

27

Nick saß an seinem Schreibtisch. Verteilt vor ihm lagen Papiere, Fotos und Aktenordner sowie eine Kopie des Briefs von Liliana Lorenzi. Mittlerweile hatte er das Schreiben etwa zwanzig Mal gelesen. Er schob es zur Seite und fischte nach einem weiteren Stück Papier. Die Liste! Noch jetzt jagte ihm ein Schauer über den Rücken, wenn er Namen für Namen durchging. Nicht alle waren bekannt, darunter befanden sich unter anderem gut situierte Männer, Familienväter, Firmeninhaber, die nicht in der Öffentlichkeit standen. Aber es waren auch Personen unter ihnen, die in alten Spielfilmen vom Fernsehschirm lachten oder weinten, Politiker-Namen, die aus ihrer aktiven Zeit in Erinnerung geblieben waren; Männer, die man kannte.

»Ruhen Sie nicht, bis auch diese Individuen ihre gerechte Strafe erhalten haben«, hatte Liliana Lorenzi geschrieben. Die unsagbar grausame Tat, die die sechs ehemaligen Heiminsassen begangen hatten, war mit nichts zu entschuldigen. Kein Gericht dieser Welt würde sie freisprechen. Und auch wenn es nicht zählte, Nick ebenso wenig. In manchen Fällen gab es tatsächlich ein Schwarz und ein Weiß, ein Richtig oder Falsch. Aber er würde ihrer Bitte Rechnung tragen, in der Vergangenheit wühlen und Beweise finden, bis diese Männer, sofern sie noch lebten, ihre Strafe erhielten.

Allem voran musste aber der aktuelle Fall selbst aufgearbeitet werden. Wie Liliana Lorenzi es richtig formuliert hatte, konnte – oder wollte – sie nicht alle Fragen beantworten. Nicht jeder Punkt würde durch Beweise untermauert werden können. Einiges musste er allein für sich fixieren, ohne jemals eine Bestätigung zu erhalten.

Samantha betrat den Raum und durchbrach seine Gedanken. »Arno hat gerade angerufen. Sein behandelnder Arzt ist zufrieden. Diese Woche muss er noch ruhen, ab Montag ist er wieder im Einsatz. Er kann es schon nicht mehr erwarten.«

»Sehr gut. Wir brauchen ihn.« Nick lächelte. Es freute ihn, Arno bald wieder genesen und an seiner Seite zu haben. »Neuigkeiten zur Fahndung?«

»Nichts. Er ist wie vom Erdboden verschluckt.«

»Irgendwann wird er irgendwo auftauchen.« Er klang nicht restlos überzeugt. Je länger er über David König sinnierte, desto mehr verstärkte sich sein Verdacht, diesen Mann unterschätzt zu haben. Er konnte nicht wissen, wie weit Königs Macht reichte. *Hat er sie bloß auf die sechs Ehemaligen angewandt? Sie für seine eigene Rache benutzt? Damit sie die Qualen seiner Halbschwester vergelten? Oder verfügt er am Ende gar über ein verborgenes Netzwerk? Wie tickt dieser Mann überhaupt?* Er verfügte über Gefühle, sonst hätte er sich nicht um Franziska Küner gekümmert, schon gar nicht über Jahre hinweg die Bestrafung ihrer Peiniger geplant. David König war kein Psychopath.

»Du machst dir Gedanken über diesen Mann?«, fragte Samantha.

»Ich bin dabei, den gesamten Fall zu rekonstruieren. Kein einfaches Unterfangen, zumal viele Punkte niemals bestätigt werden können, wenn wir keine Beweise finden. Eine einzige Person ist übrig geblieben, die einen Großteil, wahrscheinlich alles, aufklären könnte: David König.« Er tippte auf den blauen Aktenordner vor sich. »Ich hatte zu wenig Zeit, um ihn einschätzen zu können.«

»Wie weit bist du mit der reconstruction?«

Anstelle einer Antwort winkte er seine Assistentin näher. »Setz dich.« Er wartete geduldig, bis sie Platz genommen hatte und ihre volle Aufmerksamkeit ihm galt. »Gehen wir zurück in die Vergangenheit«, begann er. »Ein Anwalt und eine Verwaltungsangestellte an geeigneter Stelle ersinnen einen Plan. Ich gehe davon aus, dass Brettenauer die Akten vorab durchsiebte und dafür Sorge trug, Meier bei interessanten Fällen zu involvieren.«

»Die erste Annahme, die sich nicht bestätigen lässt«, bemerkte Samantha.

Er hob seinen Zeigefinger. »Vollkommen richtig. – Im Kinderheim finden sie geneigte Personen, die für Geld die Organisation vor Ort übernehmen. Nach und nach bringen Meier und Brettenauer die Kinder in Rotherburg unter, unsere Sechs, den Heilmasseur, Franziska Küner und noch einige andere.«

»Wahrscheinlich war es der Anwalt, der in seinen Kreisen für die Kunden sorgte«, überlegte Samantha. »Mundpropaganda tat das ihre dazu.«

»Die nächste offene Frage. Fakt ist, die Kunden kamen zahlreich und mit deren Ansprüchen brauchten sie jemand, der die Kinder instruierte.«

»Anna Heimlich.«

»Sie sorgte dafür, dass die Kinder das notwendige Handwerkszeug erlernten.«

»Ein klassischer Fall von Kinderprostitution. Im Gefängnis hätten sie es lustig gehabt, diese Kretins.«

»Sam, bleib bitte sachlich. Mit Gefühlen komme ich nicht voran.« Er wartete auf ihr Nicken und sprach weiter: »Um nicht den Verstand zu verlieren, schlossen sich die Kinder beziehungsweise Jugendlichen zusammen. Ich kann es mir lebhaft vorstellen. In der Schule erhalten sie Religionsunterricht. Darin sehen sie ihre Rettung, klammern sich wie Ertrinkende an den Strohhalm der Erlösung, als sie vom Leidensweg Jesus' hören. Ein Mensch voller Liebe, der unsägliche Qualen erleidet. Sie müssen sich mit ihm identifiziert haben.«

»Und irgendwann taucht David König auf, der Halbbruder Franziska Küners.«

»Richtig. Ein redegewandter, charismatischer junger Mann, der sich zudem – das wissen wir – mit der Bibel auskennt. Im Laufe der Zeit wird sich entweder die Schwester allein oder die ganze Gruppe an ihn gewandt haben. Es ging sicherlich nicht von einem Tag auf den anderen. Letztendlich jedoch fanden sie in ihm ihren vermeintlichen Erlöser.«

»Denkst du, die Idee für eine Sekte kam ihm bereits damals?«, fragte Samantha.

»Ich glaube, der Gedanke formte sich nach und nach. König ist ein Narzisst, wobei ich keine echte narzisstische Persönlichkeitsstörung vermute. Dafür zeigt er zu viel Empathie, allen voran für seine Halbschwester. Ich bin sogar davon überzeugt, dass er wirklich Mitleid für die Kinder in Rotherburg empfand, das allerdings im Endeffekt für seine Zwecke nutzte. – Machen wir einen Sprung …«

»Das Kinderheim Rotherburg wird 1975 geschlossen.«

Er nickte. »Die Drahtzieher des Kinderprostitutionsrings nehmen ihr Geld und zerstreuen sich in alle Winde. Die Jugendlichen werden anderen Einrichtungen zugewiesen, doch der Kontakt zueinander bleibt bestehen. Vielleicht war es David König, der Treffen organisierte. Spätestens in diesen Zeitraum muss die inoffizielle Gründung der ›Sonne Seven‹ gefallen sein.«

»Und wann, denkst du, kam der Racheplan ins Spiel?«

»Eine der vielen Fragen, die unbeantwortet bleiben wird, befürchte ich. Eine Stelle in Liliana Lorenzis Brief macht mich stutzig.« Er zog das Schreiben heran und las die betreffende Stelle vor: »›Betrachten Sie unsere Berufe, folgen Sie den Spuren, beachten Sie die Details und Sie werden vieles wiederfinden‹.« Er schob das Blatt Papier wieder zur Seite. »Sie können doch ihre Berufe nicht entsprechend des Plans ergriffen haben, oder?« Er dachte an seinen ersten Eindruck, als er die Villa betreten und die Kreuze gesehen hatte. Sofort war ihm die fachmännische Methode der Fixierung aufgefallen.

»In diesem Fall bestünde der Plan seit langer Zeit. Deine Überlegung ist gar nicht so weit hergeholt. Etwa die Krankenschwester, Nick. Handelt es sich um einen Zufall, dass sie an einer dermatologischen Abteilung arbeitete? Ich denke an den Tripper, den sie den Opfern verpasst haben. Klar, hat meine Recherche nichts ergeben. Der Erreger stammte nicht von irgendeinem ominösen Schwarzmarkt, er kam womöglich direkt von hier.«

»Auch der Bauunternehmer und selbst der Lkw-Fahrer stellen nützliche Kräfte für solch ein Unterfangen dar. Und die Visagistin hat ohne Zweifel dafür gesorgt, dass sie alle quasi gleich aussahen. Selbst ein guter Beobachter wie Beni Blue war sich nicht sicher, ob er zwei oder drei Frauen gesehen hatte. – Aber wie passt eine Astrologin ins Bild?«

Samantha zuckte mit ihren Schultern. »*Ich* kann dir die Antwort darauf nicht geben.«

»Ich weiß, Sam, ich weiß. Zu welcher Zeit sie mit der Planung begonnen oder überhaupt die Idee geboren haben, wird letztendlich im Dunkeln bleiben. Wenigstens wissen wir, wann sie den Plan in die Tat umsetzten.«

»David König könnte all unsere offenen Fragen beantworten.«

»Ja. Er ist der Dreh- und Angelpunkt. Alles in mir schreit auf: Dieser Mann ist gefährlich! Im Hintergrund hat er die Fäden gezogen, die sechs Ehemaligen die gesamte Arbeit machen lassen, sie für seine eigenen Ziele benutzt und …« Kurz unterbrach er seinen Satz, bevor er mit gedämpfter Stimme weitersprach. »… ihnen abschließend befohlen, sich umzubringen.«

»Das Telefonat, das Arno mithörte, nachdem er von König niedergeschlagen worden war.«

Der Ermittler nickte. »Sie wussten es bereits vorher, das zeigte die Aussage der Krankenschwester. Ich habe es nur völlig falsch aufgefasst. David König hat sie langsam hingeführt, ihnen diesen letzten Schritt schmackhaft gemacht. Als krönenden Abschluss dargebracht.«

Samantha stieß einen dumpfen Laut aus. »Bist du wirklich davon überzeugt? Dann wäre er ja ein …«

»Ich glaube felsenfest daran. Und ja, dann wäre er in Wahrheit ein Massenmörder.«

Samantha sprang von ihrem Sessel auf. Sie wirkte verstört. »Brauchst du mich noch?«

»Nein, geh ruhig.« Er wusste, sie würde auf der Stelle in ihr Büro hetzen und jeder beteiligen Stelle die Hölle heiß machen, die Suche nach David König voranzutreiben. Ihr Jagdinstinkt arbeitete auf hundert Prozent, genau wie seiner. Er würde diesen Mann finden, irgendwann.

Nachdem Samantha fluchtartig sein Zimmer verlassen hatte, lehnte er sich in seinem Stuhl zurück. Mit einer fahrigen Bewegung fuhr er sich über seine Stirn, schloss die Augen und massierte seine Schläfen. Seine Gedanken schweiften ab. »Ihre Gefühlswelt bietet mehrere Möglichkeiten. Ich wünsche Ihnen aufrichtig, Sie wählen die richtige.« Als er die Lider wieder hob, brauchte er kurz, bis er sich durchringen konnte, sein Handy in die Hand zu nehmen. Das Display leuchtete auf und er suchte in den Kontakten nach ihrem Namen. Es läutete dreimal, bevor sie sich meldete. »Hallo … Luisa«, sagte er.

28

Kokett strich sie sich eine Haarsträhne aus dem Gesicht und lächelte den Mann neben sich an. Mit samtiger Stimme suchte sie das Gespräch. »Möchten Sie vielleicht meine Zeitung?«

Er wandte den Kopf und lächelte die Frau an. »Vielen Dank, nein. Ich werde den Flug nutzen, um zu schlafen.«

Sie ließ nicht locker. »Machen Sie Urlaub?«

»Ich besuche Freunde. Wir arbeiten an einem gemeinsamen Projekt.«

»Dann bleiben Sie länger?«

»Ich habe einen längeren Aufenthalt geplant, ja.« Er wollte sich wieder in seinem Sitz zurücklehnen, sie ließ es jedoch nicht zu.

»Ich mache zwei Wochen Urlaub. Wissen Sie, ich bin an den falschen Mann geraten und brauche dringend Abstand.«

Die Augenbrauen des Mannes wanderten nach oben, mehr ein schnelles Zucken als ein bedächtiges Heben. »Ich hoffe, Sie haben nicht zu sehr gelitten.«

»Ach, wenn man als Frau um die Vierzig an einen Betrüger gerät und darauf kommt, dass er einem bloß das Geld aus der Tasche ziehen will, leidet man zwangsläufig.« Sie lachte auf. »Und bekommt Rachegelüste.«

Kaum merklich rutschte er etwas näher an sie heran. »Der Zufall hat Sie in die richtige Reihe gesetzt.«

»Wie meinen Sie das?«, säuselte sie.

»Wir sitzen in der siebenten Reihe. Sieben ist die Zahl der Vollkommenheit. Sie zeigt sich in allen Plänen und Taten Gottes.«

»Wie meinen Sie das?«, wiederholte sie ihre Frage, jetzt mit leichter Skepsis in der Stimme.

»›Und Gott hatte am siebenten Tage sein Werk vollendet, das er gemacht hatte. Und er ruhte am siebenten Tage von all seinem Werk, das er gemacht hatte.‹« Er strahlte die Frau förmlich an. »Oder, möglicherweise passend für Ihre Situation: ›Und wenn er siebenmal des Tages an dir sündigt und siebenmal zu dir umkehrt und spricht: Ich bereue es, so sollst du ihm vergeben.‹ Ich könnte Ihnen noch unzählige Beispiele nennen.«

Sein Strahlen übertrug sich auf sie. Sie klimperte mit den Wimpern. »Vielleicht hat er sieben Mal pro Tag gesündigt, entschuldigt hat er sich nie.« Sie formte einen Schmollmund. »Sind Sie ein gläubiger Mensch, Herr …?«

»Ich möchte es so formulieren: Die Bibel ist mir nicht fremd.« Er streckte ihr seine Hand entgegen. »David.«

»Vera.«

»Vera, darf ich Sie etwas fragen?«

»Selbstverständlich, David.«

»Ich möchte Ihnen nicht zu nahe treten, doch Sie scheinen mir eine äußerst interessante Frau zu sein … Darf ich Sie wiedersehen?«

Eine leichte Röte überzog ihre Wangen. »Sie meinen während meines Urlaubs?«

»Ja.« Er ergriff ihre Hand und küsste sie. Es handelte sich um einen formvollendeten Kuss, kaum berührten seine Lippen ihre Haut.

Sie entzog ihm ihre Hand nicht. »Soll ich Ihnen den Namen meines Hotels aufschreiben? In meiner Handtasche habe ich einen Prospekt, dort steht auch die Telefonnummer drauf. Sie liegt oben in der Handgepäckablage.«

»Liebste Vera, Sie müssen mir nichts aufschreiben, mein Gedächtnis ist in der Lage, einmal aufgenommene Informationen zu speichern. Und die Telefonnummer finde ich selbst heraus. Allerdings wird Ihr Vorname nicht ausreichen.«

»Vera … Vera Hauensteiner-Richter.«

»Nun, Vera Hauensteiner-Richter, es wird mir eine Ehre sein, Sie anzurufen und mit Ihnen auszugehen. Dann können Sie mir mehr über diesen schrecklichen Mann erzählen, der Sie hintergangen hat.«

»Oh, da gibt es nicht viel zu erzählen. Ich glaube, ich möchte auch gar nicht darüber sprechen.«

»Ich bin ein guter Zuhörer und vielleicht finden wir gemeinsam eine Möglichkeit, Sie wieder glücklich zu machen.«

Unwillkürlich glitt ihre Zunge über ihre Lippen, die sie leicht geöffnet ließ. »Vielleicht.« Kokett blinzelte sie ihm zu. Es war unmissverständlich, woran sie dachte.

Danksagung

»Ähnlichkeiten mit lebenden oder verstorbenen Personen sind rein zufällig und nicht beabsichtigt. – Genauso verhält es sich mit den Figuren in diesem Buch!«

Mit diesen Worten begann ich die Danksagung von »Faltenfrei«, dem ersten Fall Nick Steins. Prinzipiell gilt die Regel auch für »Schuldfrei«, allerdings mit einer Ausnahme: Ich habe mich sehr gefreut, einen kurzen Cameoauftritt einbauen zu dürfen.

Herzlichen Dank, liebe Maria Rupp. Wieder durfte ich in deiner E.vent L.ounge ein Rendezvous für Nick mit seiner Luisa arrangieren. Darüber hinaus warst du es persönlich, die die Flasche Champagner für die beiden entkorkte. Michael Huber, der Gobillard Rosé prickelte auf der Zunge, Luisa und Nick genossen ihn sehr.

Helene Fuchs-Moser, Vizebürgermeisterin Korneuburg – Liebe Helene, vielen Dank für die Organisation der Führung durch das Korneuburger Rathaus, vom Keller bis zum Dachboden – höchst interessant, und das überaus nette Mittagessen, gemeinsam mit Sabine Pausch.

Sabine Pausch, Inhaberin Bekleidungsgeschäft Lady2 – Sabine, ich durfte dein Geschäftslokal im Rathaus Korneuburg als astrologischen Schauplatz nutzen. Ganz lieben Dank! Es ist mir eine große Freude, die erste Lesung wieder bei dir abhalten zu dürfen.

Eva Böhm, Astrologin – Du hast Nick ein komplettes Horoskop geschenkt. Er ist eine Schütze-Skorpion-Löwe-Kombination. Ich bin noch immer begeistert und danke dir sehr!

Alexander Kaiser, Sicherheitsconsulting – Alex, vielen Dank für Arnos Werdegang ;-).

Dr. Christine Messeritsch-Fanta, Fachärztin für Haut- und Geschlechtskrankheiten – Vielen herzlichen Dank für die tolle Unterstützung, die richtige sexuell übertragbare Krankheit zu finden. Ich dachte bei jeder Nachricht: Was es alles gibt!

Mein besonderer Dank gilt dem Shoppingcenter Seiersberg – Dort durfte ich eines der Opfer entführen lassen. Ich formuliere es salopp: Das Einkaufszentrum ist toll und die S1-Lounge schlichtweg der Wahnsinn.

Und last, not least: LD-Store, Martin Novak und Andy Lichtblau – Für euch hatte ich den perfekt geeigneten Liedtext eines großen Wieners vorbereitet, den ich aus rechtlichen Gründen nicht einfach verwenden darf. Ich danke euch! Ihr beide, der Store, die handgemachten Lederwaren und die Stylings sind – eines Wortes darf ich mich bedienen ;-) – intercool.

Bitte beachen Sie auch die folgenden Buchhinweise:

Buchhinweise

Faltenfrei
Ein Mödling-Krimi
Gerlinde Friewald

12,00 €
978-3-95400-214-6

Der erste Fall für Nick Stein

Ausgerechnet in Mödling. Nick Stein, Profiler und Starermittler beim Bundeskriminalamt, hat von Anfang an ein flaues Gefühl im Magen, als er mitten in der Nacht zu einem Tatort in seiner Heimatstadt gerufen wird. Als er die Leiche sieht, trifft ihn fast der Schlag: Susanne Rippel, seine alte Schulkollegin, die er und seine Kumpels immer wegen ihres Übergewichts gehänselt hatten.

Eigentlich müsste er den Fall abgeben, denn die Ermittlungen führen mitten hinein in seine alte, feierfreudige Clique, die mittlerweile zur guten Mödlinger Gesellschaft gehört. Andererseits ist er der beste Mann des BK. Private Gefühle können doch einen Nick Stein nicht ablenken, er ist schließlich promovierter Psychologe mit Dutzenden Zusatzausbildungen. Denkt er.

Aber der charismatische Nick kann den Frauen nach wie vor genauso wenig widerstehen wie sie ihm. Und nur ganz tief im Unterbewusstsein warnt eine leise Stimme, dass er den Lebensstil seiner alten Freunde seinerzeit nicht grundlos aufgegeben hat. Als sich auch noch der Bürgermeister einmischt und ein zweiter Mord geschieht, ist es mit der professionellen Distanz dann endgültig vorbei, denn hinter den bürgerlichen Fassaden lauert das nackte Grauen.

Buchhinweise

Die Finanzkrise hat auch Linz erreicht. Alexander Wallner hat seinen Job beim Bauriesen BAGAÖS verloren, aber er bringt es nicht übers Herz, seiner hochschwangeren Frau die Wahrheit zu sagen. Als er zufällig erfährt, dass die Konzernspitze der BAGAÖS zwar massenweise Leute entlassen hat, gleichzeitig aber Rekordgewinne und riesige Boni feiert, rastet Wallner aus und greift zur Waffe, vor den Augen eines Kamerateams vom Stadtfernsehen.

Teufelspoker
Ein himmlischer Linz-Krimi
Eva Reichl

12,00 €
978-3-95400-266-5

Buchhinweise

»Ja, verreck! A echte Leich'!«
Der sechzehnjährige Robert tritt an einem Herbstabend am Kirchturm von Wolnzach auf die Hand des toten Benedikt Singer. Die Polizei ist schnell vor Ort, aber Tatortspuren sind Mangelware und natürlich hat niemand etwas gesehen oder gehört. Auch Ludwig Wimmer nicht, der Rentner macht Urlaub. Gut, dass Enkelin Anna daheim Beweismaterial sammelt. Denn gemeinsam werden sie dem Täter doch wohl draufkommen.

Der Tote am Kirchturm
Ein Holledau-Krimi
Alexander Bálly

12,99 €
978-3-95400-500-0

Buchhinweise

Kirstin Schwarz muss wütend mit ansehen, wie ein 14-Jähriger von Skinheads zusammengeschlagen wird. Sie setzt sich auf die Spur der Schläger und findet schnell heraus, dass nicht nur die Neonazis Dreck am Stecken haben. Auch ihre Partner und die Stuttgarter Polizei verhalten sich merkwürdig. Warum will niemand dem Jungen helfen? Und warum musste ein Verdächtiger sterben? Wem kann Kirstin noch vertrauen

Der Verräter
Falsches Spiel im Stuttgarter Kessel
Sybille Baecker

12,99 €
978-3-95400-568-0